Lady Victoria

complete version

レディ・ヴィクトリア 完全版 1

セイレーンは翼を連ねて飛ぶ

SHINODA Mayumi

篠田　真由美

夢を見ました。

あたしが働くチェルシーのお屋敷のお客間です。

ご主人のヴィクトリア様を囲んで、使用人一同がそろってお茶をしています。

執事のミスタ・ディーン、侍女のミス・シレーヌ、料理人のリェンさん、小姓のモーリス、あたしの隣にはキッチンメイドのベッツィ。

普通の家なら使用人が、ご主人と一緒にお茶を飲むなんてあり得ません。けれどどこの家では、ヴィクトリア様はあたしたちみんなを、自分の家族だといってくださいますから。

でも、これはやっぱり夢です。

なぜならヴィクトリア様の隣に、あたしの会ったことのない方がいらっしゃる。チャールズ・エドウィン・シーモア子爵。疾うに亡くなってしまわれた、ヴィクトリア様の最愛の方。でもヴィクトリア様のお胸には、いまも子爵様が生きておられる。そして子爵様もきっと、あたしたちに囲まれて微笑むレディ・ヴィクトリアを、そんなに遠くないところで見守っておられる。

いえ、いまこのときもそこにおいでかも知れない。

あたしにはそう思えてならないのです。

装画：THORES柴本

目次

レディ・ヴィクトリア完全版1　セイレーンは翼を連ねて飛ぶ

篠田　真由美

プロローグ

ローズは奥様《マイ・レディ》に昔話をねだる

あたしの名前はローズ・ガース。そしていまは一八八七年。

ロンドンのチェルシー地区のさるお宅に、ハウスメイドとしてお勤めして、この春でようやく丸二年が過ぎました。歳は十六になったばかり。でも毎日のメイド仕事、暖炉掃除やランプ磨き、床磨き、家具の手入れに真鍮磨きといった作業はどれも一通り以上、よほどお目の高い雇い主でも、家政頭《ハウスキーパー》の方でも、満足なさる程度にはこなす自信があります。どんな汚れにはどんな洗剤と道具を使うか、いちいち指示されなくても判断できます。

メイドがこんな偉そうな口を利くなんて、滑稽だとお思いになりますか？　でも、本当のことなんだから仕方がありません。ひとつの家が住まいとして気持ちよく保たれていくために、ハウスメイドの仕事はとても大切で、決して卑しいものでも恥じるものでもないと教えて下さったのは、この家のご主人様です。

ご主人様は、レディ・ヴィクトリア・アメリ・カレーム・シーモア様とおっしゃいます。

先代のシーモア子爵、チャールズ・シーモア様が、奥様に先立たれた後に結婚なさった後添いで、ご出身はアメリカのジョージアですが、お祖父様はフランスからそちらに渡られた方だったとうかがっています。子爵様が十二年前に亡くなられ、おひとりになられた後、奥様はいずれおふたりの住まいとする予定で手に入れておかれた、ここチェルシーのテラスハウスに落ち着かれたということです。

テラスハウスといえば、ご存じかとは思いますが、通常四階建て程度の一続きの建物を、ちょうど長方形のケーキの長い辺を横から切り分けるように、五、六軒に分けて使うものです。ロンドンの市内で住宅といえば、ほとんどがこのテラスハウスです。ですがそれにもランクがあって、外観の意匠や間口の広さ、各階の高さが違います。最上等のテラスハウスなら、玄関に通ずる階段は高く、前の鉄柵も凝った意匠で、窓が大きく張り出していたり、窓回りには神殿のような飾りがついていたり。壁も煉瓦ではなく石材が使われます。

そういうところには貴族の方も住まわれますし、次のランクは上層中流階級《アッパーミドルクラス》、爵位は持たれなくとも経済的には貴族と同じほど豊かな、法律家や高級官僚といった方たちのお宅になります。ですがこちらは第三ランク、事務職や引退した商人など下層中流階級《ロウワーミドルクラス》の方が多く住まわれている、比較的ありふれたそれです。外壁も白石ではなく、赤い煉瓦に窓回りだけ石を使ったものですから、奥様のご身分としてはずいぶんと慎ましく思われることでしょう。

ですが、それはお考え違いです。アンカー・ウォークという、古いカトリック教会で行き止まりになる袋小路には、二棟のそっくり同じテラスハウスが向かい合って建っていて、その南側の中央六番地があたしがお勤めするお宅の玄関扉ですが、実のところこの南側の一棟はすべて奥様のものなのです。外からはそうと見えぬものの、中の壁を取り払って広く使っておられます。

お宅の最初の見所は扉を開けた玄関ホールです。天井も高く、二階へ上がる階段は大きく堂々として、あたしがいつも精魂こめて磨く真鍮の手すり子が黄金色に輝いて、木の手すりは優雅な曲線を描いておりますから、テラスハウスの外見を見て奥様を軽くあなどる気持ちを抱いた失礼な訪問者も、一歩入れば考えを改めぬわけにはいかないのです。

この、少し変わったお宅の内部のことも、玄関ホール以上に説明を始めればあれこれあるのですが、それにつきましては別のところでかなり詳しく書いてありますので、ここでは省略させていただきます。それから、こちらのお宅にはレディおひとりにハウスメイドのあたしの他、執事、侍女、小姓、料理人、キッチンメイドと、使用人が六名いて、それはロンドンのどのお宅とも似ていない面々だということに自信があるのですが、それについてもすみません、やはり別のところで書いたことと重なってしまいますので、後回しとさせてください（たぶんこの本の最後に、『別のところ』についての説明がつきます）。

でも、ご主人様についての説明は、どれだけダブってしまうとしても、ここに書いておかないわけにはいきません。

奥様はいま四十歳におなりですが、とてもそんなお歳には見えません。髪は濃い褐色で、つやつやとした癖っ毛で、くっきりした眉の下の眼はやはり茶色（ときどきグレーにも見えますが）で、いつもきらきら輝いておられます。血色の良いまろやかな頰に、微笑みの絶えない口元。声は明るく朗々として、妖精のように小柄で、男の子のように活発。でもその気になれば、女王陛下のような威厳を纏うこともおできになれます。

ここまでの語り方を見ていれば、もうお気づきですね。あたしは、そしてあたしの仕事仲間の全員は、みんな奥様が大好きで、心から奥様のことを大切に思い、奥様のためならなんでもしたいと思っています。けれど、これがなにより肝心なことなのですけれど、奥様もまたあたしたちを、給金を払って雇い、命令して従わせるただの使用人としてではなく、ひとつの家族として見て下さっているのです。

もちろんそんなのは今の時代、一八八七年のイギリスでは非常識、狂気の沙汰と嘲笑われても不思議はない話ですから、あたしたちはだれも外に向かって、奥様とのことを吹聴したりはいたしません。あたしたちだけでなく、この家に親しく出入りしている人たち、アンカー・ウォークの向かいに住むミス・アリスとメイドのエドナ、アメリカから来た探偵のエドワーズやスコットランド・ヤードの刑事のミスタ・アバーラインも、このお宅の一風変わった様子には気がついていますが、いまさらだれもそれを咎めたり怪しんだりはしません。すべてはあたしたちの奥様、レディ・ヴィクトリアという方の、希有な個性がそれを可能にしているのだと、承知しているからだと思います。

貴族のレディは仕事などせぬもの、同じ階級の方々とのお付き合い、社交と、後はせいぜいが慈善活動に参加する程度とは聞いていますが、奥様は仕事をなさっています。著述家、といえばいいのでしょうか。生前のシーモア子爵となさった世界旅行での見聞を元にした多くの著作があり、また小説もたくさん書かれています。すべてはペンネームを使い、ほとんどがフランスの版元から刊行されているので、ロンドンではそれが先代シーモア子爵未亡人の書いたものとは知られていません。

それというのもおふたりの結婚前、子爵夫人がご存命のときから、子爵様は奥様を旅の道連れとされていたため、フランスで拾った娼婦を愛人にして連れ歩いているなどと中傷され、醜聞としてロンドン社交界の噂となってしまったという、悲しい出来事があったからでした。奥様がロンドンに住まいながら知己を求めることもなく、音楽会や劇場にも足を運ばず、ひっそりと隠者のように暮らしておられる理由のひとつも、そこにありました。

でも、奥様は決してご自分を恥じたり嘆いたりはなさいません。

「当然でしょう？　わたくしはなにひとつ、悪いことはしていませんもの」

奥様はほがらかにおっしゃいました。

「もちろんチャールズが妻のセアラ様を置き去りにロンドンを離れ、世界を気ままに旅して滅多に戻らなかった、セアラ様はそのために夫を恨んで、ついに孤独の内に亡くなられた、それは良いこととはいえなかったでしょう。セアラ様と息子さんたちにとって。けれど、そのようなことがなければ、わたくしがチャールズと出会うこともなかった。夫人の悲しみの行く末に、わたくしには幸いな果実が実った。それは、身勝手なセリフに聞こえると承知でいうけれど、だれの罪でもない。善ではなくとも悪でもない、ひとつの巡り合わせだったとわたくしには思える。

そして母上の悲しみを見ていた息子である現在のトマス・シーモア子爵が、わたくしを憎み嫌うのは当然の権利。わたくしは甘んじてその憎悪と侮蔑を受け止め、彼の目障りにならぬよう社交界に顔を出すことは一切しない。でもそれ以上のこと、彼の前に這いつくばって罪の赦しを請うたり、ロンドンから姿を消したりするつもりはない。わたくしとチャールズの過去をすべて悪しきこと、罪として懺悔するのは、わたくしの愛する方の思い出に対する、受け入れてはならない冒瀆だと信ずるからよ。

忘れないでね、ローズ。人間は、守らなければならないものが多すぎると、生きるのが大変になってしまう。けれど、心から守りたい、なにがあってもこれだけは譲れない、と思うものが見えたら、それだけは決して手放しては駄目よ。だれかのためではない、自分のためにそうするの。なぜならそれが最後には、きっとあなたを支えてくれるから」

奥様のおことばの意味しているものが、すべてわかったわけではありません。いえ、むしろなにもわかっていなかっただろうと思います。あたしに感じられたのは、奥様が亡くなられた子爵様をいまも心から愛しておられる、ということ。お胸の中に生きている子爵様が、奥様のか細い首筋をいつもしゃんと立て、支えているのだということ。奥様が『これだけは譲れない、守りたい』と思っておられるのは子爵様への愛なのです。その方が亡くなられた後も、少しも変わらず。人が人を思う心は、死よりも強いものなのかも知れません。

それはあたしと奥様が、ふたりきりのときでした。執筆のお仕事に入られると、お邪魔にならぬように気を遣うことになりますが、その日は約束している原稿の締め切りもないとのことで、ゆっくり入浴を済まされて（このお宅には立派なトルコ風の蒸し風呂があります）化粧着を羽織られた奥様のおぐしを、あたしがブラッシングしてさしあげていました。

こういうことはハウスメイドの役目というより、レディズメイド、侍女の本来することなのですが、奥様の侍女のミス・シレーヌは他出していて、あたしが代わって奥様のお相手をしていたのです。お宅は広いといっても、毎日使う部屋は限られているので、掃除の仕事はそれほど多くはなく、あたしには時間の余裕がありました。

洗って水気を拭った奥様の髪は奔放に波打って、色の濃い琥珀のように、肩にかけた化粧ケープの上でつやつやと輝いています。鏡の中の奥様は、入浴で上気した頬に少し眠そうな、うっとりとした笑みを浮かべておられます。そんなときの奥様は本当におきれいで、神話の中の女神様のようです。そして、あたしひとりの前でこんなふうに寛いでおられるときの奥様は、いつもより心を開いてくださることが多いのです。

あたしは思いきって奥様にお尋ねしました。前から機会があったらぜひ、うかがいたいものと思っていたことを。

「あの、奥様、もしもお嫌でなかったらですけれど、お聞かせいただけませんか。子爵様とはどんなふうに出会われて、どんなふうに恋に落ちられたのでしょう。あたし、前からそれが知りたくてたまらないんです」

するとと奥様はちょっと驚いたように目を見張られ、それから唇に手を当てて、くすくすと笑いを洩らされました。

「まあ、ローズ。なんだか不思議だわ。だってね、あなたにブラッシングしてもらいながら、わたくしがたったいま思い出していたのはそのときのことだったの。チャールズに初めて出会ったとき、それにはこの髪が関わっていたのよ。その頃のわたくしの髪は、いまよりずっと長くて、ひとすじひとすじが太くて量も多くて、洗ったり梳《す》いたりするのも一仕事だったくらい。でもそのおかげで少しの間、お金を稼ぐことができたの」

「それは、パリにいらしたときのお話ですか?」

「ええ、そう。わたくしがパリの高級仕立服店《オートクチュール》でマヌカンをしていたことがあるって、ローズも小耳に挟んだでしょう？　そのときのフランスはナポレオン三世の統治時代で、ウージェニー皇妃が革命時代に処刑されたマリー・アントワネット王妃のファンだったものだから、ファッションも髪型も『マリー・アントワネット風』と名前をつけるのが流行で、その髪型を結うのに、わたくしの嵩《かさ》のある髪が向いているというんで、幸いに、というべきでしょうね。働かせてもらったんだわ」

奥様がパリでマヌカン、ドレスの見本を着てお客様に見せるモデルの仕事をしていたことがある、というのは聞いた覚えがあります。でもそれはあまりいい意味ではなく、悪口というか陰口というか、そんな口調での話の続きだったから、本気にしたくない気分でしたし、奥様に確かめたこともありませんでした。

「本当のことだったんですか？」

「本当よ。そのおかげでチャールズと会うことができたの。といっても」

奥様は悪戯小僧のように、ちょっと肩をすくめて笑いました。

「その先にはまだいろいろあって、ローズ、あなたが想像しているような、ロマンティックな恋の始まりとはいえなかったんだけれど。聞きたい？」

「はい。聞きたいです、とっても！」

あたしは声が弾むのをどうしても我慢できず、自分でもはしたないかしら、と思いながら身を乗り出してしまいます。

「でもねえ、わたくしのような歳になって、自分の恋話を語るなんて、恥ずかしいというか、照れくさいというか、本当に困ってしまうのよ。だから、これは実際あったこととというより、わたくしが書く小説のようなものだということにしてくれない？」

あたしは奥様が大好きだから、奥様のことならなんでも知りたいのですが、そうおっしゃるものを、それじゃ嫌ですともいえません。でも奥様は、ご自分で言い出したことで逆に乗り気になられたようで、

「そうだわ。いいことを思いついた！」

ぽん、と両手を胸の前で打ち合わされました。

「お話だっていうしるしに、この先を語るのはわたくしではない、チャールズ・シーモア子爵だということにしてしまいましょう。

それは一八六五年、晩秋のパリの街。

放浪のイギリス人チャールズは五十三歳。

従者《ヴァレット》ひとりを連れての気随気ままな世界漫遊も十年を超えて、倦怠と憂鬱に悩まされながら、しかし妻と子供たちのいるロンドンには戻りたくない。そんな彼だった……」

第一章

パリの巡り会い
または、それは平手打ちから始まった

1

一八六五年、十月。

ナポレオン三世治下のフランス帝国首都、パリ。

街路に足を止めて、男は独《ひと》りため息をつく。彼は憂鬱だった。心臓に取り憑いたメランコリィの虫は払拭できぬまま、日々その大きさを増しつつあった。秋の訪れとともに陽射しは色褪せ、空を覆う雲は厚く、寂寥《せきりょう》の気配は日々濃さを増していく、その季節の移ろいに足並みを揃えるかのように。

彼の名はチャールズ・エドウィン・シーモア、子爵、五十三歳。イギリスに戻れば妻と男女五人の子がいる。だがこの十年、彼ら家族とは一切顔を合わせていない。娘たちが嫁ぎ、年子であるふたりの息子がパブリック・スクールに進んだ十年前に、家族に対して一方的に隠居を宣言し祖国を離れた。以来、従者ひとりを連れて旅から旅への暮らしに歳月を過ごしている。

幸い南イングランドの領地は、有能な家令の差配によって潤沢な収入を生み出してくれる。息子たちの学費や将来のための資金、ロンドンのタウンハウスの維持費と妻の生活費、そして彼の旅の費用、いずれについても、将来にわたって経済的な懸念はない。大英帝国の首都で貴族的な社交生活を送るより、結果的にはよほど倹約になっているだろう。

その上シーモア子爵家は、世に誇れるほど立派な家系ではない。祖先は東インド会社に奉職し、蓄財に努めて本国に土地を買い、広げ、その財産を着実に殖やした。父親のジェームズ・シーモアはインドで軍功を上げて準男爵となり、さらに伯爵家の娘パトリシア・ラムリィを妻にもらってその引きで子爵位を得た、今出来の成り上がり貴族といっていい。父はそこで満足し、平和な母国での生活、それも田園の領主暮らしを満喫するつもりが、悲しくも四十五歳で早世し、わずか八歳のチャールズが子爵位を継いだ。

夫の死後も大いなる不満を抱えていたのは、不本意にもインド成金《ネイボップ》の息子に嫁《とつ》がされた母で、この上はひとり息子に少しでも家格の高い名門の妻を迎え、シーモア子爵家の地位を押し上げる以外ないと思い詰めていて、彼女が選んで息子と見合わせたのがセアラ・レノックス。名門リッチモンド公家の縁続きだという伯爵家の娘だった。

一刻も早く孫の顔が見たいというパトリシアのたっての希望で、チャールズはオックスフォード在学中の二十歳でセアラと結婚した。セアラも十五歳という若さの上、か細い身体つきであったためか、なかなか妊娠せずにパトリシアをやきもきさせたが、三人の女児の後、八年後九年後には続けてふたりの息子が生まれ、祖母となった彼女は満足して世を去ったことだろう。その十年後、我が息子が家族を放棄して逃亡するなどとは夢にも思わず。

母のことを思い出すと、チャールズの頬は暗い笑いにゆがむ。自分と母との間には、なにひとつ共有するものがなかった。趣味も価値観も美意識も。チャールズのことばは母の耳を通り抜けて消え、彼女は我が息子に自分とは相容れぬ意志があるということさえ認めようとしなかった。彼は絶望し、ただ耐え、やり過ごした。母が永久《とわ》の眠りに就くまで。

我が妻を思えば、チャールズの笑いはさらに暗さを増す。セアラに取り立てて、非難するに足る欠点があったわけではない。浪費家でもなければ遊び好きでもなく、無論のこと醜聞の元となる不身持ちなど噂もありはしなかった。生家の階級にふさわしい貴族の娘らしさ、どこまでも受け身の品の良さを身に纏《まと》って、感情や欲求を口に出すことなく、自分に与えられるものを素直に受け入れるべく、おっとりとただ待っていた。

ロード・シーモアの妻であるレディ・シーモアとして、そのときどきにふさわしい装いをして夫に従う、美しく従順な妻。そのどこに不満がある、十分ではないかと人にはいわれ、自分でもそう思おうとした。だが彼女のレエスで飾られたコルセットに包まれた胸の中に、どんな思いがあったのか、ついに彼は知ることができなかった。ダーク・ブロンドの巻き毛に囲まれた、小さな白い顔は銀細工の仮面のようで、見開かれた勿忘草《わすれなぐさ》色の眸《ひとみ》も、笑みの形に固定された唇も、結婚以来二十二年間、せめて怒らせよう、泣かせようと、きついことばを叩きつけてもまったく変わらなかった。ベッドで同衾《どうきん》しているときでさえ、彼は精巧な人形を相手にしているようにしか感じられなかったのだ。

ただそれだけのことが耐えられず、チャールズ・シーモアは妻を捨てた。離婚も考えないではなかったが、セアラが頑として承知しなかったので諦めた。彼女のレディ・シーモアとしての地位や生活はすべて保証したまま、自分がそこから逃れ去った。妻になんの罪があろう。非難されるべきなのは自分の方だと、チャールズ自身が一番よく承知している。面倒な人付き合いも、毎年繰り返される社交の行事も打ち捨てて、気心の知れた従者とふたりの旅暮らし。その気ままさの代償がこの、時折胸を満たすメランコリィなのだろう。

「でも、エド、今回の病はいつも以上に深刻なんじゃない？」

自分をミドル・ネームの愛称で気安く呼ぶのは、二十代の頃からの顔見知り。歳は彼よりも二、三歳は上だろうが、それには触れないのが礼儀だ。知り合ったのはロンドンで、駆け出しの女優だった彼女とは、恋仲とまではいえないが、男女の親密なつきあいが少しの間は続いた。その後彼女はロンドン公演に来たフランス人の俳優と深い関係になって、イギリスの演劇界に見切りをつけ、パリで成功を摑んだ。

芸名ディアーヌ・シュリー。二十年前からコメディ・フランセーズの正劇団員で、劇団幹部の妻でもあり、ラシーヌの悲劇『フェードラ』のヒロインが当たり役だ。このところすっかり肉のついた顔と身体では、さすがに娘役は難しいにしても、もともと背丈はあっても美人という方ではなく、声の良さと演技力で売ってきた分、加齢が禍《わざわい》にはならないらしい。チャールズがパリに来れば、数日は親しく食事をしたり、連れ立っていまパリで流行《はや》っている舞台を見に行ったりする。

「それくらいしないとあなた、世捨て人になって、いよいよ社会復帰が難しくなるわよ」

陽気に笑う彼女に、

「別に復帰するつもりはないから、いいんだけどね」

と苦笑を返すのも毎度のことだった。アフリカの密林地帯や沙漠を、泥にまみれ、砂をかぶって旅してきた数ヶ月の後に、ガス灯の照らすレストランでバーガンディを満たしたクリスタルの杯を上げるのは、確かに気晴らしにはなる。だがそうした日を一週間も過ごせば、すぐまた次の旅に出たくなるのだが、今回はそれも妙に気疎《けうと》い。

そしてディアーヌには、そんな彼の心持ちはお見通しであるらしい。

「わたし相手に強がる必要はないのよ。愚痴でもなんでも吐き出してしまったらどう？　訊き賃をよこせなんて、しみったれたことはいわないからご安心。わたしもロンドンに戻るつもりはないけど、ときどきは英語で、それも剥き出しのコックニー訛《なま》りで話したくなるし」

そういわれて、昔なじみのよしみで本音をこぼした。

「どうもね、ひところより旅が楽しめなくなった気がするんだ。絶対行ったことのない土地で、知らない景色を眺めても、以前のような感動を覚えない。どこかで見たものとなにも変わらないような気がする。索漠として味けがない。だからといって祖国が恋しくなったか、といわれれば全然そんなことはないんだ。ロンドンのあの石炭臭い泥のような霧とか、骨身に染みる冬の寒さとか、思い出しただけでうんざりしてしまう。いっそどこか、南フランスの田園か、地中海の島にでも、家を借りてしばらく落ち着いてみようかとも考えたんだが、住まいを整えた途端に逃げ出したくなりそうだ」

ふんふん、と相槌を打ちながら聞いていたディアーヌは、デルフォイの巫女《みこ》が託宣を下すかのように、おもむろに「わかったわ」とのたまった。

「いまのあなたに必要なものは、愛よ。アムールよ」

「おいおい、ディアーヌ」

チャールズは顔をしかめ、顔の横で手を振った。

「そういう冗談は止めておいてくれないか。君が女性のことをいっているなら、僕は疾《と》うにその種の欲求からは自由になっている」

「冗談なんかであるものですか。わたしはずっと前から、奥様に失望したあなたは、新しい愛を見つけるために旅をしているんだと思っていたわ。違うの？　この十年で、出会いといえるようなことはひとつもなかったの？」

ずいぶんな誤解だ、とチャールズは苦笑する。

「かりそめのおつきあいというか、一夜の夢みたいなことは、幾度かなかったとはいわないがね。そういうのは長続きするものじゃない。長続きさせようとすれば夢ではなく、生臭いしがらみになってしまうだろう。むしろそれから逃れたくて、旅をしているといった方が正しい」

「困った人ね。それじゃあなたがいま、旅に疲れて倦怠《けんたい》しているのもちっとも不思議じゃない。いままでそうならなかった方がむしろ不思議だわ」

ディアーヌは呆れたようにかぶりを振る。

「それにわたしがいっているのは、なにも男女の密《みそ》かごとの意味だけではなくてよ。愛する対象は女とは限らない。男だって、動物だって、無生物だって、あなたが本気になって心を燃やすことができる対象があればいいの。私、あなたがあのディーンっていう若い従者を雇ったとき、もしかしたらそういうことなのかしらと思ったんだけど」

チャールズはいよいよ苦笑した。

「それはないよ、ディアーヌ。僕は同性愛を否定する気はないが、それを取り立てて称揚《しょうよう》したり、理想化する気もない。ディーンは素晴らしい従者だ。有能であり忠実、つまりは従者に必要な資質を充分満たしている。僕は現在の彼に満足だ。そして彼も僕という主人には、満足してくれていると思う。それ以上のなにかを望む気はない」

「はいはい、わかりました。馬を水辺に引いていくことはできても、無理やり水を飲ませることはできませんものね」

ディアーヌは血色のいい丸い顔を傾《かし》げて、小さくため息をついた。

「でもお願いだから、明日突然パリから消えるなんてことはしないでちょうだいね。あなた、今回は劇場にもちっとも足を運んでいないでしょう？　わたしが目を付けている若い駆け出しの子がいるの。サラ・ベルナールって、それが国立演劇学校《コンセルヴァトワール》を出てコメディ・フランセーズに入ったのに、たった一年で正劇団員相手に派手な喧嘩沙汰を起こして、絶対謝らないって啖呵《たんか》切って飛び出しちゃったのよ。相手は偏屈で性格の悪い女優だったし、わたしたちはむしろ溜飲が下がる思いでこっそり拍手喝采。気の強さはあなた好みじゃない？　でも顔立ちはきれいだし、姿もいいし、なにより声が素晴らしいの。いまはオデオン座にいるけど、いずれこちらに戻ってくるでしょうね。そして、きっと将来有名になるわ。覚えておいて」

ディアーヌの楽しげなおしゃべりもいまは心が浮き立たないと、煤《すす》けた顔で聞き流していたチャールズだったが、翌日の朝、ホテルに彼女から呼び出しの手紙が届いた。

『今日の午後二時、コンコルド広場のオベリスクの下でね。オスマンの改造のおかげでパリ中がほじくり返されてしまって、これまであった通りは消えるし、かと思えばなかった道がいきなり街を切り裂いているし、あなたどころかわたしも迷子になりかねないけど、あのあたりはなにも変わってないから大丈夫。

行き先は内緒。でもわたし、確信があるの。

つまりね、我発見セリ。Eureka《エウレカ》！　よ』

2

　もちろんチャールズにはなんの期待もなかった。ディーンが宿の帳場から受け取ってきて、銀盆に載せて差し出した封筒の踊るような文字に、書かれた内容までそれで見当がつくと、ひとつ深いため息をついた。

　ディアーヌはもともと世話好きのたちで、恋仲であったときからチャールズを弟のように扱い、罪のない差し出口を利いて彼を閉口させるのが毎度のことだった。だがこの歳になって、遠慮ない口の利き合える友人、それも異性の友人の存在は貴重だ。そして彼女が心底、チャールズのためになることを考えてくれているのもよくわかっている。

　となれば、その友の好意を鼻であしらうわけにはいかない。望んでもいない愛人と引き合わされたり、きゃんきゃん吠え立てる子犬を押しつけられたりは御免でも、せめてその入り口までは感謝して付き合うべきだろう。ディーンには「今日は夜まで自由にしていい」と告げたが、そういってもつかず離れずで、後をついてくるだろうことは承知していた。

「いいお天気ね。散歩しましょう。遠くはないわ。ヴァンドーム広場までよ。その間に、わたしの発見について説明しますから」

いつにもまして上機嫌のディアーヌだったが、コンコルド広場からチュイルリー公園を抜けていくその間にも、コメディ・フランセーズの舞台に立ち続けて顔の売れている彼女が、自分という道連れを新しい宝石のように見せびらかして楽しむつもりだというのもわかっている。だからチャールズも身支度はいつも以上に念入りに、ボタンホールに差した薔薇のつぼみの色まで吟味してきた。断じて彼女の差し出す『愛』のためではない。

「お得意というほどではないけれど、以前から顔見知りになっている、あまり大きくはないオートクチュールなの。若いマヌカンを揃えて、髪型から帽子、衣裳に靴まで、この秋から冬の新しいデザインをお目にかけるというわけ。わたしなんて、そんなほっそりしたマドモアゼルの行進を見学しても、とても自分の着るものとは思えないんだけど、そういってしまっては愛想がありませんもの。いまどきの流行をチェックしておくのは無駄ではないし、午後の小一時間マダムとおしゃべりを楽しむのも、まあ社交の一環というわけで、昨日あなたと別れてから、そのお店に立ち寄ってみたの。

紳士方がご存じなくても別に驚かないけれど、いまパリの流行の一大発信者といえば皇妃のウージェニー様よ。そして彼女はマリー・アントワネットの崇拝者なの。皇帝ナポレオン三世陛下はあの大ナポレオンの甥で、大ナポレオンは王と王妃のギロチン処刑に荷担した革命政府に仕えた軍人じゃないか、とか、野暮《やぼ》はいわないでね。とにかくいまファッションでは、なんでも『マリー・アントワネット風』とつけるのが大流行《おおはや》り。ドレスも髪型も小物もね。けれど少し調べてみればわかることに、そうはいってもどこがマリー・アントワネットだ、といいたいようなものばかりなのよ」

その話がどこに向かうのかさっぱりわからない、とは思ったが、こんなときに口を挟んではいけない。男はひたすら謹聴《きんちょう》あるのみ。さもないとなおのこと話が混乱して、迷路の中に紛れこんでしまう。

「で、わたしの顔見知りのクチュリエのマダムは、自分がもっと本式のマリー・アントワネット風ファッションを流行らせようと決心した。悲劇の王妃が愛用したドレス、恐怖政治が終わって大ナポレオンの帝政時代にはご婦人方のだれもがそれを着た、古代風の薄物のシュミーズドレスといっても、おわかりにならない？」

「いや、おおよそのことはわかるよ。あの透き通るように薄い、首回りも腕も剥き出しのドレスのおかげで、多くの女性が肺炎にかかったというじゃないか」

チャールズはようやく口を挟むことができたが、

「そう。そのドレスを復活させようというのが彼女の目論見で、それも『マリー・アントワネット風』じゃ芸がないから、古代風という意味で『アルカディア風』と名付けますというのね。そうなると、出てくるのはすべてアルカディア風ドレスというわけ」

「ははあ――」

我ながら間の抜けた相槌だ、とチャールズは思う。

「それでね、あまりにもアルカディアの安売りだと思ったから、わたし、マダムが少し離れていたときに、小声で独り言をいったの。あらまあ、『Et in Arcadia ego』だわねえって。そうしたらわたしのすぐそばにいたマヌカンの子が、視線を合わせてクスッと笑ったのよ。それでわたし、あらこの子、ラテン語がわかるのかしらって」

Et in Arcadia ego　とは『アルカディアにもまた我はありき』、死の神《タナトス》がそういったという、出展のさだかではないがよく知られた成句だった。つまり、楽園にも死はあった、死を忘れるな《メメント・モリ》、というほどの意味で、ルーヴル美術館にはこれをタイトルにしたニコラ・プーサンの著名な絵もある。ラテン語を学習していなくとも、それくらいなら耳学問として聞き覚えていたとしても不思議はない。それはディアーヌにしても同じだろう。

「でもね、衣裳換えに中に入った彼女が、その次わたしのそばに来たと思ったら、膝の上にこのカードを落としていったの。ねえ、これまでは読めないわ。なんて書いてあるの？」

一面に極彩色のビーズ刺繍をした小さなハンドバッグから、取り出したカードをディアーヌは突きつける。急いで書き付けられたらしい、走り書きの文字だ。

「Omnia mutantur nihilinterit」

「意味は？」

「万物は流転し、なにものも滅ぶなし。オヴィディウスの『変身譚』だな。あなたの独り言に対する反論にはなっている」

「それじゃあの子やっぱり、ちゃんとラテン語を理解しているってことね。わたしなんかと違って。だったらその後でわたしが聞いた話も、本当だったと考えていいのよ！」

「話もしたんですか」

どうやらディアーヌが『発見した』というのは、そのマヌカンのことらしい。まさか早手回しに、愛人云々の話までつけているのだろうかと、さすがの彼も逃げ腰になってしまう。しかし、当のディアーヌは無邪気といいたいような満面の笑みで、

「ええ。だってその子、わたしのことも気づいてくれていたのよ。五年前からパリに暮らしていて、フランセーズにも何度も足を運んだから、わたしの舞台はいくつも見ている、お声を聞いただけでわかりましたって。それで、マダムに断って広場の並びのカフェに誘ってみたの。少しお話ししませんかって。別にあなたのことが頭になくても、話してみたいと思わせてくれる、素敵な表情のマドモアゼルだったから」

思いがけず自分のファンだったので、すっかり気を良くしたということらしい。

「ところがね、彼女、あなたともまんざら無縁ではなかったのよ。それというのも、マドモアゼル・パンヴィルって名前に覚えはなくて？」

「マドモアゼル・パンヴィル――」

チャールズはゆっくりとその名を繰り返した。

「ああ、思い出した。といっても、かれこれ十年以上前の話になるか。女子のための学校を造りたいといって、パリからロンドンまで出資者を探しにきた女性と会った。その人の名前がパンヴィルだった」

「あなた手紙でわたしに、なにかその女性に関する評判を聞いていないかって問い合わせてきたんだわ。そんな手紙を書く程度には、話は進みかけていたんでしょう。でも結局お流れになったのよね？」

「そう。理由はひとつではなかったがね」

「けれど、どうやら彼女は自力で資金を集めて、とてもささやかな寄宿学校をこの十年ばかり、パリの中で経営していたらしいの。その子はそこの生徒だったんだわ」

「その生徒が、なんだってマヌカンになっている？」

「それは、いろいろ大変なことがあったみたい。そのへんのことは彼女自身から、聞いた方がいいんじゃないかしら」

「会うとしたらマドモアゼル・パンヴィルの方では？　向こうは忘れているかも知れないが」

「まあ、エドったら」

なんて察しが悪い人なのとでもいいたげに、ディアーヌは目をしばたたき、肉付きの良い両手を胸の前で広げてみせた。

「彼女が健在なら、そこの生徒さんがマヌカンをしているはずがないでしょう？　その学校はどうやら潰れてしまったらしいの。破産して、マドモアゼルは急死。自殺した可能性もあるらしいの。気の毒なのはその子よ」

「しかし、そういうことなら親元に戻るのが当然だろうに」

「戻らないのは戻れないだけの事情があるのよ。彼女、生まれはアメリカの南部で、二代前がフランスから移民した方なんですって。でもアメリカはほら、あの内戦で」

「ああ、そうだった」

黒人奴隷制度の存続か撤廃かで対立したアメリカ南北の戦争は、昨年の暮れには決着が付き、かつての南部白人社会は破壊され、奴隷労働に依存していた大規模農場主の階級は没落したとは聞くが、それはチャールズを含む欧州の人間にはいかにも遠い無縁の事件でしかない。アフリカ大陸に渡り、南太平洋を船で行き、南アメリカの草原に馬を走らせたこともあるチャールズだったが、北アメリカはあまり心をそそられなかった。

「フランスにいる間に実家が戦禍にやられてしまって、それを確認してパリに戻ってきたら、今度は頼りの学校が消えていたということのようね。たったひとりで不幸が重なって、路頭に迷ってマヌカンに。ずいぶんお気の毒な話でしょう？」

「それは、まあ」

彼は渋々うなずいたが、

「しかしディアーヌ、それじゃあなたは娼館のマダムのように、その困窮したお嬢様を僕の愛人に世話しようというわけなのかい？　それはいくらなんでもあまりに、趣味が悪いのじゃないかなあ」

「ま、馬鹿なことを！」

ディアーヌは本気で腹を立てたように、握った拳で彼の胸をドンッと音立てて突いた。

「これだから殿方って救い難いのよ。あなたみたいな闊達《かったつ》で、世のしがらみから自由な生き方をしているような人でさえ、ことが女性に関わると出来合いの鋳型にものごとを当て嵌めて、他の見方ができなくなる。その上このわたしをやり手婆扱いするつもり？　腹が立つったらありゃしない。いいこと。この返礼はきっちり取り立てさせてもらいますからね！」

「しかしね、ディアーヌ……」

「お黙んなさい。そのお嬢さんをどんな風に助けるか、それはあなたの胸ひとつじゃありませんか。社交界も知らない十八歳の乙女を、金銭的な援助と引き替えに寝台に引きずり込んで恥じないような人間にこんな話はしないし、そもそもこれまで友人付き合いなんてしていません。あなたなら彼女を助けられるし、彼女もあなたを助けてくれる。そう見込んだからよ。

それに、化けることと演じることで生きてきたわたしみたいな人間を相手に、あなたの素人演技が通用するとお思い？　三十年経って髪がグレイになっても、妙なところで怖じ気づいてごまかそうとする癖は治っていないのね。わざとわからないふりをして、問題を回避するのはよしなさい。チャールズ・エドウィン・シーモア！」

そんなふうに言い切られてしまったら、こちらは抵抗することはできない。わからないふりをしてごまかしているというのは心外だったが、本当のところはどうなのだろう。思い出せばディアーヌと出会った昔も、こんな具合に頭ごなしに怒鳴りつけられ、彼女のペースに巻きこまれてしまった気がするが。

首に付けた縄を引かれて連れて行かれるような気持ちで、彼はヴァンドーム広場に面して店を開く『ルフェル』という名の、さほど大きくはない高級注文服店の戸口をくぐった。馴染みのマダムがけたたましく歓迎の声を上げながら、店の奥から最新モードに着飾ったマヌカンたちを手招きするのに、さっと視線を走らせたディアーヌが、

「あら。昨日わたしがお話ししたお嬢さんは、今日は出ていないのかしら？　こちらの紳士は、わたしのロンドンから来た旧友なんだけど、彼女が着ていた淡い薔薇色のモスリンのドレス、彼の姪御さんに似合いそうだと思ったものだから、もう一度拝見したくてわざわざ連れてきたんだけれど？」

「薔薇色のモスリンでしたら『アルカディアの春』ですわね。このソニアが着ている若草色のと形は同じですのよ。ええ、これは『アルカディアの芽生え』で、そちらの青の濃淡が『アルカディアの空』と申します。そこはお好み次第で、生地もカットも変えられますけれど」

なるほど、とんだアルカディアの大安売りだと噴き出したくなったが、髭の端を噛んでぐっとこらえた。そしてディアーヌは至極真顔で、右手の指を頬に当てて、マダムが指さすマヌカンのドレスを見比べながらかぶりを振る。

「そうねえ。でもやっぱり薔薇色がいいと思うわ。この方の姪御さん、昨日のお嬢さんといくらか似ておられるのよ」

「まあ、さようでございますか。『アルカディアの春』はあの子のサイズで仕立ててありますんで、他の子には合わないんですのよ。ソニア、今日はアメリはどうしたの。そういえばまだ顔を見ていないわ」

「あたし、知りません、マダム」

ソニアと呼ばれた金髪の娘が、唇を不満そうに尖らせた。

「あの子って生意気だから嫌いよ」

「休むとは聞いていませんわ、マダム」

青いドレスの黒髪の娘が答え、『ルフェル』のマダムは「まあぁ」と吐息をついた。

「どうしたのかしら。アメリは少なくともこれまで、勝手に休むような真似だけはしたことがなかったんですけどねえ」

「若い娘さんを何人も雇って使うというのも、いろいろ気骨が折れるものなんでしょうね」

ディアーヌが同情顔で水を向けると、

「ええ、本当にその通りなんですよ」

とマダムは身を乗り出した。

「そうでなくてもアメリは、生意気とはいいませんけれど、もうひとつ素直じゃないというか、こちらの指図に従いたがらないところがありまして、といっても決して無理なことをいっているわけではないんですのよ。眉をもう少し、細く剃り整えたらどうだといっただけなのに、なんだかんだと言い逃れて従わない。ねえ、シュリー様はどう思われました？　あれではまるで殿方のようなと申しますか、男の子のような眉ではありません？」

「そうねえ。あれはあれで似合っていたようにも、思うけれど」

それに対してマダムがどう答えようとしたか、それはついにわからないままになった。

「遅くなりました」

そういう声とともに、階段を急ぎ足で降りてくる足音が聞こえ、視線を上げたマダムはしかし、あっというように目を剥き口を開いたまま固まってしまったからだ。マヌカンは店の奥の二階から、正面に向かったその階段を降りてきながら身につけたドレスを見せる、というのがこの店のスタイルであったらしいのだが、チャールズとディアーヌはそちらには背を向けて置かれた長椅子にかけていた。

声と足音にというよりはマダムの表情に、何事か予想外のことが起きたらしいと察したふたりは、身体をねじって背もたれ越しに背後を振り返る。目に飛びこんできたのは、あざやかというよりけばけばしい薔薇色のモスリンの、細かな襞を畳んだ、秋のパリの気候には薄すぎるシュミーズドレスに包まれた、ほっそりと小柄な身体。頭には大きな、ドレスと同色に染めた駝鳥の羽根とリボンを飾った帽子をかぶり、だがその帽子の下の頭は。

「ア、アメリ、あなた、その頭は」

ようやくマダムがそれだけいったときには、薔薇色の娘は階段を降りきり、一階の店を横切ってすぐそこに立っている。両手を挙げて大仰な帽子を脱ぐと、その頭がすっかり露わになった。艶やかな褐色の、波打つ嵩の多い髪。しかしそれは頭の後ろでぷっつりと断ち切られ、細い首筋から耳が剥き出しになっていた。

「切りましたの」

彼女は片手を上げて、その短くなった髪の裾を無雑作に掻き上げた。

「どう見えまして?」

「なっ、なんておぞましい、破廉恥《はれんち》な髪型なの。そんな頭のマヌカンを、私の店に置いておくわけにはいきません!」

マダムは金切り声を張り上げたが、

「でも、わたくしは奴隷ではありません。わたくしの身体はわたくしのものですわ」

「そんなことをいって、あなたを雇ってあげていたのは、その髪があったからですよ。それは、ちゃんとわかっていたはずでしょうッ?」

「邪魔だったんですもの。軽くなってとてもいい気持ち。それにわたくしには、似合っていると思われません?」

肩をすくめて笑う口元から、真っ白な歯並みが輝く。明るい眸がおどけたようにくるっと動いて、マダムの向かいに座るディアーヌたちを見た。少年のような太い眉の下で、雇い主の驚きも怒りも歯牙にもかけぬ娘の、不遜《ふそん》な双眼がきらめいている。「ねえ?」と微笑みながら尋ねている視線に、チャールズは迷うことなくうなずいていた。

「ああ、君にとても似合う。それに、斬新だ」

「メルスィ・ムッシュー」

コケットを利かせたささやきは、オートクチュールのマヌカンにしては少し大胆すぎたが、それもわざとだろう。マダムはいよいよ眉を吊り上げる。

「止めなさい。ここをどこだと思ってるんです。おっ、おまえは、馘首《くび》です。服を脱いで、即刻出てお行きなさい！」

気の立った雌鶏《めんどり》のようなマダムの声に、娘はゆったりと振り向いた。いまにも卒倒してしまいそうな女主人の顔を真っ直ぐに見つめる。

「結構ですわ、マダム。くださるといわれても、『アルカディアの春』を着て帰りたいとは思いません。どう見てもパリの秋には寒すぎますものね。では、御免下さいませ」

薄い襞の裾をつまんで身をかがめ、いとも優雅な宮廷風の礼を見せたかと思うと、すぐしゃんと身体を立てて続けた。

「でも、今週の賃金をまだいただいていません」

「賃金ですって？　よくもそんな」

「この一週間は毎日、約束通りに出勤して働きました。わたくしの新しい髪型がお店の方針にそぐわないということでしたら、わたくしを解雇する権利はマダムにおありかも知れません。でもそれ以外でわたくしが、マダムに損害を与えたわけではありません。これまでの労働の対価をいただくのは、労働者として当然の権利だと思います。マダム・シュリー、わたくしのための証人になってくださいますか？」

「ええ、わたしはよくってよ」

「シュリー様!」

店の中の騒ぎが洩れ出たらしく、何事かと外に人が集まり出している。色あざやかすぎるシュミーズドレスに断髪の少女に、だれもが目引き袖引きしている。太りすぎの仕立屋のマダムには気の毒だが、譲歩せねばならないのは彼女の方だろう。

これは面白い、実に愉快だ、とチャールズ・シーモアは思った。なんとも生きのいい、釣り上げたばかりの鱒《ます》みたいなピチピチした子じゃないか。それにこういう無茶振りは嫌いじゃない。身ひとつで働く歳若い娘が、雇用主に堂々と立ち向かい、一歩も退くまいと闘っている、その気概にも感服した。

(これが生きている人間だ。そうだとも!)

こうしてチャールズ・エドウィン・シーモアは、ヴィクトリア・アメリ・カレームと出会ったのである。

3

それから一時間後、チャールズとディアーヌとその娘は、新築間もないオペラ座近くのカフェの路上に並べられたテラス席で、テーブルを挟んで向かい合っている。

私服に着替えて現れた少女は、首尾良く一週間分の賃金を受け取れたにもかかわらず、湯気の立つショコラのカップを少しずつ口に運びながら、さっきまでとは別人のようにむっつりと不機嫌な顔だった。いま身につけているのは古着らしい分厚い紺のワンピースに、黄ばんで端のほつれかけたストールで、帽子さえかぶっていないから、斬新すぎる断髪も見るからに寒々しい。訳あって修道院から追い出された見習い尼僧、とでもいったところだ。

昨日話をしたというディアーヌには、それでも笑顔とともに会釈をしたが、チャールズを一瞥《いちべつ》した目には、コケットどころか警戒心しか浮かんでいない。先ほど『ルフェル』の店頭で見せた笑みは、女主人と渡り合うのに味方が欲しかった、その方便だったのだろう。

「こちらはわたしの古い友人よ。イギリス人で旅行家、エドウィンって呼んでいいわよ」

家名や称号を伏せてくれたのは結構だが、勝手に呼び名を決めないでくれ、といいたかったが、それよりさっき彼女との間に一瞬感じられた、親密な空気を取り戻したい思いがして、

「よろしく。お嬢さん、君の名前を聞かせてもらえるかな?」

気安い調子でことばをかけたが、キッとした目で睨まれてしまった。

「ヴィクトリア・アメリ・カレーム、です」

「アメリはミドル・ネームか」

「祖母からもらった名です。でも、そう呼ばれるのは子供っぽくて嫌い」

相変わらずの切り口上。それならもう一歩、こちらから距離を詰めてやろう。

「ではヴィクトリア、急な出費があったのだろう?」

すると彼女は眉を吊り上げ、即座に叩きつけるような口調で言い返した。

「愛人がお入り用でしたら、他を当たってください！」

「えっ？　ええっ？　なんの話？」

ディアーヌがあわてて割って入る。

「ちょっと待ってちょうだいな、あなたたち！　ねえマドモアゼル、愛人だなんて、だれもそんな話はしていないでしょ？　それにエド、あなたはなにをいっているの？　お金の話なんかいきなり持ち出すから、彼女が誤解するんじゃなくて？」

今度ムッとするのはチャールズの方だった。

「誤解ではないだろう。いきなり断髪姿で現れれば、雇い主がなんというかくらい予想していなかったわけがない。それでも解雇される可能性を承知で髪を切ったのは、鬘屋《かつらや》にそれを売ることで得られる代価が必要だったからだ。今日になれば支払われるだろう賃金も、待てないくらい急いでいた。他に換金できるものがなかったから。違うかな？」

「マドモアゼル、彼のことばは当たっているのね？」

それを聞き終えて、ようやくディアーヌは「ああ、そういうこと」と顔をうなずかせた。

「ええ――」

「馘首になったおかげで、この先の収入の道は断たれてしまった。だが出費の必要は依然続いていて、彼女は早急に仕事を探す必要に迫られ、頭は他のことが考えられないほどそのことで一杯になっている。しかしだからといって、僕のような年配のジョンブルから、渡りに船とばかりに誘いをかけられて、ふたつ返事で承諾するのは抵抗がある。たとえディアーヌ、君の口利きだったとしてもね。それでこの誇り高きお嬢さんは、いたくご立腹というわけだ」

我ながらいささか意地の悪い、皮肉な口調になったのは、パリで旅の恥は掻き捨てと女遊びに精を出すイギリス紳士たちと同一視されたことが、大いに不本意だったからだったが。

「ああ、そう。わかりましたよ。それにしても、本当にもうッ」

嘆かわしいとかぶりを振ってみせたディアーヌは、

「ふたりとも、あんまり話を先走らせないでね。わたしだってそれほどお馬鹿さんじゃない、これでも結構察しのいい方だとは思っているんだけど、そんな話し方をされたら、道筋が見えなくてクラクラしてしまう。それにマドモアゼル、もちろんあなたたちが仲良くなってくれたらとは思った、そのことは否定しないけれど、わたしはあなたが望んでもいないことを、無理強いするつもりなんてこれっぽかしもなくってよ。そしてわたしの友人も、断じてそんな人じゃない。わたしを信用してくれるなら、エドの人柄も信じてちょうだいな」

「失礼しました、マダム・シュリー」

彼女は神妙に一礼し、チャールズにも頭を下げたが、表情はまだ硬い。ディアーヌが同席していなかったら、とっくに席を蹴って出て行ってしまったろう。

「今日エドを連れてきたのはね、昨日あなたがいっていた、あなたのいた学校の経営者だった、マドモアゼル・アドリエンヌ・パンヴィル。彼はその人と面識があったからなの。あなた、なにがあったにしろ自殺なんて信じられないっていっていたでしょう。彼女の人柄からして、あり得ないって。それだったら、彼から話を聞いてみるのもいいのじゃなくて？」

ぱっと顔が上がった。ディアーヌを見て、すぐチャールズを凝視しながら身を乗り出す。食い入るような目だった。

「どういうことですか、ムッシュー？」

「出資者を募りにロンドンにやってきた彼女と会った。十年以上経ってもはっきりと思い出されるのだから、それだけ印象的な人物であったことは間違いない。だが、彼女の目論見は我が国の紳士たちの賛同を得られなかった」

「彼女がそれでも学校を開けたのは、あなたのお父様が出資者になってくれたからなの。マドモアゼル・カレーム？」

「でも彼女の理想に共感して出資された方は、私の父以外にもいたと思います」

「あなたはもう何年も、その学校にいたのよね？」

「ええ、そうです。マダム・シュリー。学校といいますけど、それは本当に小さな、そして血の繋がった家族のような人の集まりでした。生徒は随時入れ替わりましたけれど、どんなに多くとも十人足らず、教師もマドモアゼルを含めて三、四人。サンルイ島の、パリ大学の教授だったお父上の住まいがそのまま、わたくしたちの教場で、生活する場でもありました。もしもそこにイエス・キリストの祭壇が祀られていたなら、女子修道院と呼んでも不思議はなかったでしょう。でもそこでわたくしたちが礼拝するのは、人間の真と善と美でした。学ぶのは古典だけではなく、歴史もあれば文学も、科学もありました。そこでわたくしは十三歳から十七歳まで、暮らしておりましたの」

うなずいたヴィクトリアの頬はほんのりと赤らみ、唇には笑みが浮かぶ。また、彼女の印象が変わった。追憶の甘さに包まれた夢見る少女の表情はいかにも幼く、十八というよりずっと歳下の頑是無《がんぜな》い子供のようにさえ見える。

「学校の経営は、よほど苦しかったのかしら」

「楽ではなかったと思います。アドリエンヌはわたくしたちの教育のためには、出費を惜しみませんでしたもの。でもエリザが父の手紙を持ってやってくるまで、なにも聞いてはいませんでした。わたくしが発ってからたった半月で破産したなんて、到底信じられません。父からの送金も届いたといっていましたし、戦争のことは開戦前からわかっていましたから、父はちゃんとそれなりの手を打っていたはずです」

「しかしいつであろうと、予想外のことは起こるものだ。僕の記憶ではマドモアゼル・パンヴィルは、教育者としての理想に満ちてはいたものの、事業経営の実務にはさほど長《た》けているように見受けられなかった」

そういうチャールズに、少女はふたたび難詰するような調子で尋ねる。

「なぜマドモアゼルは、ロンドンで出資者を見つけられなかったのでしょう。そのことはなにか、ご存じでいらっしゃいます？」

「女子教育の必要性を納得できなかった、我が国の支配階級の旧弊《きゅうへい》さについては、認めなくてはならないだろうね。しかし彼女の語る理想の高さ、構想の見事さには感銘を受けながらも、同時にそこにつきまとう危うさは否定できなかった。なにより彼女は若すぎた。そしてそれを出資の対象とする事業として考えた場合、魅力的ではあるものの、時期尚早《しょうそう》の感は否めなかった。少なくとも僕はそのように考えて、出資を見合わせたのだ」

こういえば彼女はいっそう憤慨するか、いっそ泣き出すのではないかと思った。しかしその予測は外れた。

「おっしゃるとおり、学校経営というのは短期間に投下した資本を回収できる、美味しい儲け話ではありませんわ。ですから私の父も、むしろ芸術家を援護するメセナに近い気持ちで、出資を続けていたのだと思います」

冷静な口調だった。

「彼女がアメリカの新興資本家ではなく、ロンドンの上流階級に出資者を探そうとしたのも、そうした意味合いからだったと思うのですが」

「でも、それは完全な見込み違いだったわね。彼らは女に教育を与えることなんて、これっぱかしも望んでやしないわ」

出身階級の低さが女優としての評価を引き下げるロンドンの演劇界に腹を据えかねて、大陸に渡ったディアーヌが笑う。

「女は生物学的に男より知能が低い。より原始的である。動物的である。感情的である。教育は女の女らしさを損なう。なぜなら女の脳は男のそれより小さく、専門教育を受けることに耐えられないから。科学者と称する連中が、大真面目にそんな学説を取り交わしている国よ。いったいなんなの、それは。自分の母親は女でないというのかしら。女が男より劣っているのだとしたら、その女から生まれた自分がなんで女より優秀だと思えるの？　ああ、馬鹿馬鹿しい！」

「女王陛下のおられる国が、なぜそうも女性を侮《あなど》れるのでしょう」

「そうね。でも少なくとも陛下は、あんまり知的な方ではないようだけど」

話が次第に穏やかならざる色を帯びてきたので、さっきディアーヌにも話さなかった事情を持ち出すことにした。

「もうひとつ、僕の記憶ではマドモアゼル・パンヴィルには連れがいた。彼女の弟だということだったが、彼について面白からざる噂が流れたのだ。姉の計画する学校経営について、すでに多くの援助者が決まっているといって、プロシア王やオーストリア皇帝の名を出し、根も葉もないことを吹聴して回っていた」

「お姉様を助けたい一心で、ということかしら？」

「だとしても、やったことはけちな寸借詐欺や取り込み詐欺のたぐいだ。だが王族のさるご夫人が、彼の話を真に受けて被害に遭いかけたというので、噂が噂で済まなくなり、マドモアゼルの話に好感を抱いていた者も一斉に身を退いた。そして彼らは、ロンドンを逃れるようにに去るしかなくなった。それが事の全貌だ」

「あらまあ」

「テオドール・パンヴィル、ですね」

彼女は暗い目をしてつぶやいた。

「そんな以前から、アドリエンヌの足手まといになっていたとは思いませんでした」

「あなたも知っているの？」

「学校の中にしばらく住んでいたこともあります。同居を止めた後もたびたび姿を見せて、お金をせびっていたようです」

「肉親の情があって、切り捨てかねていたのでしょうね」

「そうなんです」

虫歯の痛みをこらえるような顔で、それでも彼女はうなずいた。

「アドリエンヌはテオドールにいつも腹を立てていたけど、彼に甘えられれば結局は拒めませんでした。いくらことばを尽くしてお説教してみても聞き流されるだけなのに、その場限りの見え透いた言い訳や、口先だけのやさしいささやきは信じて涙ぐむほど感激してしまう。ふたりきりの姉弟で、いまは他に肉親もいないから、なにをしても大事な身内なんだっていうんです。そばで見ていてわたくしたち、もどかしくてなりませんでしたけど、そういうことになれば、やはり他人には口を挟めませんもの」

「そうね。血が繋がっていれば、理屈通りにはいかないものよね」

思い当たることがあるのか、ディアーヌがため息交じりにうなずいてみせ、少女も同意するように首を縦に振ったが、

「しかしマドモアゼル・パンヴィルが、素行の悪い肉親を庇い続けることでもともと余力に乏しい学校の財政を悪化させ、教育者としての信用に傷を付けて、その結果破産したのなら、彼女は学校の経営者としても、理想を追求する教育者としても、失敗したということになる。違うかな、お嬢さん?」

「ちょっと、エド。そんなきつい言い方、いましなくてもいいんじゃなくて?」

ディアーヌは眉を怒らせ、少女も表情を凍りつかせたが、「違う」とはいわない。

「マドモアゼル・パンヴィルは、現実的な経営者にも理想の教育者にもなれなかった。しかし、おのれを偽るには知的でありすぎた。彼女が心底挫折を味わったなら、自殺という選択をした可能性もあると思う」

チャールズのそのことばにヴィクトリアは、猛然とかぶりを振った。

「違います、そんな！」

「君が信じたくない気持ちは理解するが」

「アドリエンヌは彼女の生徒を、わたくしたちを心から愛してくれていました。そして、わたくしが父の身を案じてアメリカに帰るときも、とても心配して、実家がどうなっていてもここはあなたのもうひとつの家なのだから、ちゃんと帰っていらっしゃいといって見送ってくれました。留守の間にわたくしを置いて、自殺してしまうなんてあり得ません。あなたがアドリエンヌとどれほどの時間を過ごされたか存じませんが、わたくしは五年間、ほとんど毎日彼女と顔を合わせ、ことばを交わしてきたんです。なのにどうしてあなたの方が、わたくしより彼女を知っているといえるんですか！」

それでも人は自殺を選ぶことがある。水掛け論だ、とチャールズは思った。見かけ以上に子供なのだ、この娘は。子供は信じたいことを信じる。そしてこれが本当だと言い張っていれば、本当になると思っている。その主張が自分の願望に過ぎないことを、決して認めようとはしない。ただ時の経過のみが人に諦めを教える。

「ねえ、ヴィクトリア？　その学校にはあなたの他にも、何人も生徒さんがいたんでしょう？　その人たちに連絡を取ってみたら、なにがあったのかわかるんじゃゃなくて？」

ディアーヌの現実的な提案に、しかし少女は力なくかぶりを振る。

「パリを離れたとき、生徒はわたくしを含めて七人でした。でも彼女たちの実家は南部のラングドックと、後はドイツとオーストリアとベルギーにオランダ。連絡先もわからないんです」

「まあ。それじゃ手がかりはなにもなし？」

「国からエリザが、わたくしの乳母が父の手紙を持ってきました。でもそれは遺書のような、もう二度と会えない覚悟をしているような文面で、実際戦争の状況も、南軍不利というニュースは届いていましたし、とても我慢ができなくなって、パリを飛び出してエリザと船に乗りました。アドリエンヌと約束したとおり、父の無事さえ確かめられればすぐ戻るつもりでした。ですから学校に関わるものなどはなにひとつ持っていかなくて」

「その乳母の方は、いまもアメリカに?」

「エリザは黒人なのですが、親族が北の自由州で暮らしを立てています。父はもともとエリザには、そちらに行って身の安全を図るようにと命じたそうなのですが、エリザはわたくしが心配だからと、パリへのお使いを自分から買って出ました。なのでジョージアまで行って、父の死を確認した後は、エリザを家族のもとに送り届けて、わたくしだけが戻ったんです。これ以上学校は続けられないにしても、アドリエンヌには事情を説明しなくてはなりませんし」

「それが戻ってみたら学校そのものが無くなって、マドモアゼル・パンヴィルも死んでしまったという?」

「建物の扉には学校の閉鎖を告知する張り紙が出ていて、鍵がかけられていて、中の様子はなにもわかりませんでした。なんだか悪夢を見ているような気持ちで、自分が目にしているものが信じられなくて、しばらくその場にぽかんと立ちすくんでいましたわ」

そういいながら彼女は、自分で自分が滑稽だというように小さく笑う。

「ただその一ヶ月、恐ろしいことや悲しいことがあまりに多すぎたからでしょう、かえって心が麻痺していたらしくて、感情が湧いてこないんです」

「それにしたって、たとえマドモアゼル・パンヴィルが破産したとしても、あなたの私物まで差し押さえられるのは不当じゃないの」

「そうですわね。といってもどこに訴え出ればいいのか。それに格別高価なものはありませんのよ。身につける服や帽子などは季節ごとにアドリエンヌが手配して、見苦しくないように整えてくれていましたけど。後は値が張るものといったら、自分で買った書籍くらいでしょうか。あれは少し惜しい気がします。債権者に処分されたのでなければ、あの中に残されているのでしょうけれど、学校のものと一緒にされていたら取り返せないのかも」

特に執着はないらしい。

「それじゃあなた、本当に身ひとつで、ハンカチ一枚持たないまま」

痛ましげに眉をひそめるディアーヌに、しかし少女は肩をすくめて、

「ええ。旅行中持っていた着替えも、エリザの家族なら使えると思って置いてきましたから、パリに帰り着いたときは、持ち物といったら身につけていた服だけといってもいい有様でした」

「まあそんな。あなたみたいな若いお嬢さんが、どんなに心細かったでしょうね」

「でもわたくし、案外運が強いんです。開かないドアの前で行き先を考えていたら、学校でメイドをしていたコレットという女の子と偶然出会うことができて、わたくし、彼女とは仲良しだったんです。おかげでいまは彼女の住まいに同居させてもらっています。ただ、手持ちの現金もほとんどなかったので、着ていたコートや帽子や旅行服や鞄を売り払って、自分の食費を作るしかなくて。いま着ているのもコレットの借り着です。彼女は注文服の縫い子をしていて、わたくしもその手伝いをしてみたんですけど、それには適性がなかったらしくて」

ひょい、と小さな両手を顔の前に上げた。

「針を持てば指に刺す、鋏を持てば自分の手を切る。手伝いどころか邪魔になるばかりで、本当にさんざんでした」

「お針仕事はやったことがなかったようね？」

「はい、全然。裁縫しているのを見たのも初めてですの。平たい布を裁って縫うだけで、身体を包む服が出来上がるなんて、魔法のようですわね」

無邪気な幼女のように笑っている。

「それで『ルフェル』のマヌカンに？」

「コレットがあの店の下請けをしていたので、マダムの目に留まったのです。でもこれも、あんまり向かなかったらしいですわ。二週間保ちませんでしたもの」

鼻面に皺を寄せて首をすくめながら小さく舌を出す。さっきのマダムの顔を思い出したのか、悪戯小僧めいた笑顔だ。

「髪を切ったのは、そのコレットのためなんだね？」

こちらは見ないまま、それでもヴィクトリアは「ええ」とうなずいた。

「コレットには子供がいるんです。父親がだれか、見当はついていますけれど、結婚できる相手ではなくて、ひとりで育てていきます。学校のメイドをしていたときから、いまも郊外にいる親戚に預かってもらっていた。でもその子は身体が弱いらしくて、お腹を壊した、熱を出したって、そのたびにお金の無心をされるのだそうです。昨日もその親戚が来ていて、医者に診せるのにまとまったお金が要るといわれて」

「髪を売ったの？　辛かったでしょうに」

「いいえ、それはちっとも。自分の髪がお金になるなんて、想像もしませんでしたから、助かったと思っただけです。ただこの頭ではマヌカンは無理なのだとしたら、なにか仕事を探さないと、とは思うんですけど」

「イギリス男の愛人だけは嫌だ、と」

「エド。あなたは、本当に！」

ディアーヌが眉を吊り上げる。もちろんこれは故意の、失言というよりは挑発だ。自分でも良くないなとは思いながら、ついこの少女に対しては冗談半分、からかいのことばを投げかけてしまう。いや、からかうというよりは、どんな反応が返ってくるか知りたくて、棒の先でつつくようなことを口にしてしまうのだ。表情がころころ変わる上に、怒るかと思えば意外に冷静だったり、泣くかと思えば笑ってみせたり、その意外さがなんとも面白い。やんちゃ盛りの仔犬をかまっているような気分だ。

今度はどう来るかと思えば、ふいと真っ直ぐに頭をもたげた。細い首筋を伸ばし、顎を反らし、短くなった髪を指で掻き上げて、薄く開いた唇の端を舌先で舐めながら、どこで覚えたのやら商売女じみた流し目をくれた。

「でしたらムシュー・エドウィン、わたくしがあなたの愛人になって差し上げてもよくってよ、と申し上げましたら、どんなお返事を下さいますの？　お手当の額によっては、考えなくもありませんわって」

「残念ながらご辞退申し上げますよ、マドモアゼル。あなたは僕の性的対象には入らない」

さっ、と少女の頬が赤らんだ。束の間かぶった媚態の仮面が、呆気なく砕けて消えた。大きく見張られた目が揺れ、端のほつれたストールを握りしめる、両手の拳が胸の前で小刻みに震え、唇がわななく。

「わ、わたくしは、そんなに醜いですか？」

醜くはない、無論のこと。だから困るのだ。

「いや。だが子供を寝台に引き入れる趣味はないので」

立ち上がった。椅子の脚が敷石の上で大きな音を立てた。見開いた明るい褐色の眸が、再び怒りに燃え上がっている。テーブルの上に叩きつけるように両手を置き、チャールズに向かって身を乗り出すと、

「子供では、ありません。わたくし、もう十八歳です」

「子供ですよ。歳はいくつでもあなたの心が、世間知らずのお子様のままだ」

「侮辱なさるんですね」

「とんでもない。単なる事実です。いいですか、極めつけの箱入りお嬢さん。世の中を舐めてはいけない。あなたのようなよるべもない娘が、この都でひとりで生きていけると思いますか。気をつけて振る舞わないと、火傷だけでは済まぬことになる」

あなたの亡くなられた父上に代わって申し上げているのです、と続けるつもりだったが、それをいうだけの時間がなかった。「失礼します！」という声だけを残して、彼女は駆けるようにその場を離れている。あわてて呼び止めたのに間に合わなかったディアーヌが、嘆きのため息を洩らした。

「エドったら、いくらあの子が気に入らなかったからって、そんなにいじめることはなかったでしょう？　どっちが子供よ。あなたを見損なったわ」

「それは心外だな。いじめてはいませんよ。頭を撫でてもいないが、耳に痛いお説教でも、僕のいったことは間違ってはいないでしょう」

「ああもうッ。減らず口は結構よ。飢えた子供に正しいお説教がなんの役に立つの。とにかく、このままほっておけやしないじゃありませんか。いまから追いかけても間に合わないわね。でもいいわ。『ルフェル』のマダムに訊けば、住んでいるところはわかるでしょう。いいえ、あなたは連れて行きません。けれどエド、勝手に旅立ったりしたら本当に絶交よ！」

脅し文句を捨て台詞にディアーヌが立ち去ると、チャールズはふっとひとつ息を吐いた。まあいい。あの少女ヴィクトリアは、自分のこの胸を満たした寒々とした無聊《ぶりょう》を、少しの間だけでも遠のけ忘れさせてくれるかも知れない。背後を振り返らぬまま、

「ディーン」

低く声をかけた。

「後を追え。それと、調べられることを」

「――承知」

微かなささやきを残して背の気配が離れていく。こんなとき欲しいのは濃い紅茶の一杯だが、パリでそれは頼まない方がいい。水のせいか、味覚に問題があるのか、フランス人に紅茶を淹れさせれば、なぜか確実に怖気《おぞけ》を震うようなしろものがやってくる。チャールズは指を鳴らしてギャルソンを呼ぶと、ミネラルウォーターの小瓶とアニス・リキュールのグラスを注文した。

水を加えるとミルクのように白く薄濁るパスティスのグラスに下唇を当てながら、チャールズ・エドウィン・シーモアはひとり苦笑いを洩らす。ディアーヌが突拍子もないことを言い出すのはいまに始まったことではないが、まさか従者のディーンを彼のアドニスに擬するとは、想像もしないことだった。

4

だが例えばこの世界には、イギリスにおけるような紳士と従者が、存在しない社会というのもあるから、そのような社会を当然として生まれ育った人間には、両者の関係というのはなかなかに奇妙に見えたとしても不思議はなかろう。朝、寝台の上で目覚めてから、夜、その上に身を横たえるまでの時間をともに過ごし、その奉仕を受ける主と奉仕する使用人との繋がりは、夫婦同士などより遥かに密接で、なくてはならないものだといっていい。

チャールズが現在の従者であるディーンと出会ったのは、五年前、ロンドンでのことだった。一八五四年に家族へ一方的に隠居を宣言し、祖国を離れてからは滅多に戻ることがなく、法律的な問題が出て彼の判断や署名を必要とする場合も、弁護士を旅先に呼び寄せて用を済ませた。だがこのときばかりは、選択の余地はなかった。長年彼の旅に付き添ってくれていた従者のエリック・ディーンが脚を痛め、六十五歳という年齢もあって、仕事を引退することになったのだ。

忠実な老使用人はしきりに恐縮していたが、自分の身内より長くともに過ごしてきた彼を、旅先でお役御免とばかり放り出すわけにはいかない。チャールズも一緒にロンドンに戻り、彼のために用意した終身年金の手続きなどにも立ち会った。それは季候の良い南イングランドあたりに小さな家を買い、家政婦を雇ってのんびり余生を送るには充分な金額だったが、ロンドン生まれのディーンは田舎よりも街中で暮らす方を望んだ。幸い彼の甥っ子夫婦が、シティでよく流行っているパブを経営しており、ディーンは彼らの自宅の近くに、自分のための住まいを見つけることになった。

ロンドンに長居をするつもりはなかった。ふたりの息子はどちらもオクスフォードの大学生で、こちらにはいないはずだったが、妻のセアラはシーモア家のタウンハウスに住み続けているということだ。間違っても彼女と会いたくはない。自分がロンドンにいることを知られたくもない。自分を知るものに見かけられれば、妻や妻の親族、そして嫁いだ娘たちの耳に「彼が戻っていますよ」とささやく輩がいないとも限らない。いや、きっといる。この国の常識に照らせば、非難されるべきは一方的にチャールズの方なのだから。

ディーンの引退を見届けたことで、用は済んだ。いまはまた旅に出るときだと思い、「さて、次はどこへ行くかな」とひとりごちた彼は、「はい、御前」というディーンの答えがないことに気づいて、いまさらのように愕然とした。馬鹿馬鹿しい。当たり前だ。彼はもういない。しかし改めて考えてみれば、自分はずっと「独り旅をしている」と考えていたがそれは正しい認識ではなかった。「ディーンとふたりで旅をしている」、いや、より正確には「ディーンに世話されて旅をしている」だった。

自分がしていたのは、文献や地図、人の話などを聞いて、

「＊＊へ行こう！」

と決めるだけで、そこから先の実務はすべてディーンに任せきりだった。荷造りもチケットの手配も、旅先での生活の一切も彼に頼っていた。どんな無理難題にも涼しい顔で「はい、御前」と答える彼に慣れて、それが当然のことのように思っていた。とんでもない。エリック・ディーンは旅行家チャールズ・シーモアの手足であり翼であったのだ。それを失っては、

（僕はどこへも行けない……！）


しかしいま、チャールズには新しいディーンがいる。出会ったときは二十歳になったばかり、彼の長男のトマスと同年の若者だったが、いや、すでに五年旅をともにしているのだから、新しいということばは当たるまい。老従者の姓をそのまま使っているのは、彼自身がそう望んだからだ。その申し出を、チャールズはなにも訊かずに認めた。本名を名乗りたくない理由は、おおよそわかっていたからだ。

だが彼は、ディーン以上のディーンだった。従者になくてはならぬ常識にはいささか欠けるところもあったが、教えられたことはすべて呑みこんで忘れず、チャールズの望むことをすばやく察知する勘の良さを持ち、長身痩躯の立ち姿も美しい（主につかず離れず従う従者は、見かけの良さ上品さも必要とされる）。それだけでなく武器銃器の扱いに長け、棒術や拳闘の心得もあり、護衛としての役目も充分に果たせるのはすぐわかって、治安の悪い土地を旅することになったとき大いに役立った。

出会う以前の彼は、イギリスの支配に抗するアイルランド独立運動のテロリストだった。自治法案に反対し、完全独立を主張して武装闘争も辞さない、もっとも過激なグループに属していた。しかし彼はチャールズと出会う直前、元の同志たちからも裏切り者として追われる身となっていた。情報の誤りから、彼の作った爆弾が罪のない庶民の一家を殺害する結果となったことで、運動の意義を疑い、同志から離脱する道を選んだからだ。

その若者を拾ってチャールズの元に来させたのは、引退したエリック・ディーンだった。自分が去って主がどれだけ困難を覚えるか、一番よくわかっていたのはチャールズではなく元従者の方だった。エリックは若者を自分の後継者とするべく、通いで教育係の役を引き受け、従者なしではにっちもさっちも行かないと骨身に染みていたチャールズは、その好意を心から感謝して受け取った。

だが、初めからすべてが順調に推移したわけではない。いくらチャールズが貴族社会の異端児を自認し、若者の方がこの仕事で生きることを承諾していても、純白のリネンの上に生まれ落ちた子爵家の長男と、イングランド人を圧制者として憎み嫌ってきたケルトの末裔の息子が、たやすくわかり合えるはずもなかった。新しい従者はことあるごとに主に反発し、チャールズも内心ではアイルランドを搾取するイングランドの政策を肯定はしていなくとも、「あんたらイングランド人は」ということばで論難されれば反論しないではおれない。ことばで勝とうとすれば相手の武装闘争の矛盾をあげつらうことになり、怒った若者はチャールズを、家族を放り出して遊び歩いている放蕩貴族、結構な家名の女房に怯える臆病者と嘲笑して、ふたりはホテルの部屋で殴り合いの喧嘩までする始末だった。

そんな状態を一気に解決したのはふたりにとってのそれぞれの敵、チャールズには妻の実家の男たち、レノックス家の娘である妻をないがしろにしている男に制裁を加えようと、狐狩りのように彼を追い詰めてくる連中、若者には裏切り者の彼を始末しようと襲ってくる元の同志たちで、ふたりとも捕らえられれば無事では済まない危機に直面して、角を突き合わせているより共闘する方が生き延びられる可能性が格段に高いと、ようやく意見が一致した。エリック・ディーンの手引きでロンドンを脱出し、プリマスを出てスペインに向かう船に乗りこむことができた。船はさらに南下して西アフリカに向かう。ヨーロッパにはしばらく戻らない。遠ざかっていく陸地を横目に、甲板で向かい合って彼はいった。

「俺はこれからあんたの従者になる。そのしるしにエリックじいさんの名前をもらって、ディーンと名乗ることにする。以前の名前は捨てた。あんたも忘れてくれ」

彼の身長はチャールズより額ひとつ高い。真っ直ぐに目を合わせるには、それなりの距離を空ける必要がある。その双眼が美しい緑色をしていることに、いまようやく気がついた。

「いいだろう、ディーン。ただしこちらにも注文がある。あんた、は止めてくれ」

彼は口元を横に曲げ、ニヤッと笑った。片手でその顔を拭うように一撫ですると、笑いを消して一礼した。

「はい、御前」

それから五年。

たったの五年というべきか、あるいはもう五年と思うべきなのか。

このところ、いまひとつ正体の掴めない憂鬱に侵されているチャールズとは異なって、従者のディーンはいよいよ完璧な従者そのものになりおおせようとしている。過去のことはおくびにも出さず、無駄口を叩くことも、口元を曲げて笑うことすらない。ただ主の望みを叶えるためだけに、自らのすべての能力を鋼のように鍛え上げ、研ぎ澄ましている理想の従者。無論のこと、それに文句をつける気はなかった。

おのれと主との間に明確な一線を引いて、それを踏み越えようとはしないディーンのあり方は好ましい。ディアーヌの深読みは論外であるにしても、彼が主従の関係を越えた馴れ合いの様子を見せたなら、自分は彼をうとましく思わずにはいられないだろう。

（そうはいっても、どうもあいつは可愛げがない。生真面目すぎるのが難点だな……）

パリに滞在している夜は、格別の予定がない限り晩餐はディアーヌと摂《と》る。彼女が舞台に立っているときは当然劇場に足を運び、芝居が跳ねれば楽屋を訪ねて夜食に付き合う。彼女に別の用事があって同行できない場合は、彼が流行遅れの田舎者にならないよう、足を運ぶべきコンサートやショーをリスト・アップしてくれるので、有り難くそれに従う。おかげでひとりで行き所に迷うということがない。ところがこの日ばかりはとんだ予定外というわけで、定宿の近くで軽く食事を済ませて戻ると、驚いたことに彼の部屋にはディアーヌと、もうひとり顔色の悪い痩せた娘が待ち受けていて、

「ああ、やっと戻ってきた！　ほんとにもうあなたったら、こんなときはどこへ出かけているのか、伝言ぐらい残しておきなさいよね！」

いきなり怒鳴りつけられる。

「僕だって夕食ぐらい摂りますよ、ディアーヌ」

むっとして言い返したが、こんなときの彼女には理屈など通りはしない。

「あらそう。結構ですこと。わたしなんて食事なんかすることも思い浮かばなかったわ。こちらのお嬢さんの住まいを尋ね当てるだけで、いい加減時間がかかってしまって」

そうはいいながら、ここでチャールズの帰りを待っている間に、一応空腹の手当は済ませたらしく、長椅子のかたわらのテーブルの上には、お茶のポットとカップ、スコーンのかけらが散った皿が残されている。このホテルは純正イギリス流のクリーム・ティ（紅茶とスコーンにジャムとクリームを添えたセット）が味わえるのが売りで、彼女もその誘惑を拒むつもりはさらさらなかったようだ。食事とお茶は別枠、ということなのだろう。それに異議を唱えても始まらない。とにかくディアーヌに理屈は通らないのだ。

「だれなんです、彼女は」

そういって目を向けた、チャールズの顔つきがよほど剣呑なものに見えたのかも知れない。その娘は鞭を当てられたようにビクッと全身を痙攣させ、顔をゆがめる。震える唇からはことばにならない悲鳴のようなものが洩れ、いまにもその場に卒倒しそうに見えた。

「だれって、わたしいったでしょう？　マドモアゼル・カレームを追いかけるって。この子はマドモアゼルがいっていた、元メイドでいまは『ルフェル』の縫い子をしているコレット。この子の部屋に彼女は、二週間ばかり寝泊まりしているの。でも」

「ヴィクトリアは見つけられなかった、と」

「ええそうよ。でもこの子の話、あなたも聞くべきじゃないかと思って。さ、コレット。ここなら大丈夫。安心してあなたの知っていることを打ち明けてちょうだい。マドモアゼルを助けてくれるとしたらこちらの紳士よ。見てくれは多少胡散臭《うさんくさ》くても、性根は腐っちゃいないから、その点は信用していいわ」

チャールズはため息を腹の中に吐き捨てた。なんて言いぐさだ、とは思ったものの、腐れ縁の旧友とそんなことでもめている場合でもなかろう。そうしてディアーヌは少なくともコレットにはやさしく、辛抱強くことばをかけて、口ごもったりすすり泣いたり、一向にはっきりしない話を、ぼろきれを拾い集めて綴り合わせるように引き出し始めた。

といっても、その話はわかりにくいことこの上なく、なんの目印も無い密林の中をさまよい歩くようで、耳を傾けていてもいらいらせずにはいられない。それなのに彼が質問を挟むと、コレットはまたビクッと身を震わせ、怯えきってことばを詰まらせてしまう。それをまたディアーヌがなだめすかして、ようやく続きが始まる。このときばかりは、彼女の辛抱強さに舌を巻いた。そうして聞き出したことを、わかりやすくまとめれば以下のようになる。

アドリエンヌは知らなかったが、コレットの息子ベルナールの父親はテオドール・パンヴィルだった。彼が不誠実な男で、口にする結婚の約束などまったく当てにならないと薄々は気づいていながら、一縷《いちる》の望みを捨てきれずに何年も関係を続けていた。そしてコレットは彼の口から、マドモアゼル・カレームが知らない学校の経済状態を聞かされていた。カレーム氏は毎年相当の金額を学校のために送ってきていたが、財政は疾うに破綻し、娘の学費や生活費として納められていた金まで使い尽くされ、借金の額も膨れ上がっていたという。

だがアドリエンヌは、そのことで責任を感じてひどく苦しんでいた。しかしその負債の中には、テオドールが勝手に始めて失敗した事業の借金も含まれていたらしい。彼はだが姉を助けるよりも、自分の懐を肥やすことばかり目論んでいた。アドリエンヌの死が睡眠薬の飲み過ぎによる事故死か、あるいは自殺したのか、本当のところはコレットも知らない。残された生徒たちと使用人たちは寝耳に水のように、マドモアゼル・パンヴィルの死を知らされ、学校の閉鎖が申し渡され、路上に放り出された。ヴィクトリアが遭わされた目よりいくらかましだったのは、自分の私物を持ち出せたことだけだ。そしてテオドール・パンヴィルの行方はだれも知らなかった。債権者から身を隠しているのだろう、とだけは推測できたものの、彼がアドリエンヌを殺したのではない、それだけはないとコレットはかぶりを振った。

「そんな恐ろしいこと、絶対違います。あの人は、お金にはだらしないところがあったけど、そこまでの悪党ではないです。盗みや詐欺やごまかしはしても、実のお姉様を殺すなんて、そんなの。本当です。どうか信じてください！」

泣きながらそう訴えられても、彼の心証は悪くなるばかりだ。悪事は癖になる。重ねるほどに凶悪さを増していく。学校の突然の経営破綻がテオドールの使い込み、ないしは横領の結果だとしたなら、たとえ事故でも自殺でも、彼は姉を死に追いやったということになる。

しかも彼がしでかしたことは、どうやらその程度では収まらないのだった。コレットはなかなか認めようとはしなかったが、テオドールはカレーム氏が娘のために、おそらくは南北戦争の戦禍で自分が命を落とす危険までを見越して、積んであった預金を、奪い取ろうと画策していたらしいのだ。

アメリカからカレーム氏の手紙を持って訪れた黒人の乳母がヴィクトリアにその預金の話をするのを、立ち聞きしてテオドールに教えたのはコレットだったのだろう。自分の口からそうとは認めなかったが、切れ切れのことばを綴り合わせればどうしてもそういうことになる。そして、ヴィクトリアがパリに戻ってきたのは、その預金のこともあったからだ。なにせ銀行口座の在処といったことがすべて書かれた大事な手紙を、ヴィクトリアはアメリカに戻る前、自分の身になにかあって紛失したりしては困るからと、アドリエンヌに預けていったというのだから、いくら彼女を信頼していたからといってやることが甘すぎる、とチャールズは舌打ちしないではいられなかった。

「まあ。それじゃそのお父様が遺してくれた銀行預金があれば、マドモアゼルは身ひとつで路頭に迷うこともなかったわけなのね。でもコレット、テオドールはまさか、その悪巧みに成功したわけではないんでしょ?」

「は、はい。その銀行は、イギリスでもフランスでもない、スイスにあって、ヴィクトリア様本人が行かないと受け取れないってことでした。それでテオドールは、あたしにヴィクトリア様の振りをしろ、向こうは顔も知らないんだからこの手紙さえあれば簡単だなんていって、でも、断りました。いくら脅されても、お芝居なんてできませんって。そうしたらあの人、だれか別の女の子を見つけてスイスまで行ったらしいんです」

「ええ、それで?」

「でも失敗したって。なにがあったかよくわからないですけど、とにかく上手く行かなかったって、あの人すごく荒れて」

「それで君は、ヴィクトリアがパリに戻ってきたら声をかけて、彼女を助ける振りをして預金のことを訊き出せとテオドール・パンヴィルに命令されて、学校の跡地を注意して見張っていたわけだ。そうだな？」

またビクッと、コレットの身体が震えた。

「あたし、それは、でも……」

「偶然のはずがない。君と会えて良かった、自分は運が強いとヴィクトリアは笑っていたがね、種を明かせば彼女はみすみす、自分を捕らえようと待ち構える敵の罠に脚を踏みこんでしまったということだ」

「それくらいにしてちょうだい、エド！」

ディアーヌが怒りを露わに割って入る。

「いまこの子を責めたって仕方ないでしょ。悪いのは他のだれでもない、そのテオドールよ。自分が子供を産ませた女を、脅しつけて悪事の手先に使おうなんて、まったく救いようがないろくでなしね。断って良かったわ、あなた」

「ええ。あたし、ずっと気が咎めてました。ヴィクトリア様は学校にいるときから、あたしには親切でおやさしかったのに。だからあたしの部屋にお連れしたのも、あの人に命令されたからだけじゃなく、お気の毒で、なんとかしてあげたくて。だってヴィクトリア様は、世話をかけて申し訳ないって、ご自分の着ていた服まで全部、さっさと古着屋に売り払ってしまって、そのお金をあたしにくれるんです。そして、とうとう髪まで」

もうこらえきれないというように、コレットは顔を覆ってわっと泣き伏した。

「ベルナールを預けているのは、死んだ母の弟だった人で、でもいい人じゃないんです。酒浸りで奥さんに逃げられて、そんなところにあの子を置いておくのは嫌だけど、悪戯盛りの五歳の男の子がいる部屋で裁縫仕事なんて、危なくってできません。叔父はあたしがベルナールのことでなら、いくらでもお金を出すと思っているから、病気だ医者だなんていっても、どこまで本当かわかりゃしないんです。なのにヴィクトリア様は、叔父のことばを聞いたら待っててとおっしゃって、鬘屋に走って行かれたんです。そしてあの頭で戻ってきて、叔父にお金を押しつけて、笑いながら、どう、似合う？　なんて」

「まあ、似合ってはいたわよ」

そういうディアーヌのことばも、耳には届いていないのだろう。

「あたし、本当に申し訳なくて、今日の昼間は仕事が手に着きませんでした。ヴィクトリア様がさっき戻ってきて、マヌカンのお給料をくれようとするのに、床に身を投げてお赦しを請いました。そして、どうかパリから逃げてくださいって」

「えっ、それはどういうこと？」

「あの人が、ヴィクトリア様が戻ってきたことに気づいてしまったんです。そうしたら、今度は本人を連れて行ってスイスの預金を引き出させるって。前のときに使った行き帰りの旅費の分まで、元を取らないわけにはいかない。どんな手を使ってもいうことを聞かせてやるって。だから、逃げないと」

「あのマドモアゼルが、どんな脅し方をされたとしても、おとなしくいうことを聞くとは思えないけど」

ディアーヌのつぶやきに、チャールズも心から同感だったが、コレットは洟《はな》を啜り上げながら泣き腫らした顔を大きく左右に振る。

「だって、だって、本当に危ないんです。あの人、殴るんです。女とか、身体の悪い人や年寄りのことも平気で、ゲラゲラ笑いながらステッキで殴ったり蹴ったり。酔うと特にひどくなって、目つきまでおかしくて、気が触れたみたいに暴れたり、わめいたりして止まらない。昔は全然そうじゃなかった。やさしいときもあったのに、だんだんひどくなって、あたしのことも、逆らったりしたらひどい目に遭わせるって」

チャールズは昔、アドリエンヌ・パンヴィルがロンドンに来たとき、姉に付き添うテオドールと顔を合わせた覚えがある。アドリエンヌも凜《りん》とした長身の美女だったが、弟も顔立ちの整った白皙《はくせき》の美青年で、彼の悪しき評判を耳に入れたときも、あの外見と弁舌巧みな舌があれば、どんな意味にせよ欺される人間には事欠くまいと思ったものだった。コレットが悪党ではないと庇ったのは昔の情の名残で、実際のところ現在のテオドールは、到底弁護できないところまで堕落した人間になっているらしい。

「それでコレット、帰ってきたマドモアゼルはそれからどうしたの？　わたしがあなたの部屋を訪ねたときは、もうあなたひとりだったわよね？　まさか、テオドールに捕まって？」

コレットはまた大きくかぶりを振った。

「よく、わかんないです。でもヴィクトリア様、テオドールと話をつけにいくって。あたし、止めたんです。そんなの無理だから、なにされるかわからないから危ないって、いったのに、出ていってしまわれて」

「だったらテオドールはどこにいるの。マドモアゼル・パンヴィルの学校が閉鎖されたとき、彼も姿を消したのよね。どこに潜伏しているの。パリの市内なんでしょう？」

「市内だとは、思います。でもあたし、あの人がどこにいるのか教えられてないんです。あたしがあの、サン・ドニ街のアパートに住んでいるのは知っているから、用があるときは人を寄越して呼び出されます。こちらからは連絡が取れないんです。ほんとです。借金取りとか、あの人を追いかけている人間はたくさんいるから」

「おやまあ、あなたにも気を許していないわけね」

「きっと、女のところです」

つぶやいたコレットの視線が暗い。

「隠れ場所には困らない。俺を歓迎してくれる情婦《いろ》はいくらでもいるんだって、得意そうにいっていましたもの」

ディアーヌが軽く目を見張り、チャールズに向かって目交《めま》ぜした。あなた気がついた？　この娘はまだテオドールを愛しているのよ、といいたいらしい。別に意外でもない。愛情というよりは、未練あるいは執着とでもいった方が適切だろうが。しかしそんなことよりも、彼がいま気になるのはヴィクトリアの行方だ。

彼女がなにを考えてコレットの部屋を飛び出したか、考えるまでもない。テオドールが自分の帰国に気づいたという以上、コレットのアパートはテオドールの手下に見張られているに違いない。ヴィクトリアをテオドールのアジトへ連れてこいと命じられているはずだ。ならば顔を晒して街を歩いていれば、向こうからやってくるだろう。逃げ隠れることはない。

まったくなんという無鉄砲な娘なんだと、チャールズは腹立ち半分その場で地団駄を踏みたくなる。相手は実の姉を喰いものにして、死に追いやった可能性が高い筋金入りの悪党だ。倫理観もなければ情もない。そんな手合いの隠れ住むところに、丸腰の若い娘がひとり乗りこんでなにができる。愛され、恵まれて真っ直ぐに育ったらしい、誇り高い少女に彼は好感を抱かずにはいられなかったが、悪に手を染めた者にとって神聖冒瀆は普遍的な欲望だ。テオドール・パンヴィルは金以上に、ヴィクトリア自身をその毒牙にかけようと狙っているのではないか。

こんなときこそ自分を頼るべきだったものを、といっても、チャールズは彼女の人生にほんの半日前、一時間ばかり登場した赤の他人に過ぎない。それもおそらく第一印象が悪すぎた。当人に向かって「お子様」といったのは、決して嘘ではないし的外れだとも思っていないが、やはり表現がきつすぎたようだ。子供だからこそ背伸びもしたい。自分は大人だと思いたい。その喉元を敢えて逆撫でした。鼻っ柱の強いアメリカ娘には、これくらいでないと通じまいと考えたのだが、力加減を誤ったかも知れない。

（それにしても、そろそろディーンが戻るなりしていい……）

彼の内心の呟きをなにものかが聞き届けたように、部屋のドアがノックされた。ホテルのマネージャーを務める腹の出たおやじが、畳んだメモを片手に待っている。それがディーンから自分宛のものだというのは、正方形の用紙の一角を丸く切り落として畳んだ形で知れた。家族経営のこぢんまりしたホテルはパリに泊まるときの定宿で、チャールズと従者のやり取りの仕方にも、いまさら戸惑うことはない。開くと住所らしい一行の走り書き。通りの名と番地だけだが、だいたいの場所は見当がつく。モンマルトルのようだ。

「出かけてきます」

ベッドの上に放り出してあったコートと帽子を手にすると、ディアーヌが目を見張る。

「マドモアゼルがどこにいるか、わかったの？」

「ええ、たぶん」

「だったらわたしも行くわ」

「止めてください。いうことを聞かないじゃじゃ馬の相手をするのは、一度にひとりでたくさんです」

「まっ、なんですって？」

大声を上げるディアーヌに押しかぶせて、

「ここにいてくださいよ、ふたりとも」

振り返らずに言い捨てて、部屋を出る。大きすぎる音を立てぬよう、ドアを引き寄せて閉じる。ホテルのおやじは廊下で待っていて、チャールズが「馬車だ」というと、手振りで階下を指し示し、目を合わせてひとつうなずく。車はすでに下にいるらしい。おかみは饒舌《じょうぜつ》、おやじは口が利けぬのかと疑うほど寡黙、というのがこのホテルで、彼は英語を解さないがチャールズがフランス語を操る必要はないくらい、非言語的な意志のやり取りに習熟している。

「この住所へ。早いほど運賃は弾むと馭者にいってくれ」

開いたメモを手渡して軽く手を振ると、「ウイ」と一言。ご婦人方のさえずるようなおしゃべりは愛すべきものだが、気の急く場合はことのほか、有能な沈黙が望ましい。

（マドモアゼル、どうか無事で――）

5

テオドール・パンヴィルは、おのれの顔かたちに多大な自負を抱いていた。ほんの幼い頃からあまりにも頻繁に「可愛らしい」「美しい」「天使」「クピド」といったことばを周囲からかけられ続けて、子供時代のことで疑いなど持たずその賞賛を素直に受け取ったから、結果としてそれ以外の自己像を想像する余地がなかったのだ。彼にとって美こそ至高の価値であり、そこに君臨するのはおのれひとりだった。

その顔かたちを磨き、それにふさわしい話し方や表情、立ち居振る舞いを身につけて、思春期から青年期、彼の美貌はいよいよ輝きを増した。彼が街を歩けば、女たちの熱い視線が矢束のように降ってきた。だが彼はすでに、子供時代ほど幸せではなかった。この世界には美の他にも価値あるものが存在し、それなしでは彼の美すらも認められないと、知ってしまったからだ。それは財力と身分門地だった。

母は王政復古後に帰国した亡命貴族の血を引いていたが、血縁は没落してちりぢりとなるか、付き合いも絶えていて、母自身すでに亡く、父はパリ大学の歴史学教授だったが、パンヴィル家は決して裕福とはいえなかった。そしてテオドールは父が嫌いだった。彼は学問に興味のない息子を疾うに見限っていて、しかも美しくなかったからだ。

その父が逝き、姉が女子のための学校を開きたい、そのためにロンドンへ行って出資者を探したいと言い出したとき、テオドールは喜んで賛成した。母に似て美しい姉を彼は愛していたが、姉は父と学問で結ばれていて、彼はその中に入れなかった。しかしこれからは、自分が姉の愛情を独り占めできる。姉の理想の女子学校などなんの興味もなかったが、彼女のために働くことも喜んでしょう。

学校の出資者を見つけるために、詐欺を働いたつもりはない。ただ話の端々に美しい色をつけ、飾りをつけただけだ。自分の顔かたちにふさわしい血統、ふさわしい名、そして財産。彼の美しい顔には、高貴な血筋と豊かな富が似合う。だから人は彼のことばが紡ぐ架空のそれを、いとも容易《たやす》く信じこんだ。そして姉の語る理想の学校に惹きつけられた。その結果先進的な女子学校が実現したなら、パンヴィルの名は名誉に輝き、利益は姉弟を潤して、すべては現実のものとなったろう。断じて私利私欲のためではなかった。

それを姉に非難され、ロンドンを立ち去ることになったとき、テオドールの誇りは大きく傷つけられた。象牙の塔に死ぬまで籠もり続けていた父同様、姉も理想という名の美しい夢にしがみついて、それを実現するために手を汚すつもりはないらしい。愚かな話だ。常に目上として仰ぎ見てきた姉を、このとき初めて軽く哀れんだ。

パリに戻って、テオドールは姉から離れて生きてみようと思った。姉も寂しがりながら、彼の決意を祝福してくれた。そして五年余り、さまざまの職を経験したものの、彼の自負を満たし、物質的な満足も与えてくれる仕事はついに見つからない。裏社会の機微には通じるようになったものの、差し障りも増えた。一度すべてを洗い流す必要があった。

姉は父と暮らした旧居で、小さな寄宿学校というより、私塾に近いものを営んでいた。十代の少女が十名足らず、姉を含めて教師が数名、メイドや料理人、暮らす者すべてが女の、泡粒のような王国。あるいは人形の家。姉はその領土を治める妖精女王だった。テオドールは金の匂いを嗅ぎ取った。どうやってか、彼女は出資者をみつけたに違いない。ならば自分もまた、その分け前に与《あずか》ることはできるはずだ。

女しかいない世界に、彼を迎え入れることを彼女はなかなか承諾しなかった。姉を説得するために、彼はそれまでつちかった弁舌の才を、極限まで振り絞らねばならなかった。だが、最後に彼女はため息交じりにこういった。

「約束してくれるでしょうね、テオ。この学校の中で、私の生徒や教師、使用人に不埒な真似を働くようなことは、絶対に許さないわよ。そんなことがあったら、微かな疑いだけでも、すぐに出て行ってもらうわ。いい?」

「もちろんさ、姉さん。そんなことは絶対しない。約束するよ」

彼は明るい口調で答えたが、姉はにこりともせずに続けた。

「でも、堅気になったようには見えないわ」

「これからは真面目にやるさ。この学校だって、男手の必要なことはあるだろう? そうしたら俺が、助けになれるじゃないか。ほら、昔ロンドンに行ったときのように」

「ロンドンで? そうね。あんたはイギリスの貴族や王族に取り入って、あることないことしゃべりまくって、結局は詐欺師扱いされて、逃げ出す羽目になったのよね」

「姉さん、俺は詐欺なんかしてない。あんたのためになろうとしただけだ、本当に」

「あなたのことばを信じたいと思うけれど、その相変わらずの口の上手さを聞いていると不安になってくる」

姉は自分を見て、ため息をついた。そしてたぶん深くも考えず、ひどく残忍な、到底許せないことを口にした。それを耳にした瞬間、彼は心の底から姉を憎んだ。姉の没落を望んだ。いや、この手で彼女を奈落に落としてやろうと誓ったのだ。


(そして姉さん、あんたは俺が望んだとおり、破滅してくれたな……)

芸術家が描き上げて顧客に渡した作品を、繰り返し記憶からよみがえらせて会心の笑みを洩らすように、テオドールは最後に見た姉の顔を思い出して、甘い蜜のような満足を覚える。彼女がこともなげに自分の誇りを奪ったように、彼女の理想を形にした学校を奪い、粉々にしてやろうと思った。その企みは彼の意図どおりに実現した。絶望に彩られ、泣き濡れた彼女の顔を思い出しても、胸は少しも痛まない。

自分は姉を慕っていたつもりで、実は心の奥底では最初から彼女を憎んでいたのだろう。母に似て美しく、父に似て賢かった姉。父はいつも彼を、姉と較べて叱った。父は彼を馬鹿者の怠け者だといい、姉だけが我が子だと言い放った。そんな姉を、本音ではうらやみ妬んでいた。だから裏切りの企ては楽しく、すべてはあまりに容易く、いっそ呆気ないほどだった。姉は世間知らずの理想主義者で、自分に限らず人を疑うことを知らなかったから、会計士は帳簿をごまかして少なからぬ額を横領していた。テオドールはその男を脅して味方に引き入れた。かくして金の卵を産む鵞鳥は、ゆっくりと絞め殺された。

だが、喜んでばかりもいられない。敢えて姉の学校に身を寄せたのは、彼がこの数年生きてきた裏社会でも失策が重なって、ほとぼりを冷ますまでしばし身を隠す必要が出てきたからだ。その学校が無くなれば、新たな隠れ家を探さねばならない。手際が良すぎたせいで、それほどの時間がかからなかったのは失敗だった。

しかし学校の破産がいよいよ目の前に迫った頃、これ以上ないほど美味しい話がやってきた。姉の学校のパトロンだったアメリカ人が、娘のために残したスイス銀行の預金だ。それをそっくりいただく。なんの問題もない、熟れた果実に手を伸ばしてもぐ程度の話に思われた。

ところが失敗だった。わざわざスイスまでとんだ無駄足を踏まされた。しかしこのままで終わるつもりはない。その娘はいま彼の目の前にいる。姉の学校ではせいぜい礼儀正しく、愛想良く振る舞って、生徒たちにもむしろ好かれていた彼だが、この娘だけは最初から自分に警戒の目を向け、まったくなつこうとしなかった。痩せっぽちで目ばかりが目立つ、見るからに生意気そうで、可愛げもなければ色気など薬にしたくもない小娘だ。彼が金を摑ませたちんぴらふたりに、路地で捕らえられて、頭に袋をかぶせられ、馬車に放りこまれてここまで連れて来られたというのに、顔には涙の跡もなく、そこに突っ立ってこちらを睨みつけている。

「とんでもない髪型だな。マヌカンを馘首になったそうだが、それじゃ無理もない。だれだって願い下げだろうさ」

鼻で笑いながら近づいて、顔の両側に広がっている断髪の先を指で弾こうとした。だが、娘はすばやく後ずさって彼の手を避け、大きな目で彼を睨みつけた。

「わたくしに用があるのでしょう？　さっさとそれをいったらいかが？」

「俺の用向きがわかっている、ということか。コレットのやつが話したんだな？」

「聞くまでもありません。わたくしの父が、わたくしのために残してくれた銀行預金。あなたがそれを奪い取る気だということは」

「奪い取るとは聞こえが悪いな。あんたの学費、学校が立て替えていた寮費生活費の不足分を、支払っていただこうというだけだ」

「今年度分の支払いは済んでいるはずです。アドリエンヌは領収書を父宛に送りました。あなたに支払いを求める権利はありません」

どこまでも不敵な娘の顔つきは気に入らなかったが、ここで立ち止まってはいられない。彼は胸のポケットから、カレーム氏が娘に宛てた手紙の封筒を引き出した。そこにはスイスのベルンにある銀行の名前と住所、ヴィクトリア・アメリ・カレーム本人が訪ねてのみ、預金を引き出したり、移したりすることができる、といったことが書き記されている。娘の乳母だったという黒人女が、アメリカから持ってきた手紙だ。

「あんたは国に帰る前に、アドリエンヌにこいつを預けていった。しかしあのとき、いくらかでも不安には思わなかったのか？」

「旅の途中になにかあって、無くしたりしたらまずいだろうと思ったからです。アドリエンヌもそう勧めてくれたし」

ハッ、とテオドールは笑った。まったく、こういう女どもを欺すのは、赤子の手をひねるようなものだ。

「俺がそういえ、といったからな」

「それは、どういう意味です？」

「どういう意味もこういう意味もあるものか。アドリエンヌも、この金が喉から手が出るほど欲しかったんだ。借金が膨らんで、あんたら生徒の委託金もすっかり使いこんで空になっていた始末で、破産は目の前だった。しかしこんな景気のいい文面の手紙なら、見せるだけでも借金取りの追及をしばらくは日延べできる」

娘はなにか考えるように、ふっと一瞬目を伏せた。それからまたすぐ首をもたげ、こちらへ目を向けると、

「学校の破産がなにによって引き起こされたのか、そこになんらかの作為はなかったのか、そういうことを尋ねるのは止めておきます。あなたがどう答えようと、わたくしはたぶん信じられないし、証拠もないところでは水掛け論にしかならないでしょうから」

おまえのせいだと泣きわめけば、どこにそんな証拠があると嘲笑ってやれるのに、相変わらず可愛げのない口調だ。顔をしかめて舌打ちしたくなる。

「あなたはわたくしが帰国した不在中、アドリエンヌが死んで学校が閉鎖された後、わたくしの預金を詐取しようと試みたけれど失敗した。しかしまだ諦めてはいない。どうやらそういうことのようですわね。ではどうぞ、わたくしをここへ連れてきたあなたのご用向きを」

口に出すのも忌々しい話だったが、話さないわけにはいかない。

「ああ、そのとおり預金は引き出せなかった。この手紙にはカレームが指定した本人が訪れること、としか書かれていないが、なにかあんたしか知らない合いことばとか、そんなものがあるはずだ。それを聞かせてもらおうか」

「わたくしは知りません」

娘は表情を変えることもなく即答する。

「スイスの預金については、その手紙で初めて知らされました。エリザも手紙の内容は聞かされていませんでした。無論のこと、父と合いことばの打ち合わせなどしていません。ですから訊かれても答えられません」

「そんなはずはない。だったらこの手紙になにか、秘密が隠れているというのは？　熱を与えると文字が出るとか」

「貸してみてください」

ごく自然に手を差し伸べられたので、テオドールもついうっかり、という感じで、開いた便箋と封筒を彼女に手渡してしまう。暖炉の前で紙を広げ、火にかざしていると見えたそれを、ヴィクトリアはふいに音立てて握りしめ、炎に向かって投げこんでしまった。

「なにをしやがる！」

火掻き棒を摑んで燃える薪《まき》の中に突き入れたが、紙はとっくに炎に包まれている。

「もともとわたくしが受け取った手紙です。どう処分しようと、あなたに文句をいわれる筋合いはありません」

「いいや。絶対なにか仕掛けがあったんだ。だから焼き捨てたんだ！」

「父の最後の手紙を、あなたのような人間の手に渡しておきたくなかったからです。仕掛けなどなにもありませんでした。ただの紙とインクでした。時間はあったのだから、気が済むまで調べたのではないのですか？　なにも見つからなかったのでしょう？」

それは図星だった。何気ない文面に暗号でも隠れているのではと、内容は別の紙に書き写して首をひねった。隠しインクや炙《あぶ》り出《だ》しも、考えられる限りのことはとっくに調べ尽くしている。金が欲しいという以上に、意地のようなものだった。ベルンの銀行で彼を見たスイス人の、慇懃《いんぎん》でありながら明らかにこちらを疑っていた目つきを思い出すと、屈辱に腹が煮えた。火掻き棒を摑んでいる手が震えた。

「あなたはわたくしの替え玉を仕立ててベルンまで行った。けれど目的は達せられなかった。そこでなにがあったのでしょう。あなたはさっき、合いことばといいました。証拠の品とか鍵とかではなく、合いことば。ということは、なにかそうしたものを訊かれたのですね？　そして、あなたが連れて行った替え玉は、当然ながらそれに答えられなかった。なにを訊かれたのか、教えていただけます？」

畳みかけるように訊かれて、いよいよ怒りが膨れ上がる。この火掻き棒で、小生意気な横面を殴りつけてやりたい。だが、ここで短気は禁物だ。なんとかして合いことばを聞き出すのだ。

「それを聞いたら、俺と一緒にスイス旅行に出かけるか？」

「あなたと？」

「ああ。若い娘ひとりで、異国の旅は荷が重いだろう。おまけにあんたは無一文で、満足に着る服もないと来た。俺がそのために要るもの一切用立てて、行き帰りの用心棒も務めてやろうというんだ。どうだい、悪い話じゃあるまい？」

「そうですわね」

にっこり笑ってみせた。

「ええ。それはとても理に適ったご提案のように思えますわ。ただ問題はやはり、その合いことばのようですわね。わたくし自身が出向いたとしても、それに答えられなければやはり門前払いということはあり得ますもの。どうぞ、教えてくださいな。ムシュー・パンヴィル、銀行の人はどんなことを尋ねましたの？」

小首を傾げ、頬に添えた指を軽く口元まで滑らせながら彼を見上げる。いままで見たことのない、甘えて媚びているような艶めかしい表情だ。誘ってやがる。この小娘が、と腹の中で罵ってみても、薄く開いた唇から目が離せない。少年のような断髪から覗く、薄紅色の首筋が妙に彼の好き心をそそるのだ。

「本当に、俺とスイスに行くか？」

「すてきな旅になりそうですわ」

「じゃあ、教えてやる。こう訊かれたのさ。『あなたはどこにいましたか？』とな」

「あなたは、どこにいましたか？……」

娘はさすがに面食らった顔で、見開いた目をまばたきさせた。化粧はしていないが、まつげが長い。確かめるようにゆっくりと、唇を動かして繰り返す。

「『あなたはどこにいましたか？』——何語でしたの？」

「無論フランス語だった。それから、何語でも同じですといって、英語やらドイツ語やらイタリア語やら、あげくは古代ギリシャ語だラテン語だって並べてみせたが、こちらが答えられないと見ると、うっすら口だけで笑って、お答えがないのでしたらどうぞお引き取りください、ときた。まったく人を馬鹿にしていやがる」

自分に理解できたのはフランス語と英語だけだったが、それは口には出さない。

「どうなんだ、お嬢様。なにか思い当たることは？」

「そう、ですわね……」

宙を見上げて小さく口を動かす。あなたはどこにいましたか、と繰り返しているようだ。

「いますぐはわかりません。でもなにか、子供時代の遊びにまつわることだという気がしますわ。質問と答え。それを繰り返して当てっこをする。謎々遊びのような」

それはいかにも、もっともらしい答えに聞こえたが、

「思い出せるんだな？　あんたに間違いなく伝わると思ったから、父親はそれを合いことばにしたんだろうが？」

「ええ。父はそう思ったのでしょうね」

「おいおい」

当のお嬢様にも合いことばがわからなくて、金は手に入りませんでした、なんて落ちは絶対に御免だぜ。

「でも」

娘はちょっと身体を退いて、こちらを見た。

「もしいまわたくしがその答えに思い当たって、あなたに教えたら、それでわたくしは用済みということになりますわね？　わざわざわたくしをスイスに連れて行く必要もない」

「俺があんたをどうかするというのかい」

「違いまして？」

「こっちだってそこまで馬鹿じゃない。その合いことばが正解かどうかは、ベルンまで行ってみなけりゃわからないんだろうが。無駄玉を撃たされるのは一度でたくさんだ。だから一緒にスイス旅行としゃれようというのさ」

「同じことですわ。父のお金がわたくしの自由にできるようになったら、あなたはわたくしからそれを奪うつもりでいる。行くときはふたり、帰りはひとり。違います？」

「そこまで俺を信用しないって？」

「当然ではありませんの」

今度は小馬鹿にしたような笑い方だった。

「だったらどうする気だ」

「わたくしにも頼れる方はいますもの。あなたではなく、そちらと相談してスイスに参ります」

「なんだ、それは！」

テオドールは大声を上げていた。

「一緒に行ってもいい、みたいな口を利いたのは、俺の口を開かせるためか」

「どうでしょう。今日ここに来た目的の、ひとつではありましたけど」

「なんだと。あんたを連れてきたのは俺の手下だぞ」

「お気づきではなかったのですね、やっぱり」

娘の口元の笑みが大きくなる。

「わたくしの方で見つけてくださるように、歩き回っていたんですわ。それからわざと、人目の少ない路地に入って攫《さら》っていただけるようにした。ずいぶんと親切ですわね」

「舐めやがって、このアマ！」

カッと頭に血が上る。頬に思い切り平手打ちを喰わせると、小柄な娘は悲鳴ひとつ上げず、紙人形のように軽く壁まで吹っ飛んだ。それでも失神はせず、両手を床について起き上がろうとするのを、靴先で二度、三度と蹴り上げ、胸ぐらを摑んで引きずり上げた。両足が床から浮く。打たれた頰が真っ赤に腫れ上がり、鼻からは血が筋になって垂れ落ちている。それをさらに容赦なく、揺さぶりながらわめいた。

「目を開けろよ、お嬢様。あんたが見かけによらない、したたかな小娘だってことはよくわかった。どうせ肝心の合いことばも、とっくに察しがついているんだろうが。素直にしゃべるならそれでよし。嫌だっていうなら、なにをしたって吐かせてやるだけだ。どっちがいい。え？」

摑まれてずり上がった古着の襟の中から、血に汚れた顔が上がった。薄くまぶたが開いて、唇が震えた。

「あなたがいくら暴力を振るっても、わたくしを思い通りになどできませんわ」

「はっ。できるかできないか、それはこれからわかるのさ。あんた、気がついちゃいないだろう。ここがどういう種類の家か。『認可の家《メゾン・ド・トレランス》』または『閉じられた家《メゾン・クローズ》』という、男が金を払って女を買い、好きなようにする、早い話が娼館だよ。役所に登録された娼婦がいて、営業許可が下りているから『認可の家』、表向きにできない醜業の場だから『閉じられた家』。俺はいまのところこの店の女将《おかみ》の情夫でね、忙しいあいつの代わりに役人との折衝やら、帳簿付けやらをしてやっている。いうことを聞かずに働きたがらない女や、借金を残して逃げ出そうとする女に罰を与えたり、新人にここのやり方を教えこむのもな」

「わたくしを、娼婦に？」

さすがに驚いたらしく、目を見張る。

「そんなこと、できるはずがありませんわ。わたくし、男の方を知りませんのに」

「なあに、心配は要らん。生まれたときからの娼婦なんてものはいやしないんだ。あんたみたいながりがりの生娘《きむすめ》に食指を動かすのは、物好きの変態だけだとしても、経験のない女を仕込むのも俺の仕事だからな。商売女として稼げるようになるかどうかはともかく、一晩に十人二十人客を取ってみりゃあ、生意気な口を利く気もなくなるだろうぜ」

歯を剥いて笑いながら、左手で娘の胸をドンと突いて突き放す。だが、右手の指は襟を摑んだままだったから、擦り切れかけた古着の胸は鈍い悲鳴のような音を立てて裂けた。着ている服は残らず売り払ったとはいっても、肌につけていた下着まではさすがに別の話だったのだろう。ごわついた毛織り布の古着の中から現れたのはいかにも上等な、薔薇色の絹サテンに白いフリルの縁取りのコルセットだった。

普通の女はたとえ労働者階級であっても、シュミーズにガーターで吊したストッキング、パンタレット、コルセットにコルセット・カバー、スカートを広げる鳥籠型のクリノリン、複数のペチコートと重ねて、その上にようやくドレスを着ることになる。下の部屋で客待ちをしていて、サロンに紳士が通されたら登場する娼婦たちは、これほど厄介な重ね着はしていない。ストッキングと靴は履いて、身体はほぼ裸、着ていても丈の短い半透明のシュミーズ一枚、というのが平均的なお迎えのいでたちだ。日常ではまず見ることのないそんな姿が、客たちにはさぞ刺激的な眺めに映るのだろう。

だがそんなものは見慣れているテオドールには、いまの目の前の姿の方がよほどそそられる。いくら強気な口を利いていても、男を知らない処女が娼館に連れこまれて下着姿にされて、客を取らせてやるといわれて怯えぬわけがない。せいぜい念入りに脅して、いたぶって、泣きわめいて哀訴の声を上げざるを得ないほど、酷たらしいしかたで手籠めにしてやろう。そうでもなければ腹が癒えぬというものだ。

「立てよ、お嬢さん。立って自分で歩きな。隣の部屋に寝台がある。娼婦らしい男の迎え方を、一から指南してやるぜ。それとも俺に無理やり担ぎ上げられて、放り出されて押し倒される方が好きか？」

娘は無言だった。こちらを見ないまま、すっと床の上から立ち上がる。腕を上げて、腰まで引き裂かれた服の破れ目を隠そうとするのかと思えば、違った。彼女は逆に、肩から腕にまつわりついている布をぐいと引き、腰から下のスカートもろとも我が身から剥ぎ取って足元に投げ捨てた。残ったのは上半身に密着したコルセットと、ふくらはぎの半ばほどの丈のペチコート。そこから覗く形良く引き締まったふくらはぎは、見るからに上等なストッキングと、編み上げの黒い短ブーツに包まれている。そして剥き出しの輝くような肩と腕、胸の上半分。彼女は乱れて顔に貼りついた断髪を指で無雑作に掻き上げ、鼻の下についた血の筋を右手のひらで力を込めてこすると、ペチコートの脇になすりつけた。それから真っ直ぐに彼を見据えた。顔の半分は腫れ上がりかけていたが、その目には強い光が宿っていた。

「ひとつだけ訊きます、テオドール・パンヴィル。あなたの姉、アドリエンヌは自殺したのですか。それとも事故か病死？」

潮目がまた変わった。それだけは彼にもわかった。どこで、なにを間違えたのかはわからないが、そこに立ってこちらを凝視しているのは、さっき彼が打ち据えて床に這わせた無力な生け贄とは別のなにかだった。

「遺書は、なかった」

自分の口が動いて答えるのを、彼は他人事のように感じた。

「だが前の晩には、自分で自分に絶望した、みたいなことは口走っていた。自殺だったとしても不思議はない」

そう、自殺だ。姉はもう生きる気がなかった。

「なぜアドリエンヌがそこまで絶望したか、あなたは知っているのですね？」

「馬鹿な、女だったのさ。金が足りなくなって、生徒の委託金に手を付けた。使いこんだ。おきれいな理想ばかり口から垂れ流していた、その理想を自分から裏切って、そんな自分に絶望したんだ」

どうせ自分が作った学校だ。不正をして儲けるのも、やりたければ好きにすればいい。そして告発などされぬよう、上手く立ち回ってごまかせばいい。自ら進んで不正に手を染めながら、そんな自分を責めて心を病んで、意図したにしろそうでないにしろ、薬の飲み過ぎで死ぬ。馬鹿だとしかいいようがない。

「でも、学校の財政がそれほど急激に破綻したのは、あなたのせいだったのでは？」

答えるな、と理性がいう。答えてやればいい、と感情がいう。どうせ証拠などないのだ。自分を告発することは、死んだ姉以外だれにもできない。

「ああ、俺だよ。あの女は俺を信用しないと口ではいいながら、帳簿を隠しもしなかった。おまけにあいつが頼んでいた会計士は、もっと前からけちなごまかしで小金を盗んでいた。俺はそいつを脅しつけて、後釜に座って、沈みかけた船の底に穴を空けてやっただけだ」

「どうしてそんなことを？」

それこそ答える気はない。

「理由はあるのではありませんか。どうしてです？」

答えるものか。だが、小娘の光る目が彼の眼球に突き刺さる。食いしばった歯をこじ開け、舌を動かそうとする。まるで、魔女のように。

「いいなさい、テオドール・パンヴィル。あなたと会うためにわざと街を歩き回ったのだといったでしょう。銀行のことは二の次です。あなたの横領も想像はついていました。けれどアドリエンヌはけっしてあなたを嫌ってはいなかった。金の無心をされればいつも応じていたはずです。彼女の死はあなたにとっても不利益でしかない。それならなぜ。わたくしはただそれだけを訊くために来たのです」

その視線に追い詰められるように、彼はいつしか後ずさっている。

「姉は、いったんだ。俺と久しぶりに顔を合わせたとき」

いうな。だが、口が動き出す。女王の命令に従う兵士か奴隷のように。

「こうして見ると、おまえもずいぶん老けたわね。髪も髭も白髪交じりで、たるんだ頬にはしみと皺。それなら昔のように、女の子を欺《だま》すことはもうできないでしょう。その点だけは、少し安心ね」

自分の口でなぞったことばが、姉のいったそのままの響きと表情で記憶によみがえる。畜生。胸が痛い。口の中が毒を喰ったように苦い。

「子供の頃から俺はずっと、回りの大人たちにいわれてきたんだ。可愛い、きれいだ、天使のようだ。それだけが俺の取り柄、俺の自負だった。姉も死んだ母に似た美人だったが、俺の方が美しかった。俺は姉と違って、自分を美しく見せることに熱心だったから。

父親は顔の美醜になど頓着しなかった。学問嫌いの俺をさっさと見限って、姉だけを可愛がった。ふたりの会話に俺は入れなかった。だから街に出て遊ぶことを覚えた。家族の中では惨めな出来損ないでも、外では俺は王子様だった。顔かたちの美しさと、それを引き立てる口の上手さが俺の財産で、それさえあれば世の中を上手く渡っていける、学問なんかよりずっと役に立つというのが、ガキの頃に俺が学んだ唯一の生き方だった。

時が経って、俺だって自分が老けてきたことくらいわかっている。だけどそれをあいつは、ひとかけらの思いやりもなく口にして笑った。嘲られた。俺は、許せなかった」

「よく、わかったわ」

低く呟く声がした。考える前に聞き返していた。

「なにがわかったって?」

「おまえが骨の髄までろくでなしの悪党であること。アドリエンヌの死におまえは責めを負うべきであること。コレットを結婚の餌で釣って子供を産ませ、その後も欺し続けてこき使っているのは、自分にはまだ女の子を欺してもてあそぶだけの能力があると証明する、ほとんどそのためなこと」

「おい、黙って聞いていれば」

さすがに気色ばんで身を乗り出した。だが次の瞬間彼を見舞ったのは、顔の真正面に炸裂した、白い火花のような一撃で、

「う、わっ」

呻きながら思わず両手で顔を庇う。たたらを踏み、危うく転びかけた背中が、辛うじて背後の壁に支えられる。頭の芯に突き刺さる痛み。額の皮膚が切り裂かれたのか、生ぬるい血の感触が、ドロリと鼻の方まで垂れてきていた。

「目を開いて真っ直ぐにお立ち。倒れるのはまだ早いわ」

冷ややかな怒りに満たされた声が命ずる。額の傷を手で押さえたまま、その指の間から辛うじて目を開けた。ヴィクトリアは最前の立ち位置から一歩も動いてはいない。しかし彼女の右手には、輪に束ねた長鞭がある。

どこからそんなものが出てきたのか。だがスカートを膨らませるペチコートの下なら、その気になれば鞭の一振りくらい、充分に隠しておけるだろう。そして手の届かぬ距離からでも、銀色に光るその縁を舞わせて、刃物のように相手を切り裂くことができる。この娘は最初からその気で、服の下に武器を忍ばせていたのだ。

「アドリエンヌの名において、わたくしはおまえに報復します。おまえに欺され、もてあそばれたコレットと、これまでの人生でおまえがむさぼり喰らってきただろうそれ以外のわたくしが名も知らぬ女性たちのためにも。覚悟なさい。いまこそ、復讐の女神ネメシスの鉄槌を存分に味わうのよ！」

6

　チャールズがその修羅場に駆けつけられたのは、ほとんど終幕になってからだった。夜のパリを駆け抜けた二輪辻馬車《キャブリオレ》は、約束の報償を受け取れるほどには素早く、彼をメモの住所まで運んだのだが、路地の影に身を潜めて待っていたディーンと落ち合った後に、それなりの時間が必要だったのだ。

　パリの娼館、政府公認の売春宿は、屋号をつけたこれ見よがしの宣伝看板を街路に向けて掲示することを禁じられている。所在地である番地の番号を記した赤いガラスのガス灯を外壁に掲げているのが、唯一認められたその商売のしるしである。ただ娼館と一口にいってもそこにはランクがあり、高級店では店に入る客が通行人の目に晒されぬよう、門扉の内側に馬車を乗り付けられる中庭が設けられているのが普通だ。

　辻馬車が彼を運んでいったのは、そうした高級店ではなかった。モンマルトル下に位置するその通り自体、パリ大改造のあおりで市中心部にあった住処を追われた庶民が多く住む、安普請の建物がひしめく、場末としかいいようのないたたずまいで、男の欲求を満たすための店も、その土地柄にふさわしい程度のものなのだろう。けばけばしい赤いガス灯の他は、夜の闇に包まれているのがまだしも幸いというところだ。

馬車が止まるより早く、物陰から見覚えのあるシルエットが滑り出てきた。馭者には長い腕を一振りして合図。降りるチャールズに手を貸しながら、その馭者に口早になにかいう。親指で弾いたコインを掴み取ると、馬車はもう走り出している。

「車を返したのか」

「帰りは四輪辻馬車《フィアークル》が要る。入れ替わりによこすよう、話はついています」

「それで、ヴィクトリアはこの娼館に連れこまれたんだな？」

「ご指示どおりあの女性を尾行したところ、袋小路で三人組の男が彼女を取り囲み、頭に布袋をかぶせて馬車に押し入れたのです」

「それで」

「止めるべきかと思ったのですが、彼女の方でわざと攫われやすいように動いていた節もありましたので」

「やれやれ」

チャールズはため息交じりにつぶやいた。

「おまえの見立てはたぶん当たっている。そうしてテオドール・パンヴィルの隠れ家に自分を連れて行かせる、というのがあの無鉄砲娘の策なのだ」

「連れて行かせて、その後は」

「さて。そこまで考えているのかどうか」

「無事に済むとは思われませんが」

それはいうまでもない。

「だがテオドールはヴィクトリアの金を手に入れるためにも、彼女の身柄と彼女だけが知っているのだろう金の引き出し方を知る必要がある。いきなり手荒な真似もするまい」

「逆もあり得ます」

無論、希望的な推測だった。

「しかし、正面から誘拐を言い立てても通じんだろう。一応合法的な商売をしている相手だ。強引に押しこむとなると、我々ふたりではいささか戦力に不足がある」

「ご心配なく。裏口に回ります。令嬢を連れこんだのもそちらからで、鍵がかかっているだけ、人目はありません」

「その鍵は問題ないと?」

「はい。こちらです、御前」

まったく、ディーンにはまかせておけば手抜かりはないらしい。

「ここにテオドールがいるのは間違いないのか」

「マダム・パランという女将の情夫をしています」

いつそこまで調べ上げられたのかは、いちいち問わないことにした。チャールズにしても『メゾン・クローズ』を訪れたことはあるが、店の格によって内装の豪華さや凝りようは様々であるとしても、基本的な構造は変わるまい。世間を閉め出す分厚い玄関扉の奥は細い廊下、その先は女たちが待ち受けるサロンで、ここに通された男たちはしばらく、シャンパンのグラスを片手に、胸を突き出し腰を振る女たちの媚態を楽しんだあげく、ひとりを選んで(無論金さえ出せばふたりでも三人でもかまわない)、上階の寝室へ向かうことになる。

女たちはいずれも下着同然のものしか身につけていないが、中でひとりきちんと着込んでいるのがこの場のすべてを差配し、支払いも受け取るメゾンの女将で、多くは現役を引退した元娼婦だという。結婚して、経営を手助けする夫を持っている女将も少なくないと聞いた。チャールズが記憶している某高級店のマダムは、話術も客の取りなしも巧みで、三十は疾うに越しているにしてもその横顔に凄絶な色香を漂わせ、薔薇色の肌を見せびらかす娼婦たちよりよほど魅力的に見えてしまったものだったが、

「美人か？」

「マダム・パランは六十五歳で、大酒飲みで、見世物小屋に登場する大女のように肥満しているそうです」

「なるほど。人にうらやましがられる暮らしではなさそうだな」

もっとも同情する必要もない。場末の娼館に身を隠すしか行きどころがなくなったのは、当人がしでかしたことの結果だ。

「マダムは性格にも問題があって、酔って癇癪《かんしゃく》を起こすと火掻き棒で誰彼かまわず殴りつける癖があるというので、娼婦たちにも下男や女中たちにも恐れられているとか」

やはりいくらかは同情してもいいか。

「この数日はその女将が実家の用事で田舎に帰っているとかで、恐怖とともに押しつけられている鉄の規律が緩んでいるらしいのです。ご覧を、御前。裏口周りにはだれもおりません」

そして有能な従者は、小さな針金のようなものを取り出して裏口の扉の鍵穴に挿し、ほとんど時間もかけぬまま施錠を解いてしまう。

「見事だな」

「お誉めいただけるほど、堅固な錠ではありませんでした」

「今度は金庫破りでもしてみせろ」

「機会と必要がありましたら」

ドアの中に足を踏み入れると、黴臭い湿気を帯びた悪臭が鼻を突く。無人の空き家のように静まり返っていたが、

「表の音は裏までは届きません。そして赤い門灯に火は入っていても、まだ客が来るには早い時刻です」

「だがこう暗くては、どこへ行けばいいかわかるのか？」

「どこでも内部の構造は似たようなものです。地下は厨房と洗濯場、男の使用人の寝場所、一階は玄関と階段室と大小のサロン、二階三階が客を入れる寝室と主人たちの住まいで、娼婦たちが寝起きするのは屋根裏部屋の共同寝室です」

「共同寝室？」

「屋根裏部屋に壁はありません。剥き出しの木の床に鉄パイプの寝台だけが並んでいて、明け方店が閉まると女たちはそこで休むことを許される。寝台の数が足りない場合は、ふたりでそれを分け合うのです。客の目に触れる玄関ホールやサロンは派手々々しく飾り立てていても、女たちの暮らす部屋には一切金をかけない。こういう場末の店でも、御前がご存じの高級店でも、そのあたりはさして変わらないでしょう」

「詳しいな」

チャールズはただ呆れるしかない。パリの夜の巷を知り尽くしていると豪語する遊び人でも、娼館の舞台裏にまで通じている人間はそうはいないだろう。

「務めた経験があるようだ」

「伝聞です」

「知人か」

しかしディーンはそれには答えず、

「御前、裏階段です。地下の厨房から上階に通じている。主人用の食堂と寝室ならこの上のそう遠くないところでしょう」

「なぜわかる?」

「食事も身繕いのための湯も、地下から運び上げるのですから」

いいながら足音を忍ばせて階段を上がっていくディーンの後を、チャールズも遅れないようについていく。ろくに明かりのない暗い廊下と階段は、彼の後ろ姿を目印に進むしかない。闇にも目が利くというのもその特技のひとつなのだ。

「なにか、物音がしました」

「ああ。それと、声もしたな。呻きのような」

「ですが、男のもののように聞こえませんでしたか?」

あの娘が娼館に連れこまれて、悪漢の毒牙にかけられ身を汚されたとなったら、ディアーヌになんと罵られるか、考えるだに恐ろしい。だが確かにふたりの耳に届いたのは、男の喉から出た叫び、それも苦鳴のように思われた。

そして、その声の出どころらしいドアの前にふたりが行き着いたとき、中から聞こえてきたのはもはや疑いようもない、ふたりが行方を捜してやってきた令嬢ヴィクトリアの、怒りの炎に包まれた雄々しい叫びだった。

「アドリエンヌの名において、わたくしはおまえに報復します。おまえに欺され、もてあそばれたコレットと、これまでの人生でおまえがむさぼり喰らってきただろうそれ以外のわたくしが名も知らぬ女性たちのためにも。覚悟なさい。いまこそ、復讐の女神ネメシスの鉄槌を存分に味わうのよ！」

主の許可を待つまでもなく、ディーンが長い脚を曲げてそのドアに一蹴りくれた。さらにもう一度。三度目は要らず、蝶番から外れた扉が床に倒れ落ちる。そして現れた部屋の中にふたりが見出したのは、薔薇色のコルセットと白いペチコートだけをつけた娘が、長鞭を振り回して床を這う男を追い詰めている姿だった。

いや、振り回してということばはこの場合的確ではない。彼女が右手にした鞭は、決して無闇に宙を舞っているわけではなかった。見えない翼をはばたいて天翔る蛇のように、それはしなやかにひるがえり、無様にうずくまる男を音立てて襲い、打ち据えた。弱々しく手足を動かして、少しでも離れようとするたび、四肢を鞭に絡まれて引き戻される。それでも、ドアが倒れて外から人が入ってきたのには気づいたのだろう。

「た、助け、て」

かすれた悲鳴を上げながら、身体を起こし、両手を差し伸ばす。だがその首に背後からふたたび鞭先が絡みつき、引き倒される。「うわあ」という叫びに、チャールズは駆け寄りながら声をかけていた。

「ヴィクトリア。もう充分だ、ヴィクトリア！」

その声にようやく、闖入者《ちんにゅうしゃ》の正体を認められたらしい。だが、汗ばんだ顔に乱れた断髪を貼りつかせた彼女は、ぎらぎらと光る目に憤怒をみなぎらせて叫び返した。

「なにが充分なものですか。こいつのせいでアドリエンヌは死んだ。こいつのつまらない妬み心が彼女を殺したの。彼女はあんなにも弟を可愛がっていたのに。わたくしは許せない。いくらこいつを打っても、アドリエンヌは生き返らない。無くなってしまったわたくしの学校は戻っては来ない。取り戻せないのよ、なにもかも！」

その悲痛な声は、チャールズの胸を矢のように刺し貫いた。彼はヴィクトリアが、鞭を投げ出し顔を覆って泣き崩れるのではないかと思った。あるいは彼にすがりついて号泣するのではないかと。しかし違った。自分のことばにいっそう胸の怒りを駆り立てられ、顔を真っ赤に染めて、ふたたび鞭を振りかぶった。

「退いて、ムッシュー。わたくしの邪魔をしないで！」

割って入ったディーンがいなければ、その鞭を正面から喰らう羽目になったろう。ディーンは飛んできた鞭を右手で受け止め、手首に絡め取りながら引いた。前に泳いだヴィクトリアの身体を抱き留めながら、左の指でその細い首を押さえた。壊れた人形のように、くたりと力を失ったのを横抱きにしながら、

「御前、カーテンです」

窓にかかるカーテンは分厚い赤のビロードで、趣味も悪ければ品質もろくなものではなかったが、取り敢えずの目隠し寒さしのぎの役には立つ。引き外したそれで下着姿のヴィクトリアをくるみこむと、ふたりは後も見ず全速力でその部屋を後にした。

ディーンが娼館の裏口の路地に待たせておいた四輪辻馬車は、四人が向かい合って座れる大型のそれで、気を失った娘をチャールズが膝枕にして寝かせた。拳でひとつ壁を打つと、それを合図に馬車は動き出す。

「いささか気になることがございます、御前」

馬車が表通りに出て速度を上げ、馭者に耳を澄まされる恐れがなくなったところで、ディーンが口を開いた。

「あの男に我々の顔を見られました。令嬢を助け出したのがどこのだれか、嗅ぎつけられる恐れがあります」

「うむ」

「始末しておくべきかも知れません」

「口を塞げと？」

「いまなら一分で済みます」

緑柱石《ベリル》の結晶のような眸が、馬車の窓から射したガス灯の火を映して、きら、と光った。刃物でそぎ落とした白い頬に、前を向いたまま動かぬ視線。人間的な感情を自ら抜き取った、美しい死神の顔だ、とチャールズは思う。

ロンドンに潜伏してアイルランド独立派の破壊活動に参加していたこの男には、侵入も窃盗も拉致誘拐、爆破、そして暗殺も、呼吸するより容易くしてのける能力がある。その党派を離れ、いわば裏切り者となったいま、彼にそれをさせるには、自分がひとつうなずくだけでいい。しかし、チャールズはかぶりを振った。

「止めておけ。我々が速やかにパリから消えればいいだけの話だ」

「情けは無用の輩かと」

「違う。あんな安い悪党の血で、おまえの手を汚すことはない」

ディーンは黙した。主の判断を是としたのか、あるいは不本意ながら従うことにしたのか、その顔からはうかがい知れない。ただ、少ししてふたたび口を開いた。

「ですがその方はどうなさいます。パリに残していけば、またあの男に狙われるでしょう。これはほぼ確実に」

チャールズは、もっともな従者の問いかけに答えなかった。その問題に対する回答はすでに彼の中に生まれつつあったが、口に出すにはまだ抵抗があったのだ。残してはいけない。ならば、連れて行くしかない。ただし問題は、この娘が受け入れるかどうかだ。

(しかも大したお荷物だぞ、エド。妻も子供も世襲の地位も、背負うのが嫌さに逃げ出したおまえが、責任を持てるのか。この、なにをやり出すかわからない鉄砲玉娘に……)

いくら目を宙にさまよわせたところで、答えがそこに漂っているわけではない。とすれば、とにかく前に進むしかないということだった。

7

そして翌日、チャールズ・エドウィン・シーモアはヴィクトリア・アメリ・カレームと、彼の定宿であるカルチェラタンのホテルの一室で向かい合っている。お忍びでロンドンでは許されない種類の遊びを求めに来る同国人とは、絶対泊まり合わせないのが最大の長所の宿で、気心が知れた主人夫妻には多少の無理なら聞いてもらえる。おまけに寡黙な主人は医学の心得さえあって、彼の手当でヴィクトリアの腫れ上がった顔もずいぶんましになっていた。

昨夜は帰り着いて、じりじりしながら待っていたディアーヌとコレットに彼女の無事を告げられたのは良かったものの、その下着姿にはふたりそろって目を剥き絶句することとなった。空いている客室のベッドに寝かせて、なにがあったか話すのは明日以降ということで勘弁してもらったが、ディアーヌはそれこそ天下の一大事という口調で、

「まあ、大変。朝になったら着るものが要るわ」

という。

「これじゃあ彼女、夜が明けてもベッドから一歩も出られないことになってしまう」

「すみません。あたしのところに残っているのも、ろくなものがないんです。丈を詰めて着ていただいていたのが、中でも一番ましだったくらいで」

コレットがすまなそうに肩を縮める。この時代、既製服というものはまだ存在していない。王族貴族から一般庶民まで、服は仕立屋が布から仕立てるか、さもなければ古着屋で古着を買うことになる。

「服ならあるのよ、わたしのところに。箪笥どころか小部屋ひとつ、埋め尽くして余るほどね。でも、どれもわたしに合わせたものだもの、大きすぎると思うの。マドモアゼルはわたしより、胸も腰も二回りは小さいのじゃなくて？」

「あの、お許しいただけるなら、直しはあたしがします」

「そうそう、あなた縫い子さんだったわね」

「はい。あたしの古着を着てもらうのに、丈や身幅を詰めましたから、ヴィクトリア様の寸法はだいたいわかります」

「あら、よかったこと。それじゃこれからわたしの家で、マドモアゼルに合わせられそうな服を探してみない？　ついでにあなたにも、着られそうなものを何着か選んであげるわね。遠慮しないでいいわよ。二、三度しか着ないままのドレスなら、それこそいくらでもあるの。少し派手すぎるかも知れないけど、服なんて何着あっても邪魔にはならないでしょ？」

「本当ですか、マダム。すごく嬉しいです！」

こういうときの女性の反応というのは、チャールズにはいまひとつ理解しきれないのだが、こと衣裳の話となると活気づかずにはおれないのが、彼女たちの本能なのだろうか。やけに楽しげにはしゃいで、コレットを連れて帰っていったディアーヌは、翌朝はまだ朝食の時間だというのに、呆れるほどの大荷物を使用人に持たせてやってきた。

それからしばしは男子無用の身支度タイムだ。カフェオレとクロワッサンの盆を運んでいった宿のマダムまでがなかなか戻ってこない一騒ぎの後、ようやく現れたヴィクトリアは、胸の切り替えと襟元、袖口を白のレエスで飾られたライラック色の、光沢のあるタフタのデイドレスという、これまで見てきたのとは違ってたいそう愛らしく娘らしい、服装をしていた。

(服装は、だな——)

短すぎて裾があちこちに跳ねたまま、ピンで留めても押さえきれない断髪は仕方ないとしても、むっと唇を引き結び、こちらを見つめて不機嫌さを辛うじて押さえつけているらしい、傷の残るその顔は、お世辞にも愛らしいとはいいにくい。ひとたびその口が開けば、昨日の一件に対する感謝どころか、その反対のことばが怒濤の勢いで飛び出してくるだろうとは賭けてもいい。

だからいっそ機先を制することにした。こちらが主導権を握って、有無をいわさずしかるべき結論へ連れて行ってしまうしかない。ことばは英語にした。話すも聞くもフランス語で不自由はないのはどちらもであるにしても、ずばりと心に切りこめるのはやはり母国語だ。

「さて、ミス・カレーム。君の側のだいたいの事情はわかっているつもりだが、なんだってあんな無茶な真似をする。自分がどんな危ない橋を渡っていたか、気がついていないのか。あのまま娼館の中に閉じこめられて、二度と戻って来られなかったかも知れないのだぞ？」

椅子に掛けた彼女の前に立って、腕を組み、表情も厳しく、大人が子供を叱りつける調子で口火を切ったが、

「人間はいくらわかっていても、危険を冒さずには済まないときがあるものです」

彼女は案の定、一歩も退かぬ構えだ。

「マドモアゼル・パンヴィルはわたくしにとって、人生初の恩師であり、姉代わり母代わりともいえる人でした。尊敬していたし愛しておりました。彼女がどのようにして死ぬことになったか、わたくしは知らねばなりませんでした。不正がなされたなら、その償いを求めねばなりませんでした。ですからあなたがなんとおっしゃろうと、わたくしはテオドール・パンヴィルと対決することを選択したでしょう」

「君の心情は理解する。しかしなにも君がひとりで危ない橋を渡ることはない」

こちらを見上げる乙女の双眼が、ぎらりと光った。彼女は椅子から立ち上がっていた。そうしても、目の位置はかなり下だったが、

「どうしてです？　わたくしが女だから？　こんな小娘だから？　無一文の子供だから？　でもそんなわたくしのために、だれが闘ってくれるというのです？」

火のような口調で畳みかけるのに、ぐっと顎を退いてこちらもことばに力を込める。

「だから、僕がいるだろう」

「あなたが？」

「そうだ」

「あなたは、半日前にお顔を見ただけの、赤の他人ですわ」

無論、理屈はその通りだが、こちらはその理屈を強行突破する気でいる。

「半日前までは赤の他人だった、というのが正しい」

「いまは違うとおっしゃるの？」

「違う」

初めて彼女の表情が揺れた。だがその目に浮かんだのは、歓びというより疑いの色で、

「でも、愛人はあり得ないとおっしゃった」

「その通り」

「メイドがお必要だとか？」

チャールズが片眉を引き上げて渋面を作ったのは、笑いをこらえるためだ。

「お嬢さん、君にメイド向きの能力があるとは思えないな。コレット嬢の話だと、お針子にも向かないらしい。ただし、鞭の扱いはなかなかのものだったと認めよう」

ぱっと頬に血の色が昇ったのは、昨夜の修羅場の有様が思い出されたからか。

「あ、あれは、家にいた爺やが以前牛追いをしていたので、子供のときから乗馬と一緒に扱いを習ったのです。鞭は護身用に、ふるさとを離れるとき彼が贈ってくれたのですわ」

「ああ、君はアメリカ人だったね。ご実家はジョージアで綿花の農場を経営していた。フランス大革命を逃れて新大陸に渡った貴族の子が、アフリカから連れてこられた黒人奴隷の労働力で富を積んだわけか。なかなかに巧みな生き方だ」

その父親が南北戦争で命を落とし、農園も灰燼《かいじん》に帰したと知った上で、敢えて生々しい言い方を選んだのも彼女の鼻っ柱を折るためだったが、その効果はチャールズの予測を超えていた。つかつかと大股に残されていた距離を詰めたヴィクトリアは、右手を挙げて彼の頬に思い切り平手打ちを食わせたのだ。パシーンッ、という音が響く。壁際に慎ましく控えていたディーンが、危うく駆け寄ってこようとするほどの見事な一撃だった。

「なにもご存じないのに、父を侮辱しないで！」

張り裂けるほど見開いた目を向けて、ヴィクトリアは叫んだ。大きく見張った目の中には、涙が溜まってきて潤んでいたが、彼女は意地でも頬を濡らすまいと、その目に力を込めているようだった。

「父の両親は確かに、恐怖政治下のパリを離れてアメリカに亡命した、貴族ではなくブルジョア階級でしたけれど、あの革命が生んだ精神は支持し続けていました。わたくしの家では『人権宣言』は、聖書より尊ばれていたのです。黒人労働者の待遇も、外聞をはばかって、呼び方だけは『奴隷』といっていましたけれど、住まいも食事も他の待遇も父は白人の労働者と差別はしませんでした。農園には住まいだけでなく病院や、子供たちに読み書きを教える学校を作りました。わたくしの遊び友達は彼らの子供でした。お信じにならなくてけっこうですけれど！」

それが真実なら確かに自分はなにも知らなかったと、チャールズはおのれを恥じた。無論農園の支配者の娘である彼女が信じたほど、そこに暮らした黒人の生活が理想的なものであったかはわからないが、そう思えるだけの努力は払われていたのだろう。

「だがそれではあの内戦が始まるより前から、君の父上はむしろ南部の隣人から非難を浴びていたのではないか？」

「おっしゃる通りですわ。子供だったわたくしが覚えているだけでも、他の農園からの逃亡奴隷を父が北部に逃がしているといって、怒鳴りこまれたり、武器を持った一団に取り囲まれて脅迫されたり、というのは幾度もありました。昨年父の農園を焼き討ちして、父と使用人たちを殺したのは北軍ではありません。隣人の南部人でした。法に訴えられるだけの証拠はありませんけれど、わたくしには確信があります」

静かにそう言い切ったときには、目の中の涙はこぼれることなく消えている。ただひとりの肉親である父親の身を案じてあわただしく海を渡り、ふるさとの大地を踏みしめたとき、そこに見出したものはおそらく予想を越える悲惨な状況だったのだ。十八歳の乙女はその目になにを見、なにを耳にしたのか。父の死をどんな形で確認したのか。泣くことは出来たのだろうか。いずれにせよそこで覚えたに違いない痛み、苦しみを胸の内に畳みこんで、彼女はいまここに立っている。凛と首を立て、頭を上げて。どうやらこちらの負けだ。彼は右手を胸に当て、深々と頭を下げた。

「知らぬこととはいえ、大変失礼なことを口にしてしまったらしい。ミス・カレーム、僕からの謝罪を受け入れていただけるだろうか。償いのしるしとして、君が求めるどんな要求でも応じると誓う」

ヴィクトリアはひとつ息を吸いこんで、うなずいた。

「それではひとつ、していただきたいことが」

「なんなりと」

「コレットを助けてあげて欲しいのです。このままパリにいては、またテオドールに利用されかねません。それだけでなく彼女が生んだテオドールの息子は、親戚の家に預けられているのですが、その男はコレットが払う養育費が目当てで、まともに子供の世話などしていないようです。まだ五歳で、母親と暮らせればそれが一番いいと思います。ナントの街に知人がいると聞いています。そちらでなら仕立ての仕事をしながら、子供と暮らすことも可能でしょう。ふたりをそこまで送り届けてくだされば、恩に着ますわ」

前から考えていたことなのだろう。一気にそう答えたのに、チャールズの方が面食らった。

「それが、僕を赦してくれることの対価だと?」

「ええ」

「しかし、君は?」

するとヴィクトリアは肩をすくめていう。

「わたくしは気楽な独り身ですもの。守らねばならないものもありません。自分の足で歩ける限り、どうともなります」

(なんとまたこの娘は……)

本気なのかと訊き返そうとして、本気に決まっている、と無用なことばを呑みこんだ。目の前に立っているのは、半顔に昨夜受けた暴行の傷跡を生々しく残しながら、微笑みを浮かべる生意気な小娘だ。ただの世間知らず、子供の愚かさだと笑うことは可能だろう。しかしどんな逆境も、飢えも寒さも、彼女の真っ直ぐに立てた背骨をへし折ることはできないだろう。姑息な計算尽くで保身に走る大人たちを尻目に、誇り高き乙女は顔を真っ直ぐ太陽に向けて歩むのだ。

チャールズはふいに、胸に湧き上がる熱いものを覚えていた。このやせっぽちの妖精のような少女が、たまらなく愛おしい。赦されるものならば腕に抱きしめ、短く切られた髪の頭を指で掻き回しながら、口づけを降らせたい。だがこれは断じて、性的な欲望ではない。そこには愛おしさと同時に彼女の強く高貴な精神への感嘆の念と強い敬意、崇敬と呼びたいほどの思いがある。むしろ床に膝をついて、その靴の爪先に額を当てたい。だが、わかっている。そんな真似をすれば、すべてを失うだけだ。

「だったら君のその依頼を承諾するに当たって、僕からもひとつ条件を出そう」

きらっとヴィクトリアの目が光る。つまらないことをいわれたら拒否いたします、とその顔に書いてある。

「準備が出来次第、僕は旅立つつもりでいた。取り敢えず目指すは地中海。だからそのついでにコレット嬢と子供を、ナントまで送り届けることは問題ない。ただし君も一緒に来るんだ。そしてナントから先は僕の旅の道連れとなる。どうだね？」

これは明らかに予想外の提案であったらしく、

「旅の、道連れ？……」

目と一緒に口がぽかんと開く。なんとも子供っぽい、可愛らしい表情だった。

「ああ。僕はいわば一介の放浪者でね、従者ひとりを連れてこの十年、世界中をほっつき歩いている。だがその旅暮らしにも少し飽きが来ていた。それで新しい道連れを持ってみたらどうか、と思いついたところだったのさ」

古友達のディアーヌは、彼に必要なのは愛《アムール》だといった。『愛する対象は女とは限らない。男だって、動物だって、無生物だって、あなたが本気になって心を燃やすことができる対象があればいいの』。ならばこのおかしな娘が、自分の『愛』であってもいいわけだ。

しかしここで妙な期待を持たれては困る。ブリティッシュ・エンパイヤが世界に勢力を広げ、交通機関が発達するにつれて、海外で我が国のご婦人たちを見かけることもさほど珍しくはなくなったが、自分は気紛れで人嫌いの放浪者だ。手のかかるお荷物を引きずって歩く趣味はない。退屈しのぎにはなるとしても、下手を打てば命に関わる。

「ただしあらかじめいっておくが、楽な旅にはならない。その点は保証する。熱帯地方の炎天下を、日除けの帽子も手袋もなく、砂塵や泥濘《でいねい》を踏みしめて、丸一日歩き続けるようなこともあるだろう。人を襲う鰐の棲む河を徒歩で渡ったり、ことばの通じない現地人と交渉し、彼らの家に泊めてもらうこともある。そんなときには泥水のような酒でも芋虫の丸焼きでも、出されたものを食べられぬとはいえない。相手の歓待を拒むのは最悪の礼儀違反で、どんな目に遭わされようと弁解の余地はないからね」

脅しのつもりでせいぜい刺激的なことばを並べてみたが、ヴィクトリアは神妙な表情を崩さぬまま黙って聞いている。

「そうして、君がもうこれ以上進みたくないといっても、僕が行くといえば行かねばならない。歩けなくなったらそこに置いていく。どうだい。それでも？」

ヴィクトリアは小首を傾げて、ちょっと考えたようだった。

「ひとつ、お尋ねしたいのですけれど」

「なにかな？」

「あなたはおいくつでいらっしゃいます？」

また、思いがけないことを訊く娘だ。おかげで返事を取り繕う気にもならなかった。

「五十三、だが」

「わたくしは十八です」

「子供だな」

「はい。あなたの子供だとしても不思議はない歳です」

そういう意味でいったわけではない。だが彼女は平然とこう続けるのだ。

「失礼ですけど、十八歳の気力体力が五十三歳に負けるとお思い?」

思わず片眉を引き上げた。

「僕が年寄りだとでも? まったく、けしからんことをいう小娘だな、君は!」

憤慨してみせたが恐れ入りもしない。

「ですから、先に失礼ですけど、とお断りしました」

「いっておくが、僕には三十五年の歳の差分の経験と知識がある」

「承知しております。それを学ばせていただけるなら、なにより有り難いと思いますわ」

打てば響く勢いで答えが返る。ああ、そうか。

「わかった。すると、我々の関係にもっともふさわしい定義は、師弟ということになるだろう。その点はどうだね?」

「異存ありません」

「では君、師にはそれなりの敬意を払い給え」

「でも、わたくしがお教えすることもあるかも知れません」

生意気娘め、どこまでも対等だといいたいわけか。

「もちろん、年長者への敬意は払います。ああ、それにわたくしまだ、あなたのお名前をきちんと聞いておりませんでした」

確かに、それは失念していた。

「チャールズ・エドウィン・シーモア、子爵だ」

半ば放擲《ほうてき》している家名や爵位を名乗ることは、いつもためらわずにはいられない。だがヴィクトリアは、ことさららしく口調を改める。

「では、ユア・ロードシップとお呼びいたしましょうか？」

明らかに、彼が喜ばないと承知でのセリフだ。その証拠に澄ました顔の、口元が笑いをこらえるようにひくひく動いている。実に忌々しい。

「それは御免だ」

とかぶりを振った。

「ならば、なんとお呼びしましょう」

名案が浮かんだ。

「パブリックスクールでは先輩も後輩も、互いを敬称抜きのファミリーネームで呼ぶ。我々もそれでいこうじゃないか。君は、ヴィクトリア――」

「ヴィクトリア・アメリ・カレームです」

「だからカレームだ」

「そしてあなたはシーモア？」

「そう。おかしいかね？」

「とんでもない。わたくし、とっても気に入りました。シーモア」

彼女は唇から白い前歯を覗かせて、晴れ晴れとした笑みを浮かべた。

「シーモア。きっとあなたにとっては、青春時代を思い出す懐かしい呼び方なのでしょうね。でもわたくしにはとても新鮮。なんだかわくわくしてきます」

そのあまりに明るい目の輝きに、心を奪われそうになって、チャールズはあわてて下を向き、
コホン、とひとつ咳払いをした。

「結構。ではカレーム、我々の船出だ」

彼女はすかさず応じた。

「セイル・ホー!」

インタールード・I

「セイル・ホーって、なんでしたっけ、奥様？」

「ええと、『帆を上げろ』っていうかけ声じゃなかったかしら。海賊とかの」

「ああ、そうです！」

思わず声を上げてしまいました。なんか聞いた覚えがある気がしたのは、アーサー兄ちゃんの話してくれた昔の海賊のお話にそれが出てきたからです。

「船長が出港の命令を出すと、甲板に勢揃いした水夫長と水夫たちが声を揃えて『アイアイ、キャプテン！』『セイル・ホー！』っていうんです」

「そうそう。小さいときは一面の綿畑を海に見立てて海賊ごっこをしたものだった。チャールズが『船出だ』といったから、自然思い出してそんなことばが出たんだと」

そこまでいって奥様は、「あらっ」と小さくつぶやかれました。

「まあ。いやいや、ローズったら。わたくしがいましゃべったのは全部ただのお話。わたくしが書いた小説と同じようなものだっていったじゃないの。本当にあったことかどうかは、保証しなくてよ」

「あっ、はい。わかってます。うかがったことはベッツィにも内緒にします」

あたしが急いでそう答えると、

「そうね。そうしてもらおうかしら」

でもよく考えてみたら、ただのお話なら内緒にする必要はないはずですね。奥様も笑っておられます。だけど全部ではないとしても、本当のことはたくさん入っていそうです。ベッツィは外に友達も多いし、おしゃべりさんだからやっぱり内緒にしておきましょう。

「でも奥様、うかがったのが小説だったとしたら、ちょっと困ったことがあります」

「あら、それはなに？」

生意気を申し上げてしまうな、とは思ったけれど、

「スイスの銀行の預金のことです。あの『あなたはどこにいましたか？』っていう質問。なにを訊かれているのか、奥様にはわかったんですよね？　でもお話の中では、最後まで答えが出てきませんでした」

「ああ、それ。そうね。お話だったらちゃんと、そこまで書かないと駄目よね」

奥様は怒ったりせずに、うなずいてくださいました。

「でも本当のことをいうと、父が考えたのは暗号というほどのこともない、とっても簡単な謎々だったの。他の人にはわからない。わたくしなら簡単にわかる。他の人があの預金に手を出せないようにするためなら、それで充分だったから。けれど小説としてだったら、そこはもうひとつ工夫をしないと駄目ね」

奥様ったら、お話だっていったのをもう忘れかけていらっしゃる。それとも、あたしには本当のことだとわかってもいいと思ってくださったのかな。

「でも一応、伏線らしいことは少し前段で出しておいたんだけど、ローズは気がつかなかったかしら？」

「伏線、ですか？……」

「Et in Arcadia ego『アルカディアにもまた我はありき』。ね、あそこよ。そのことばは『あなたはどこにいましたか？』という質問の答えになっていると思わない？」

「それじゃ正解は『アルカディア』？」

「そう。小説の謎としては公平《フェア》じゃないし、意外性に欠けるわね」

そういうのはあたしには、よくわからないけれど、

「でもそれだと、『あなた』は死神ってことになりますね」

お父さんが我が娘を死神に見立てるのって、あんまり穏やかではない気がします。けれど奥様は小さくかぶりを振って、

「それはね、もうひとつ別の意味がそこにかぶさっているからなの。わたくしのお産のときに亡くなった母は、生前ジョージアの農園を、『わたしのアルカディア』って呼んでいたのですって。うちの居間の壁には、農園の緑を背景にした母の肖像画がかかっていて、窓から覗けばその背景のままの景色が広がっていたわ。そこからの眺めが、わたくしと父はとても好きだった。だからパリに来る前のわたくしがどこにいたかと訊かれたら、その答えはやっぱりアルカディアということになるでしょう。ね、本当に謎でもないそのままだったのよ」

でも奥様の美しいふるさとは、いまは焼かれて消えてしまったのです。そのお母様の肖像画も、それが飾られていたおうちも、お父様の命と一緒に奪われて二度と戻って来ない、とあたしは改めて思い、きっと奥様もいまそれを思い出している、あたしがそんなことを訊いたせいでと、よけいな質問をしてしまったことが申し訳なくてたまらなくなりました。

あたしのそんな思いは、隠しようもなく顔に出てしまったのでしょう。でも奥様は、ほんのり微笑まれて、

「気にしないでちょうだい、ローズ」

とかぶりを振られます。

「ずいぶん前のことですもの、悲しい気持ちは消えなくても、思い出すのが辛すぎるということはもうないわ。むしろ思い出すことで、もう一度会える。父とも、母とも、故郷の農園とも。それがとっても嬉しいの」

「だったら、いいんですけど」

「あなたに嘘なんていわないわ。チャールズの気持ちになって、昔あったことをお話に組み上げるのもすごく楽しいの。もちろん彼がそのとき本当に、そんなふうに考えていたかどうかはわからなくってよ。結局はわたくしの想像で、だからお話だと思って聞いてもらうしかないんだもの。それでも彼のことばを話していると、わたくしの中に生きた彼がいるみたい。だからね、もっと話させて」

「あっ、はい」

奥様のおっしゃることは、あたしにはわかったようなわからないような。でもお話を聞くのは楽しいし、それで奥様も嬉しいならあたしも嬉しいです。調子に乗って切りもなくおねだりしてしまいそうですけど、もちろんそんなわけにはいきません。あたしだってそれくらいのことは、ちゃんと考えています。

「そうして子爵様とパリを離れて、世界中を旅して回られたんですね？」

「ええ。世界の全部とはいかないけれど、南アメリカにもアフリカにも、南太平洋の島とか、オーストラリア大陸も馬で荒野を縦断したわ。全然足を踏み入れてない土地といったら、南極と北極くらいかしら。前に少しだけ話したでしょう？　彼と過ごした十年の間は、ほとんど旅から旅への毎日で、一週間とひとところに落ち着くことがなかったから」

そんな毎日って想像もできません。いくら珍しいものを見られるからって。

「お疲れになったり、嫌になったことはなかったんですか？」

「そうねえ。もちろんそういう気持ちになったことは、何度もあったと思うわ。それでも、当時はわたくしも若かったし、帰らなくてはならない故郷があるわけでも、そこでだれかがわたくしを待っているわけでもなかったから、旅が続くのは格別苦にはならなかった。いくら疲れても、一晩眠ればもう元通り元気になっていて、次々目の前に現れる異国の風物に驚いて、目を見張って、あれはなに？　これはどうして？　とチャールズや土地の人に尋ねては答えをもらって、手に入れた知識や経験を呑みこんで、山に登れば登るにつれて視野が広がるように、新しく開ける世界に心奪われる。そんな毎日だった……」

奥様はその過ぎた日々を懐かしむように、目を上げてほうっとため息をつかれました。

「楽しかったわ。読んでも読んでも尽きない本、色つきの挿絵がたくさん入って、音も聞こえる匂いもする、それどころか動いて見せてくれる本がいつも目の前にあるの。楽しくて、胸がわくわくして、日を数えるのも忘れていたものよ。いまになって記憶をたぐると、ノートのページをたどるみたいに、なにもかもが鮮明に思い出されてくるの。そうよ。あれがわたくしの、いわば修業時代だったということね――」

そうして宙に向いた奥様の目には、子爵様と過ごした旅の日々があざやかによみがえっているのでしょう。お顔はとてもとても幸せそうな微笑みに輝いています。あたしにも、その奥様が見ているものが一緒に見えたらいいのに。でも奥様のお話を聞いている間は、あたしもその頃のパリにいて子爵様や、若いときのミスタ・ディーンと一緒に冒険をしているみたいな気持ちになれました。だから、もっとお話が聞きたいです。

「ローズ?」

「あっ、はい! なんでしょうか、奥様ッ」

思わず大声を上げてしまって、奥様にコロコロ笑われてしまいました。

「そんな驚かなくていいのよ。どこの国の話をしましょうかって、訊こうとしただけだから」

「あのう、差し支えなかったら、日本《ジャパン》の話が聞きたいです」

あたしは思いきってお願いしました。ハイド・パークで『日本人村』という催しが開かれて、たくさんの日本人がやってきて、日本の工芸品を売ったり日本の演芸を見せたりして、ロンドンが日本ブームに湧いたのはいまから二年前のことです。いろいろと奇妙な偶然から、あたしたちはそこで起きた事件に関わり合うことになりました。それは一時の、不思議な夢のような体験でしたけれど、おかげであたしは日本という国が、サヴォイ・オペラの『ミカド』とは全然似ていないということを学びました。あたしたちが生きているイギリスとはまったく違うけれど、夢でも幻でもない。そこに暮らしている人たちも、妖精《フェアリィ》でも土鬼《ノーム》でもない、話すことばは違っても、話せば道理も通ずる、気持ちも分かり合える、あたしたちと同じ赤い血の流れる生きた人間なんだ、ということも教えてくれました。

「あの日本人村を巡る事件は、本当に忘れられない出来事だったわね」

「はい、奥様」

「彼は元気でやっているかしら」

名前は出さなくとも、あたしと奥様が思い浮かべた人の顔はきっと同じです。

「元気です。あたし、信じてます」

そう約束して、握手も交わしたのですから。

「まだ日本に興味がある？」

「はい。それに、あのとき奥様が訪問したミットフォード様がいっておられました。奥様は居留地で起きた奇妙な事件を解決して、無実の日本人を助けたって。あの変わった形をした翡翠の珠は、そのお礼にもらったものなんですよね？」

ミットフォード様は、奥様がお遊びで面白がって事件に関わっていたかのようなおっしゃり方をしていましたけれど、それは断固として違います。奥様がそうしたことに関わる理由は、いつも人助けのためなのです。

「まあローズ、あなた本当に物覚えがいいこと」

奥様はまだ笑っておられましたけれど、その微笑みには翳りがあります。

「あたし、なにか間違えていますか？」

「間違ってはいないわ。わたくしがあの翡翠を贈られたのは、その事件に関わった日本人から、というのは本当のことよ。でも、謎を解いたのはわたくしではない。チャールズだった」

「子爵様が」

「ええ。彼の助言がなかったら、事件を引き起こした真の動機にわたくしが気づくことはできなかったでしょう。そしてサー・ミットフォードは最後までなにもご存じなかった。わたくしたちは真相をだれにも明かさずに日本を離れたの。そうすることが一番いいように思えたから。それが正しかったかどうかはいまもわからないけれど、そのときその罪を裁けるものがあるとは思えなかった。罪びと自身を除いては——」

なんだか心臓がどきどきします。そんな恐ろしいお話だなんて。

「思い出されるのは、お嫌ですか？」

「嫌、ということもないけれど、聞いて楽しい、胸の空《す》く冒険とかではなくってよ」

「それでも、奥様がお嫌でなかったらうかがいたいです」

あたしは思い切ってそういいました。奥様はあの翡翠の珠を、とても大事にしていらっしゃる。パリの宝石商で金具と鎖を誂えて、身につけられるようにしたといっておられました。もしもそれにまつわる思い出が嫌なことだけなら、そうはなさらないでしょう。ならばそれはやはり、楽しくはないとしても奥様の胸に深く刻まれた、大切な記憶に通ずるものなのです。使用人としては不作法すぎるとも思いますが、あたしは奥様のそういう、深いところにあるお気持ちも知りたいと望んでしまうのです。

「わかったわ、ローズ」

あたしの胸の思いを聞き取ったように、奥様はひとつうなずかれました。

「でも、そこを飛ばすわけにはいかないから、先にいってしまうけど、わたくしたちの前で起きたのは殺人事件だったのよ。それもひどく無惨な、血まみれの」

「殺人、ですか……」

大きく息を吸いこんだので、喉がゴクッと鳴ってしまいました。奥様はよくご存じです。あたしはどちらかというと恐がりで、挿絵入りで残酷な事件を報じる赤新聞とか、一緒に働くベッツィやモーリスたちのように、面白がって読むことができません。小説は好きだけど、作りごとのお話とわかっていても、やっぱりあんまりひどいことが起きるのは苦手です。好きになった登場人物が苦しむと、自分まで苦しくなってしまうのです。でも奥様は、情けない顔になってしまったあたしの頰を軽く撫でて、

「大丈夫。ローズに嫌な思いをさせないように、ちゃんとことばを選ぶわ」

と微笑まれます。

「それは緑美しい初夏の日本の、海を見渡す庭園のテラスから始まるの。日本のサムライたちの上に君臨した、ショウグンの城郭《キャスル》が建つエドの都。そこからほど近い外国人居留地に隣接して、初めて建てられた西洋式のホテル、それがエド・ホテル、またの名を築地《つきじ》ホテル館。長らく異国に対して閉ざされてきた島国の海辺に、忽然《こつぜん》として産み落とされた奇妙な形の建築物に、エドの人たちはさぞや驚き、目を剥き、怪しんだことでしょう。

アメリカの艦隊がエドからも遠からぬ沖合にやってきて、武力をかざしての強談判《こわだんぱん》で、開国を迫ったのはたった十六年前のこと。たったそれだけの間にショウグンの支配は終わり、日本という国の秩序は覆された。そしてこの頃遠い北の地では、ショウグンに忠誠を誓ったサムライたちの、最後の戦いが間もなく始まろうとしていた――」

第二章
築地ホテル館の殺人
または、燔祭《はんさい》の子羊はいずこにあるや

1

『築地ホテル館変死事件始末』

在日イギリス公使館二等書記官アルジャーノン・フリーマン・ミットフォード、記す。


西暦一八六九年五月二十日。

日本の暦では明治二年四月九日。

トクガワ幕府による支配の中心地エドから、新しき日本の首都トウケイへと名を変えた地の、外国人が住む土地として条約によりもうけられた、ツキジ居留地近くに建つ、エド・ホテル、またの名を築地ホテル館と呼ばれる建築内で、白昼フランス人と日本人、ふたりの男が死亡して発見されるという変事が起こった。

私、ミットフォードは偶然ながら、その事件が起こったと思われる時刻にホテル前の庭園に居合わせ、ひとりの日本女性が、現場となったホテルの部屋に入るところを目撃した。その女性は重要なる関係者と見られ、事件発覚後行方不明となっていたため犯人とも考えられたが、四日後の同月二十四日、自殺と見られる状態で発見された。さらにある日本人男性についての訴状が邏《ら》卒《そつ》詰め所に投げ入れられ、急遽彼は取り調べを受けることとなった。

私はその男と面識があった。彼は歳は若いながら、イギリス語、フランス語、ポルトガル語、清国語《しんこく》、ヒンドゥー語を始めとするインド亜大陸のいくつかの言語などを極めて堪能に操り、その能力によってヨコハマと築地の居留地内で、居留外国人のための用を足す仕事をしていたからである。そして彼は、日本の官憲に囚われるならば、どれほど否認しても、徳川時代そのままの封建的な扱いを受けて、無理やり下手人に仕立てられてしまうのではないかと恐れ、庇護を求めてイギリス公使館にやってきたのだった。

私の上司であるイギリス公使サー・ハリー・パークスの夫人であるレディ・ファニー・パークスは、事件以前からことにこの男がお気に入りであった。彼が殺人のような犯罪を引き起こすとは信じがたいといわれ、日本の決して有能とは思われぬ官憲によって冤罪を着せられるようなことがないよう、よくよく取りはからうようにと命じられた。

以下に挙げるのは五月二十八日、その男が陳述したおのれの身の上と、事件との関わりについての一部始終である。その男は日本語で語ったので、私はまずそれを日本語で書き留め、さらに英語に翻訳して、レディ・パークスともうひとりのイギリス紳士に手渡した。この男が受けたその後の処遇については、異論もあるかとは思われるが、それは決して真実を曲げての温情ではなかったと私も信ずる。しかし男の無実を信じて運動したかの紳士と、彼が後見していた若きアメリカ婦人の存在が、こうした結果を生んだこともまた否定はできない。

ただしこうして作成された文書は、あくまで私個人の私的な活動であって、日本人の心象と日本文化を理解するための研究とはなったものの、公使館員としての仕事ではなく公表するためのものでもないことはいうまでもない。

2

呼び名は伊作《いさく》でございます。苗字《みょうじ》は用いておりません。生まれは、これまで人に聞かれたときはわからない、忘れてしまったと答えていたと申しますのは、自分は長らく親の顔も生国も忘れ、日本の外で生きる羽目になっておりましたのです。後になって少しずつ物覚えが戻ってきて、こう、破れたぼろを綴り合わせるように、昔のことを繋げられるようになったわけなんで、少しばかりつじつまの合わないこともあるかと存じますが、それは決して嘘いつわりを申し上げるつもりじゃないんでございます。思い出せた限りで、わかることは正直にお答えいたします。薩摩《さつま》でございます。実父は薩摩藩の砲術方の足軽でしたが、幼い頃に両親を亡くし、二歳下の妹とふたり、同じ足軽の伯父の家で養われておりました。

それがいまから六年前、鹿児島《かごしま》の町にイギリスの艦隊が来て、大砲を放って家並みを焼くという騒動がございました。横浜からも遠くない生麦村《なまむぎ》というところで、薩摩の殿様の行列にイギリス人が無礼討ちに遭った、その事件を怒ったイギリスの報復だったと聞いておりますが、自分はほんの子供のときのことでございますから、理由もなにもわかったものではございません。ただもう異国船が港の外に来たというだけで、子供の浅はかさとでも申しますか、恐ろしいやら気が逸るやらで、港の砲台まで様子を見に行ってしまった、のだと思います。

ご城下は鼎《かなえ》を覆したような大騒ぎで、家財を大八車に積んで逃げ出すもので道は一杯だった、ような気がいたします。二歳下の妹と従姉を連れて家を出たものの、自分ひとり、ふたりと別れて海の方へ行ったような、まったく軽はずみとしかいいようがありません。砲撃に巻きこまれて海に落ちて流されて、どういうはずみか清国の船に拾われて、そのまま大陸へ連れて行かれたのでした。この額の赤い引き攣《つ》れが、そのときの怪我の名残でして、頭もしたたか打ちつけたようで、おかげで名もなにも忘れてしまったんでございます。

それからは、覚えていることもあり、忘れてしまったこともあり、忘れてしまいたいようなことも多ござんして、なにね、命が繋がれただけ幸いといっていいのかどうか、いっそあのときに死んでしまった方がましだと思うようなこともいろいろで、そこいらへんのことはどうかお許し下さいまし。早い話が家畜のように売り買いされて、身ひとつもおのれのものでなく、清国人に仕えていたこともあれば、インド人が主だったことも、フランス人やポルトガル人の召使いをしていたことも。そのときに習い覚えたことばのおかげで、いまは口を糊《のり》しております。

横浜についてからのことはおおよそ、覚えてはおりますものの、最初は自分が日本人だということも確かではない始末で、ただ奇体なことにこの『伊作』という名だけは、ずうっと頭の隅に引っかかっていて、それが本当の名なら日本人かも知れないと、そんな程度でござんした。日本へ自分を連れてきたフランスの商人が、本国へ帰るがおまえは自由にしてやるといわれたので、だったらまあここでなんとか生きてみようかと思いまして、貸し馬屋の伊平という旦那に名前の縁で身元引受人になってもらいました。といっても、鹿児島と横浜の居留地じゃ同じ日本とは思えない。記憶が戻らなかったのも当然かも知れません。

それが、自分が間違いなく薩摩生まれの日本人だとわかったのは、生き別れの妹のおたまと再会したからです。母の形見の勾玉《まがたま》が引き合わせてくれた。うちの母親は宇佐《うさ》神宮の末社の禰宜《ねぎ》の娘で、その母が自分と妹にひとつずつ遺してくれたのがこれです。西海屋《さいかいや》という長崎出の商人の内儀《ないぎ》が、長崎の遊郭から身請けされた女で、翡翠の珠のかんざしをいつも髪に挿している、名はおたまと聞いてもしやと記憶が動いた。顔を合わせて「兄《あに》さん」という声を聞いたら、堰を切ったようにいろんなもんがよみがえってきて、従姉とはぐれて遊郭に売られた妹は、西海屋治兵衛《じへえ》に連れられて横浜までやってきたんでした。

嬉し涙にくれたといいたいところだが、自分も思い出したくない思いをしてきたが、おたまも幸いとはいえない身の上でした。身請けとは結局金で買われたということ。それでも異人に抱かれるよりはましだと思って承知したが、近頃では六十爺の脂ぎった顔を見るのも嫌だ、いっそ連れて逃げてくれと掻き口説かれても、先立つものもなければ身動きも取れません。通弁《つうべん》の真似ができるといったって、居留地を離れて金が取れるわけもなし、だけどこちらにも昔、妹を従姉に押しつけて離れた弱みがあります。もう少し待っておくれ、なんとかするからと、その場限りの言い訳を並べて半年余り。

もう金輪際我慢できないとおたまが騒ぎ立てるようになったのは、西海屋があれの身をリボアてえ異人に譲り渡すと言い出したからでした。商いのことでごたついたフランス人との間を、女の身体ひとつで手当てして丸めこもうという算段なのですから、ずいぶんと虫の良い話ですが、西海屋はたいそうなけちんぼうだということで、ありそうな話でした。そしておたまは、

「兄さんが助けてくれなきゃ、あたしがあいつらを殺すだけだ」

とまで申しまして、自分はどうしていいかわからなくなってしまいました。西海屋はあれでも元は侍で、若くはないといっても朝晩木刀の素振りは欠かさないくらいだと聞いていましたから、女の手でどうこうできるものじゃない。おたまがリボアのところへ行かされるという日は、自分はイギリス公使のパークス様の奥様に遠乗りのお伴を命じられておりまして、戻られたらホテル館で会食をなさるというので、同じときにおたまやリボアも居合わせることになる。

いっそ奥様に泣きついて仲裁をお願いしようか、おたまを助けるための金を拝借できないか、頼んでみようか。そんなことを考えていたのですが、これまで後ろ盾もなければ財産もない、ただ我が身ひとつで物堅いことだけが取り柄、そのおかげでいくらかは信用をいただいてきた者です。パークス奥様のご厚意をいいことに、厚かましいお願いをするなんて大それた話で、考えただけで気もそぞろ。思うほどに身体が瘧《おこり》にかかったように震えてしまい、馬に乗っているのさえ耐えられぬざまで、お許しを願ってひとり立ち戻り、煎餅布団を引きかぶって寝込む始末となりました。

ああ、お疑いでございますね。自分の寝どころは独り住まいの陋屋《ろうおく》で、昼から夜まで寝付いていたところでだれがかまってくれるものでもありません。ですが自分は本当に、その日はなにも知らぬままで、翌朝になって西海屋の身体が横浜に戻ってきたところで、初めて起きたことを聞かされて、「ああ、それじゃ本当におたまがやっちまったのか」と思ったところで、まさか口に出すわけにゃいかない。自分たちが生き別れの兄と妹だってことも、だれにも打ち明けたことはありませんでしたし、おたまのかんざしと違って、自分の勾玉は人目に晒さず守り袋に入れて身につけていたが、訴状があったってことはだれか気がついた人が居たんですねえ。

おたまが忍んできたのはその晩です。近頃のお上の布告で打ち壊されて、無人になった寺の本堂にひそんでいるといいました。西海屋の金箱を持ち出してきたけれど、合鍵までは盗《と》れなかった。「兄さん、箱を開けとくれ」といわれて、試してみたが開かない。ずいぶんと頑丈な造りの重たい箱で、大工の道具箱ほどもあります。火事場の馬鹿力というやつでしょうか、よく女の手ひとつで持ち出せたものですが、ただもう異人に抱かれるのは嫌だ、一度女房同然に扱っておきながら、異人に自分を売り渡す西海屋が憎い、それから先のことはひとつも考えていなかったというのだから、馬鹿な話じゃないですか。

ホテルでなにがあったか、詳しいことはなにも聞いちゃおりません。起きちまったことは起きちまったことで、詮索したってなんになりましょう。食べ物や着るものは運んでやりましたし、これからどうしようか、ずいぶん頭を悩ませましたが、情けないことにこう追い詰められたとなると、なんの思案も浮かんじゃあ来ないんでございます。自分にしても満足な蓄えもなし、おたまをつれて横浜を離れたところで、先になんの頼みもないのは同じです。それでも妹のために、なにをどうしてやるのが一番いいのか必死に考えていたつもりですが、そんな兄を頼り甲斐がないと見限ったんでございましょう。遺書も残さずに首くくって死ぬとは、よもや思ってもみませんでした。

自分は西海屋も、リボアも、殺《あや》めちゃおりません。それだけは、なにに誓っても本当だと申しますが、お信じいただけなくても仕方ないことと諦めます。もともと薩摩の海で、六年前に消えたはずの命でございます。今日まで生きながらえたのも奇体な巡り合わせ、なかったものと思えば惜しくもありません。

自分からくびれて死ぬわけにはいきませんが、死罪だといわれるならそれでも結構でございます。あの世でおたまと会えれば、すまなかったとあの日のことを詫びる気でいます。忘れたはずのその日のことが、次第次第に頭によみがえってくるというのは、自分に下された罰なんだろうと思うしかござんせん。イギリスの大砲が唸る音を聞きながら、置いていかれまいとこの指を必死に握りしめてきた妹の、ちっちゃな手を放してしまったんだから。

いえ、なにもおたまたちをあの修羅場に、置き去りにしようと思ったわけじゃなかった。大砲の弾が落ちて、家並みが黒い煙を吐いて、これはもういけない、違う方に逃げなくちゃと思ったところが、気がついてみると手の中からおたまの指が消えて、それでも煙の向こうから「兄《あに》よ、兄よ」って泣く声が聞こえる。駆け戻ったところに火の点いた家の梁だか木の幹だかが落ちてきて、頭に思い切りぶち当たったんだと、そう思います。確かな記憶じゃないが、そんなことがあったと思えますんです。

後悔していましたとも、そのときから。ああ、失敗した。馬鹿なことをしたものだとね。あれが自分の、そもそもの間違いだったんです。時間を巻き戻せるものなら、あの時にこそ戻りたい。そしておたまを置いても前に出ようとしていた自分を、ぶん殴っても引き留めたい。あの子を背負って逃げられぬものでもなかったろうに。

それからこの身に起きたことも全部罰です。この世の終わりが来るより前に、お裁きが下されたんです。それだってきっとおたまの苦しい思いの、万分の一にもなりはしないでしょう。

いい加減、つまらないことを並べ立ててしまいました。

もう、なにも申しますまい。

3

一八六九年五月二十日。築地ホテル館の海に向かう庭先である。

テーブルを挟んで座っているのは、ふたりのイギリス紳士。ひとりは私、先月入国して横浜居留地に滞在する旅行者、チャールズ・エドウィン・シーモア子爵、五十七歳。いまひとりはイギリス公使館二等書記官で日本語に堪能なアルジャーノン・ミットフォード、三十二歳。我々の口から吐かれる紙巻きタバコの煙が、薄青くあたりを漂っている。海辺とはいえ、吹く風は弱い。それは屋外のテーブルで、ゆったりと潮の匂いのする外気を吸い、強すぎぬ陽光を浴びながら時を過ごすにはおあつらえ向きの、晴朗な天候の日だった。

背後に舞台の背景幕のように建つホテルは、中国風とも日本風とも西洋風ともつかぬ、どの国の人間が目にしても風変わりと映るだろう建築で、二層にベランダを巡らせた左右対称の横長な二階建てという外観は、辛うじて西欧の規範に倣《なら》ったにしても、寄せ棟黒瓦葺きの屋根は明らかにこの国の伝統。中央に突っ立った方形の塔の上には、NSWEの方位つき風見に、風鐸《ふうたく》を吊り下げた斜め索《なわ》という賑やかさだ。軒下は白漆喰を白い柱の列が支え、壁も黒い平たい瓦のパネルを漆喰で止めたところは、黒布に白の縫い目を走らせたキルティングのよう。ベランダの手すりや窓枠、鎧扉に塗りたくられた緑のペンキがなければ、いま少し見場が良いだろうに。

目の前に広がる庭園は、建物よりはよほどましだった。女性の肢体を思わせるくねりとした松の大木が数本、後は築山に潮入の池と完全な日本風で、その向こうには江戸湾が広がる。外国船は横浜の港に止められるから、浮かんでいるのは手漕ぎの和船ばかり。椅子をずらして西に視線を巡らせば、この国の美しい景色の象徴、かの比類なき円錐形が紫にかすんでいる。

「今日は、また一段とフジヤマが美しいな」

私の口を洩れた独り言めいたつぶやきに、

「ええ、本当に」

向かいから若々しい、快活な声が返る。

「最初にあの山の姿を見たときの快い驚きが、まるで昨日のことのように思い出されます。上海《シャンハイ》からの船路は嵐の中で、横浜港外に錨を下ろし、ようやく陸地に上がっても、吹きつのる風雨に雨傘も外套も役には立たず、おまけに真夜中には地震に襲われて、公使館がトランプの家のようにばらばらになるかと思われた。それが朝になると嵐は過ぎ、太陽は輝き、素晴らしい上天気で、あのフジヤマの麗姿が西の地平に浮かんでいました。実に劇的な朝でしたよ」

「これならば今日のパークス夫人たちの遠乗りも、さぞ素晴らしいものになるだろう」

「ええ。きっとヴィクトリア嬢も、日本の初夏を満喫されていると思いますよ」

「フジヤマといえば、パークス公使と夫人はあの山に登頂されたそうだな」

「我が国の公使としては先代のオールコック氏も登られましたが、女性では夫人がまず最初の方でしょう。一昨年の、しかも季節は十月でしたから、ずいぶん苛酷な登山だったようですが、ご存じの通り彼女はなかなかの女傑ですから」

ミットフォードは軽く肩をすくめて、両手を広げてみせる。現在の駐日公使ハリー・パークスは、幼くして両親を亡くし、十三歳から清国に渡って働き、語学力を身につけて領事館に通訳として採用された、いわば現場叩き上げのアジア通だ。遣り手ではあるものの人当たりがいいとはいえず、社交的でもなかった。清国での経験からだろう、日本でもとかく高圧的に振る舞いがちで、プライドの高い日本人や他国の外交関係者ともぶつかることが多いと聞く。

そんな公使の人格的な弱点を補うのが、夫人のレディ・ファニー・パークスで、女性の少ない居留地の欧米人社会を活気づけ、輝かせる社交界の花、といいたいところだが、この花はミットフォードが口にした通り、女傑と呼ばれるのがふさわしい恐れ知らずの勇者だった。楽しみは週末のパーティより騎馬の外出で、本国から移送させたアラブ種の愛馬にこれもイギリス製の男鞍を置き、男物の乗馬ズボンにブーツでろくに護衛も連れずどこへでも出かけていく。

条約によって公使館員以外の外国人の行動範囲は、横浜から二十五マイル以内と制限されているが、夫人は自分もまた夫に準ずる権利があるものと独り決めして、その枠を踏み出すことも珍しくはないらしい。もっとも今日の目的地、古都カマクラとフランスのモン・サン・ミシェルを思わせるというエノシマは、条約で許可された範囲内だ。

「しかし子爵、あなたが今日の遠乗りに同道されないのは、正直意外でしたよ」

「これまでいつも身軽に気ままな旅をしてきたのでね、パレードのように大人数でぞろぞろ動くのは面倒で駄目なんだ」

「護衛をつけたのは公使から子爵への敬意と好意の意味もあったのですが、かえってご迷惑でしたか?」

「いや、単に私の好みの問題だ。迷惑などということはない」

「ではサー・パークスにはその点、気をつけて伝えるとしましょう」

当然だ、と私はうなずいた。パークス公使は頭の赤毛にふさわしい癇癪持ちなのだ。自分の配慮を無にされたと聞いたら、気を悪くするに決まっている。わざわざ機嫌を取る必要はないにしても、感情を害されて利することなどなにもない。

「それに同道させた私の従者は、武器を取らせてもなかなかの働きをする男でね、これまで幾度も助けられた。まず間違いは起こるまい」

パークス夫人を中心にした遠乗りの一行には、横浜駐屯の英国陸軍一部隊が護衛に付き、使用人も含めて大層な人数になってしまったのだった。しかし万一サムライの襲撃などがあった場合、軍隊が真っ先に守るのはレディ・パークスのはずで、民間人は後回しにされるだろう。ディーンをつけたのはその保険だ。なにか起きたときには、余人は一切かまわずヴィクトリアひとりを連れて逃げ延びろ、と申し渡してある。

「それにしても、ヴィクトリア嬢のお身が心配ではありませんか。我が国の軍人ふたりが鎌倉の神社の門前でサムライに襲われ、刀で斬り殺されたのはたった五年前のことです」

「確かに日本のサムライたちの外国人嫌いは相当なものだ。イギリス公使館も幾度も焼き討ちに遭ったそうだな」

「ええ。そのことが頭から離れませんでしたから、三年前、日本に着いた最初の夜はびくびくしていたものです。地震に起こされたときは、ピストルを握ってベッドから飛び出したほどで、だからこそ翌朝見られたフジヤマの美しさもひとしお心に染みたわけです」

ハハハッ、と顎を上げて笑ったミットフォードは、

「しかし君たちは昨年キョウトで、白昼襲われて危うく命を落とすところだったのだろう？」

私がそういうと、彼は一転笑いを収めて生真面目な表情になった。

「我々が天皇《エンペラー》と謁見するというのは、彼らにとっては許すべからざる冒瀆行為と思われたわけです。その気持ちは理解可能です。しかしこれからは急速に、いろいろなことが変わってくるでしょう。ミチノクやエゾといった北の方では、まだ徳川の旧幕府に忠誠を誓うサムライたちが戦いを続けていますが、その戦争も間もなく片が付くと思われます。フランスは徳川に味方し、内戦を引き延ばしても事態を覆そうと試みていたが、それも空しい計画です。年号はメイジに改まり、江戸は東京と名を変えて新日本の首都となった。ショウグンは城を去り、天皇が京都から来てその城に入られた。そして間もなくサムライという存在も消える。同時に古き日本のさまざまのものが、夢幻と消えていくことでしょう。空は暖炉の吐き出す黒煙に汚れ、青く澄んだ江戸湾の水はテムズのように黒く変わることでしょう」

「日本が伝統を失って近代国家の道を歩むことを、君は惜しんでいるようだ」

「それは否定しません。公使館職員としての考えではなく、一英国人の感傷に過ぎないとは承知していますが」

「しかし君の、日本の伝統と文化に対する理解の深さはひとかたのものではない。わずか三年で会話のみならず、あの難解な文字と文章を読みこなすとは」

「語学のことならぼくなどより、先任のアーネスト・サトウという天才がおりますからね。いまは休暇で本国に戻っていて、お引き合わせできないのが残念ですが」

「しかし語学の才というのは、外交官には必須のものだね。私にもそんな能力があれば、ただの旅もよほど豊かなものになるだろうに」

「語学力でチャンスを掴むのは外交官に限りませんよ、子爵。今日レディ・パークスがお連れになった供揃いの中に、伊作という男が入っているのをご存じですか」

話が変わったが、その日本人の名には記憶がある。まだ二十歳そこそこの若さだが、素晴らしくことばが達者で英語もフランス語も話す、清国のことばも、インドのことばも堪能で、横浜の居留地で私設の通訳屋、便利屋のようなことをしていると、ヴィクトリアから聞いていた。以前からレディ・パークスもお気に入りで、遠出をするときは必ず彼を雇って連れて行く。トラブルは常にことばが通じなかったために起きるのだから、通訳はなにより重要だと。

しかし私は、その伊作を深く知っているわけではなかったが、印象としてあまり好感が持てなかった。なぜと問われても、理由をつけるのが難しい。物腰はていねいだし、頭も切れる。外国人相手に商売をする日本人にしばしば見られる、見え透いた愛想笑いの下にこすからい本音を隠して、折りあらば懐を肥やそうと狙っているような、卑しさはかけらもない。ただその、妙に暗い目つきが気になるのだ。

長年仕えてくれた老従者の代わりに、その名を譲り受けたディーンが、初めて会ったときにはやはりそんな暗い目をしていた。近頃ではずいぶんと穏やかになり、ときには笑顔さえ見せるようになったが、その目の底に沈んだ暗く冷たいものは、完全に消え去ったわけではない。伊作にもなにか、人にはいえぬ過去があるのではないかと思い、できればヴィクトリアがそういう男と深く関わり合いにならぬ方がいい、と思っていた。

「名と顔は知っているが、それ以上のことはさして知らぬままだな」

色はつけぬ積もりの口調でそう答えたが、ミットフォードはこちらの表情から、ことば以上のことを読み取ったらしい。

「打ち明けて申しますとパークス公使は、夫人が伊作を側近く使うことを快く思っておられません。しかしそういったからといって、夫人の気持ちを変えることは難しい。常にどんな些細なことでも、ご自分の望むようになさらねば気が済まない方ですから。それで公使がぼくに、伊作の素性を洗うようにといわれまして」

「君が探偵の真似か。それは厄介な」

「まあ、ぼくにも好奇心はありましたからね。そして、いろいろと興味深いことがわかりました。だがそれを夫人に伝えたところ、別にいいではないですか、といわれるだけで、公使が望むようにはいかなかったというわけです」

「つまり、伝えるだけのことは探り出せたと」

「ええ。といっても、相変わらず漠然とした話ばかり」

気を持たせるような口調だ。

「どういうものか、秘密を胸に隠している青年というのは、ご婦人方には非常に魅力的に感じられるもののようです。特に伊作は日本人にしては長身で、なかなか清潔な、女性にしても不思議はなさそうな、整ってやさしい顔立ちをしていますからね。ただそれでよけいにあの右の額の、赤い火傷の引き攣《つ》れが無惨なものに見えてしまう。まるでなにかのしるしのように。ヴィクトリア嬢は彼のことを、なにかいっておられませんでしたか」

「英語が非常に達者で、イギリス風のクイーンズ・イングリッシュだけでなく、アメリカ風の言い回しもできるので驚いた、とはいっていたが」

「そう、ヴィクトリア嬢はアメリカのご出身なのでしたね」

この若い外交官はヴィクトリアに関心を持っていて、しきりと彼女を話題にしたがっている。日本に赴任して三年。在留者の例に洩れず、彼も日本女性を現地妻としているらしいが、久し振りに目にした欧米人女性は、さぞや魅惑的に映るに違いない。刀を振り回す外国人嫌いの日本人より、女性に飢えた欧米人の方がむしろ脅威だと私には思えるのだが、さすがにそれを正面から口にするわけにもいかない。

「それで、伊作にはどんな過去があったのだね？」

「彼は漂流者であったらしいのです」

「漁師か、船乗りか。それにしては歳が若く見えるが」

漁船や輸送船が漂流して異国に流され、生き延びた日本人の話は実話としていくつも聞いた覚えがある。北方のロシア領に漂着して、はるばるペテルブルグまで連れて行かれ、時の女帝エカテリーナ二世に拝謁した人物もいたそうだ。日本がほとんどの異国に対して、固く国を閉ざしていた時代には、彼らの帰国は容易に許されなかったし、無事戻れても罪人として扱われ、自由を奪われたという。だが幸いにも、すでにこの国は変わった。伊作が咎めを受けずに済んだのは、そのためだったろう。

「しかも彼は頭に負った傷のために、過去の記憶がろくにないというのですね。ただ、日本人であることは間違いないらしいということで」

つまり前歴は全くの不詳ということだ。公使が警戒しても不思議はない。だがミットフォードは肩をすくめて、

「公平に考えるなら、伊作は額の傷を除いては見てくれも悪くない上に、礼儀は正しい。愛想はなくとも、我々外国人に対しても如才なく振る舞えるし、立ち居振る舞いも下人には見えません。そして通訳としての能力は折り紙付きで、これまで金のことでトラブルを起こしたことも一度もないのですから、公使がなんといおうとレディ・パークスは彼を贔屓《ひいき》にし続けるでしょう。非常にクリーンな若者だ、とぼくにも繰り返し主張しました」

それは間違ってはいない。ただ、あの目つきの暗さがどうしても、気になるのだ。

「公使にしても彼を本気で警戒しているというより、伊作が英語以上にフランス語がよくできて、フランス人の受けがいいのが気に入らないのですよ。ご存じでしょう、サー・パークスがフランス公使のロッシュ氏と不仲なのは。彼はフランス語を解さぬので、目の前でわからぬことばの会話をされると、どうしても猜疑心が湧いてしまう。それも理由のひとつでしょう」

イギリス人でもパブリックスクールからオクスブリッジへ進んだエリートなら、フランス語を使えない者の方が珍しい。ミットフォードの笑いには当然のように、学歴差を気に病むことから逃れられない上司への揶揄《やゆ》が含まれている。

「しかし伊作が、フランスの間諜だというわけでもあるまいし」

半分冗談のつもりで尋ねると、「ええ」と彼も苦笑を返す。

「ただぼくがひとつ気になったのは、伊作の日本語には薩摩訛りがある、と聞いたことですね」

「サツマ、か」

それが日本の最南に位置した藩で、徳川幕府を倒した勢力の半ばを担った者たちの出た土地だという程度の知識は私にもある。将軍を追い出した江戸、いや東京で、新しい政府を担う者たちの半分は薩摩藩の出身者だそうだ。

アメリカ船が日本に開国を強要してからの激動の時代、当初薩摩藩は開国に反対し、外国勢力を武力で追い払えと主張していた。外国人殺害事件のひとつ、生麦での英国人殺しは薩摩藩士の仕業で、しかも駕籠に乗っていた藩主の面前で起こった。イギリスは幕府に抗議して賠償金を支払わせるだけでなく、艦隊を派遣して薩摩を海から襲い砲撃を加えた。しかし皮肉なことに、その戦いが薩摩藩の藩論を大きく変え、彼らを開国派に変えていくことになったのだという。

「しかし薩摩の人間はいまや江戸、いや東京にも多く移住してきているのでは?」

「ええ、それは別によいのです。問題は伊作が、自分が薩摩の出身だということを認めたがらないということです。なにも理由がなければ、隠す必要はありますまい?」

「隠すつもりではなく、その記憶を失っているから、とは君は思わないのか」

「記憶のことは確かめようがありません。自分にとって都合の悪いことは、わからない、覚えていないと主張すればいいだけのことなのですから、隠しごとがある人間には便利すぎる主張に思えてしまいます。

だが伊作の額の傷はイギリス軍の砲撃のせいかも知れない。薩摩藩城下の鹿児島は、火の海となって町並みの多くが焼け落ちたそうです。まだ子供の彼がそれに巻きこまれ、家族を失い、海に流されたのだとしたら。サムライたちは開国派に転身したとしても、外国人に対する憎悪を持ち続けていても不思議はないと思われませんか」

「しかし、それならなにも居留地で働くことはあるまい」

「彼が、復讐を企んでいなければ、ですが」

「『モンテクリスト伯』かね」

「ああ、もちろんこれはなんの確証もない、ぼくひとりの想像です。ですからサー・パークスにもレディにも、なにもいってはいません」

「では、なぜ私に？」

「ヴィクトリア嬢を心配なさるかと思いましたので、彼女の保護者であるあなたにはお伝えしておく方がいいかと思ったのです」

「保護者――」

違うなあと思ったが、

「パリで出会われたのだとか？」

「おやおや、ずいぶんと事情通だね」

からかうようにいってやると、青年は頬を赤らめる。まったく危ない。

「保護者ということばは当たらないな。我が国では女性は成人しても、法的に一人前の独立した責任ある主体とは見なされないが、これは大きな間違いだと私は常々思っている。ヴィクトリア・アメリ・カレームは、私と完全に対等な存在だ。ただし彼女は私と出会ったとき、まだ教育の途上だった。私は自分の好き勝手な旅に彼女を付き合わせながら、その旅を彼女のための学びの場としようと考えた。前世紀のヨーロッパ人が好んだグランド・ツアーの一種といってもいい。私たちはそういう師弟なんだ、とは思うがね」

「なるほど。確かに旅に勝る教育の場はありますまい。あなたという優れた師と出会えて、ヴィクトリア嬢はお幸せだ。世間の目にはどう映ろうと――あ、いや。これは失礼」

ミットフォードは咳払いをしてごまかしたが、それは当然ながら単なる失言ではあるまい。こちらの反応を見るための、敢えて投げかけた一言だったに違いない。私は改めて、つくづくとその顔を眺めた。

アルジャーノン・フリーマン＝ミットフォード。よく手入れされた口髭に、緩く波打つ前髪に囲まれた額、面長の白い顔に尖った顎、そして長身の均整の取れた身体つきと、ラテン系の男子のような艶やかな美しさや性的な魅力は薄いものの、これが大英帝国の若き選良の典型、といいたい姿だ。イギリス人なら彼を一目見れば、決して庶民の出ではない、上流階級に生まれついた人間だと見分けがつく。

その点は叩き上げのパークス公使と正反対だが、二十一歳で外務省に入省して以来、サンクトペテルブルグからペキン、そして横浜と、十年を超す外交畑での経験を積んできたとは聞いている。そして世界に向かって勢力の伸張を計り続けるブリティッシュ・エンパイアの、最前線に立つ彼ら外交官の武器はことば、ことば、ことばだ。

無論ヴィクトリアと自分の関係がイギリスの外交問題に絡んでくるはずもないが、なかなかの艶福家《えんぷくか》と囁かれるこの男が、彼女に強い関心を持っている以上、その武器を使って裏に表に攻略の陣を組んでくる可能性は忘れるわけにいかない。敵に回すことは回避しなくてはならないとしても、弱みを見せるのはまずい相手だ。

（だが坊や、私は断じて君のような輩を、私のヴィクトリアに近づけはしないよ……）

4

妻子をロンドンに置き去りにしたままの自分の外遊に、ミス・カレームという妙齢未婚のアメリカ人女性の道連れが出来たことを、母国の人々にいつまでも隠しておけるとは思っていなかった。そしてひとたび知られれば、こちらがどう主張したところで、パリで女遊びをする同胞紳士たち同様の、いやそれ以上の、隠すべきことを隠そうともしない破廉恥漢《はれんちかん》として非難されるに違いないとは承知していた。人に知られさえしなければないものと見なして許す、というのがイギリスでの風潮であるからだ。

だからこそこれまでの四年間、旅先は慎重に選択し、特にイギリス人が多く暮らす土地は避けてきたし、旅行者の多いパリにも南仏にも足を向けないできたのだが、当のヴィクトリアは自分がそのような目で見られる可能性など微塵も想像しなかったらしい。私が旅先で自国の人間との交際を好まないのは彼女も承知していたが、セイロン島を訪れたとき茶園を経営するイギリス人の家族と知り合いになり、私自身が少々体調を崩したこともあって、一月ばかりその家の世話になった。どうやらそこから消息が洩れ伝わったようだ。弁護士からの手紙で、『S子爵の旅の伴侶』に関する噂話がロンドンで盛んに取りざたされていると知らされ、なんとかヴィクトリアの耳には入れぬようにと気を配っていたのだが——

まずいことに、世界中どこを旅してもイギリス人はいる。その上偏屈な旅行家シーモア子爵の名前は、彼らの間で知れ渡っている。彼女と出会うまで、祖国でどんな評判を立てられようと気に留めなかったことも悪く働いた。ヴィクトリアがなにも知らぬまま無邪気に振る舞えば、半分は親切心から、もう半分は野次馬の底意地の悪い好奇心から、祖国から取り寄せたゴシップ新聞をわざわざ見せに来るような人間が現れる。覚悟を決め、そのときは断固として否定するか、馬鹿馬鹿しいと笑い飛ばすか、あれこれと手は考えていたのだが、いざ、その恐れた瞬間が訪れると、私も平静ではいられなかった。

「わたくしはあなたの迷惑になっていますか、シーモア？」

ヴィクトリアの震える唇に、心臓を貫かれた。心の準備などどこかへ蒸発してしまい、恐怖に胸の凍るのを覚えながら、

「断じてそんなことはない！」

とかぶりを振った。

「決して君が、私の迷惑になるなどあり得ない。なにに誓ってもいい」

「でも、わたくしたち、もうお別れするべきではないでしょうか」

「なぜそんなことをいうんだ、カレーム」

「なぜ？　それをわたくしにお尋ねになりますの？」

ヴィクトリアは悲しげにつぶやいた。

「もちろんわかっています。悪いのはあなたではなくわたくし、立ち止まることができなかったわたくしの心です」

「君が、なにをいっているのかわからない。君に悪いことなど、なにひとつあるはずがない。それは私が一番よく知っている」

混乱する思いを抱えて、私は弱々しくつぶやいた。ヴィクトリアの経済的な問題は、とっくに解決していた。彼女の亡父がスイスの銀行に残した財産は、彼女の自由と自立を保証して余りあるほどの金額だったからだ。しかし私にとって、ヴィクトリアなしの人生などもはや考えられなかった。決して口には出さず、態度にも出さぬことを我と我が心に誓いながら、私のヴィクトリアに対する思いは、疾うに師弟の枠に収まらぬものとなっていた。

「無論君が、私のような年寄りの相手をすることに飽いたというなら、そう率直にいってもらってかまわないのだが」

唇から洩れた自虐のことばを、この四年間耳に受け止め続けた愛しい声がさえぎる。

「なにをおっしゃるんです。わたくしこそ、あなたのことばの意味がわかりません。あなたには奥様もお子さんもいらっしゃる。そのことをわたくしは承知していました。いえ、それだけでなく、あなたはわたくしを女として扱うつもりはないと、最初にはっきりいわれました。なのに、その決まりごとを踏み越えてしまったのは、わたくしの罪ですわ。だからいつかお別れすることになる日まで、その思いは決して口にも顔にも出さぬつもりでしたのに」

「カレーム、いや、ヴィクトリア！」

「すみません、シーモア。本当に、ごめんなさい。わたくしはもう、わたくしを止められない。増水して荒れ狂う大河のように、感情は土手を越えて溢れてしまいました。自分はもう少し賢い人間だと思っておりましたが」

私は彼女の手を、両手で握りしめていた。

「ヴィクトリア、頼む。君の名前を呼ぶことを、私に許してくれ。それだけでいい。いまは、それだけでいいから、私から離れないといってくれ。私は、君なしでは旅を続けられない。ロンドンに戻ることはそれよりさらに耐えられない。それは私が生きながら死ぬことだ」

「わたくしも同じ思いです、チャールズ」

ヴィクトリアは答えた。彼女が自分の名を口にしている。その響きのなんと甘やかなこと。まるで魔法のようだ。

「本当に、ヴィクトリア?」

「ええ、チャールズ」

「では私を愛していると、いってくれるのだね?」

「はい、愛しています。そんなことばでは、とうてい足りないくらい」

「おおヴィクトリア!」

しかし胸深く抱き寄せようとした私の腕を、彼女はこちらを真っ直ぐに見つめたまま、静かに引き外した。

「だからこそ、わかってくださるでしょう、チャールズ。いまはあなたの腕に、身を投げ入れるわけにはいかないということを」

それはわかる。面白おかしくふたりの噂話をしているのだろう英国人は、当然ヴィクトリアを私の愛人だと信じている。いまようやく互いの思いを認め合ったふたりが、愛の行為をおのれに許すなら、それは醜聞を肯定することになってしまう。

「わたくし、結婚の誓いは神聖なものだと思っています。夫であれ妻であれ、愛人を持つことが当たり前のような習慣には耐えられません。でも、心は自由です。わたくしの自由な意志は、あなたひとりを求めています。どうか、それは信じて下さい」

「妻とは、離婚する」

私は答えたが、ヴィクトリアはなにもいわなかった。現在のイギリスにおいて、離婚は不可能ではないが決して容易くはない。ましてこの場合、私はなんの不行跡もない配偶者を長年放置したあげく、若い女と再婚するために彼女から妻の座を奪い取ろうとしていることになる。彼女が承知しない限り、法廷がそれを認めることはあり得ないだろう。いや、もしも彼女が受け入れたとしても、イギリス社会は私とヴィクトリアを指弾して止まないだろう。口には出さずとも、それはふたりともよくわかっていた。

いっそ名前を捨てて、どこか我々を誰も知らない土地に身を埋めようか。そういいかけて、しかし私はおのれを引き留めた。私はそれでもいい。彼女と引き換えに世界を捨てられる。だが、ヴィクトリアは若い。私の方が必ず先に逝く。そうなったとき、彼女が二度と社会に戻れないようなことは、断じてしてはならない。

「いいのです」

目は真正面からひたと私を見つめたまま、ヴィクトリアは微笑んだ。

「わたくしは大丈夫です。これまでどおりあなたと、旅を続けられればそれで幸せです。だれに笑われようと誹《そし》られようと傷つきません。あなたがいてくださるなら、真っ直ぐに頭を上げていられます」

「それは、私も同じだよ。私たちは、人生という旅の最高の道連れだ。母国の法が認めなくとも、教会の教えが否といおうとも、だれに恥じるところもない。だからヴィクトリア、これまでと変わらず私と生きてくれるね」

「はい。ただ、わたくしの存在があなたの奥様や娘さん息子さんを苦しめるだろうと思うと、それだけは胸が痛いです」

「君が苦しんではいけない。その罪を負うべきは私だ」

「いいえ、わたくしたちです。罪という重荷を背負うのは、わたくしたちふたり。それを譲るつもりはありませんのよ、チャールズ」

私は自分がすでに若くはないことを、神に感謝する気になっている。これまでは、彼女との歳の差を内心無念に感ずることもままあったのだが、もしもあと十歳若かったら、互いの愛情を確かめ合いながら、口づけも抱擁も許されないなどという状態に、耐えられたとは思えない。強引に彼女を押し倒して、一時の激情に身を任せたあげく、すべてを失う結果になったことだろう。それを考えただけで身内が震える。

（私はヴィクトリアを守る。世間から、法から、教会から、私自身の欲望からも——）

そのとき私は口には出さぬまま、カレームと呼んでいた娘の暖かな茶色の瞳にかけて、堅くそう誓ったのだった。彼女の魂の自由を、誇りを、微笑みを、何者にも傷つけさせはしない。この娘はいつまでも、その明るく輝く目の光を保ち続けなくてはならない。もしもそれが曇らされるような事態が起きたら、自分は加害者の首に手をかけ、ひと思いに命を奪うこともためらわないだろう。

少しの間、目の前のミットフォードを置き去りに、ヴィクトリアとの胸高鳴る記憶を反芻《はんすう》していた私は、その声で幸せな瞬間から呼び起こされた。

「繰り返し申し上げますが、子爵、ヴィクトリア嬢は実に素晴らしい女性ですね。勇気があり、生命力に満ち溢れていて、しかも知的で闊達《かったつ》だ。何事にも偏見は持たず、我々には奇矯に思える日本の習俗も、否定するよりまず彼らの立場に自らを置いて理解しようとする。あのような心の持ち方こそ、すべての外交官に必須のものではありますまいか」

どうしてもミットフォードは、話題をヴィクトリアのことに引き戻したいらしい。

「初めてお目にかかったときから、ぼくは彼女に魅了されました。婦人と会話して退屈するどころか、快く楽しい時間を過ごせるなどとはこれまで考えたこともありませんでしたが、彼女を見ていると、本国で知っていた淑女たちがことごとく、色褪せた蝋細工の造花のように思えてきます。それも子爵の薫陶の結果ですか？」

「さて。弟子が受ける賞賛は師の誉れだが」

「師であって、保護者でも後見人でもないとおっしゃる？」

「彼女はもう子供ではない。自分の足で立てる人間だ」

「それでは子爵、ぼくが彼女に交際を申し込んでも、手袋を投げつけるようなことはなさいませんね？」

「ほう。そんなつもりが君にあったとは」

「ありましたとも。慎み深く押し隠していただけです」

「しかし君には、交際している日本女性がいるだろうが」

「日本の女性は、彼女たちなりに魅力的です。そしてぼくは平凡な、当たり前の官能を具えた男ですから。しかし彼女たちと、ヴィクトリア嬢を同日に論ずることなどできようはずがありません。そしてヴィクトリア嬢がぼくと交際してくださるなら、もちろんそのような関係はすべて清算いたしますとも」

（このクソ生意気な、くちばしの黄色い、舌ばかりはよく動く小僧っ子が——）

私は腹の中で、旅の間に仕込んだ極めつけのもっとも下品な悪罵と呪詛のことばを、目の前にある男の鼻先に叩きつける。だが顔だけはにこやかに、ニッ、と歯を見せて笑い返すと、

「やってみたまえ、ミットフォード君。声をかけるくらいで咎め立てはしない。ただしそれ以上の、私の自慢の弟子を侮辱するような真似をしたら、代償は安くは済まないよ」

そのときの私の口元は笑っていても、目にはおそらく穏やかとはいえない色が浮かんでいたろう。「オウ」と口の中でつぶやいて、鼻白んだ顔になったミットフォードは、急に顎を反らせて笑い出した。

「わかりました、わかりましたよ、ロード・シーモア。これ以上無礼なことは申しません。あなたの貴重な本音を聞かせていただけた、ということでひとまず満足することにします。しかしぼくがヴィクトリア嬢に好意を抱いていることは、嘘ではありません。ぼくの伊作に対する疑惑というか、懸念も、彼女の身を案ずる思いから出たことです。ただの考えすぎならいいのですが、あの男はなにか隠していることがある。そして、これはただの偶然かも知れませんが、やはりことばに薩摩訛りがあるのに、それを認めようとしない人間が近いところにいるのですね」

「ほう、それはどういう男だ？」

「女なのですよ。西海屋治兵衛という、輸入雑貨を扱ってかなり手広く商売をやっている男の名は聞いておられますか?」

「SAIKAIYAなら、私たちが泊まっているユナイテッド・クラブの談話室に広告のチラシが置かれていたな。書かれている英語は少し怪しかったが、食品から衣類まで、御入り用なもの一切引受、御本国よりの取り寄せも可能、とか」

「そう、その店です。横浜居留地に小売店も開いているが、儲けはもっぱら異国人相手の注文取引で上げていて、このホテル館にも事務所を持っています」

築地ホテル館は、現在それほど繁盛しているわけではない。徳川幕府も明治政府も、外国船を横浜港より奥には入れないと決めていたし、新しく首府となった東京も外交官以外は立ち入りが許可されないので、築地の居留地まで来る異国人は多くはなかったからだ。当初からホテルとしてだけではなく、商館としての役割も期待されていて、西海屋のように事務所として部屋を借りる者もいたが、全体として寂《さび》れているという印象は否めなかった。

ただ西洋料理については意を用いていて、フランス人の料理長を雇い、それなりのものを出す。豆腐や魚の日本食を嫌わないミットフォードも、ときにはホテル館の料理を住まいまで届けさせるという。私が今日ここに居るのも、遠乗りから戻るレディ・パークスら一行と晩餐を供にした後、この晩はホテルに泊まろうということになっていたからだ。日本に来たといっても旅行の自由はなく、横浜の居留地周辺の散策しか許されないとあって、この半月でヴィクトリアはすっかり退屈していた。母国人との交際を好まない私が公使夫人との晩餐を承諾したのも、ヴィクトリアには気晴らしが必要だったからだ。

「その西海屋の小売り店に若い女がいる。一応は店番という形だが、実際の商いには他に男女の使用人が携わっていて、そのおたまという女は好き勝手に遊んでいるようにしか見えない。治兵衛の方は、自分は長崎の出身で、元は長崎奉行所に勤めていた下級武士だと隠さずに人にも話していて、おたまは長崎の遊郭から彼が金を払って身請けしたと語っています。実際、まだ二十歳にもなっていない若さだが素人のようには見えない、パリの娼館にいても不思議はないような、男心をそそる手管を心得た女です。その女に薩摩訛りがある。しかし前歴を訊かれると、話を逸らせて薩摩の者だとは認めないというのです」

伝聞の調子で語っているが、彼自身が西海屋の店まで足を運んで、そのおたまという女にあれこれ尋ねてみたのに違いなかった。ミットフォードが女好きだという評判は、真実以外のなにものでもないらしい。伊作の素性調査は確かにサー・パークスから命じられたことなのだろうが、おたまのことは明らかに彼の趣味だ。

「その娘が娼館に居たというなら、過去を語りたくなくても不思議はあるまい」

「ですがもうひとつ、いや、ふたつ。おたまは異人嫌いで、火事が嫌いだ」

「つまり彼女も、イギリス海軍の鹿児島砲撃に遭ったのではないかと？」

「鹿児島と長崎は近いとはいえないが、九州というひとつの大きな島の中にあります。鹿児島で焼け出された娘が、長崎に流れ着いて遊郭に身売りされ、治兵衛と出会ったというのは無理がない推測です」

「そして伊作と、そのおたまが知り合いだというのか」

「偶然が過ぎると、思われるかも知れませんが」

私は、クスリ、と笑いを洩らさずにはいられなかった。

「いよいよセンセーション・ノベルめいてきたな。そのふたりが実は生き別れの兄と妹で、互いに死んだと思っていたのが、遠くふるさとをはなれた横浜で再会し、手を携えて憎きイギリスに復讐を企てている、というのが真相かも知れん」

「お笑いにならないでください、子爵。この世の真実は案外そういう、俗な物語じみたものだったりするのですから」

それはその通りかも知れないな、と内心では思ったが、同意を表明してミットフォードをいい気にさせるのは業腹だ、というほどの気持ちもあり、視線を外して話題を変えた。

「そろそろ陽が傾きかけてきたな。遠乗りの一行も戻られるだろう」

「晩餐の前には、一日馬上で土埃を浴びてこられたご婦人たちが、身なりを整えるための時間がたっぷりと必要ですからね。しかしぼくも楽しみです。このところ日本の工芸品や陶磁器を、かなりの数買い求めたおかげで、すっかり金欠になってしまいましてね。米と干した魚ばかり食べていたものだから、西欧風の料理は久し振りなのです」

イギリス人というのは古代ローマ人並みに、世界中どこへ行っても本国での生活様式に執着する。料理なら日曜日のローストだ。だが日本ではロースト用の肉塊は、牛も羊もまず手には入らない。その補いのつもりか、居留地で暮らす商人や駐留軍の将校、公使館員らは、はるばる海を越えて運んできたワインやシャンパンを湯水のように、本国よりは過度に消費することになり、その結果しばしば座が乱れる。同国人としてその醜態は見るに耐えないが、それ以上に、ミットフォードがヴィクトリアに接近しないよう、もう少し厳格に釘を刺しておくべきかも知れない。

だがそのとき、向かいの椅子から腰を浮かせたミットフォードが、「おや？」とつぶやいた。彼は伸び上がるようにして、ホテルの二階を見上げている。そこにはけばけばしい緑色のペンキで塗りたくられた、木製の手すりのあるベランダが、外廊下のように繋がっていた。ミットフォードの視線に釣られて、私も身体を巡らせてそちらを見た。

ベランダを人が歩いている。手すりの隙間越しに、派手な赤紫の着物が見えるから女だろう。あまり背が高くはなくて、手すりの上から頭部が覗くくらいだが、その頭は毒々しいほどあざやかな緑の布ですっぽりと包まれている。イスラム女のようだが宗教的な禁忌というわけではない。ただサムライの妻など多少なりと身分のある女は、やはり街頭で顔を晒すことを好まないらしい。その他にも、防寒のために布や頭巾を用いる場合もあるらしいが、この季節ではさすがにそれはあるまい。木製の履き物を履いているらしく、ベランダの床をコツコツと歩く音が響いている。

それが森閑とした敷地の中で、いやに大きく耳を突いた。

「あの女ですよ、西海屋のおたまだ」

「顔は見えないが？」

「あの布の色に見覚えがある。刺繍をしたフランス産の緑のビロードを、贅沢を見せびらかすように、肩掛けにしたり頭巾にしたりして歩くのだそうです。そのあたりも素人の女性らしくないというわけですが、まるで我々の話を聞いていたようですね」

「西海屋の事務所がこのホテルにあるなら、現れても不思議はあるまい？」

「それはそうですが、西海屋が借りている部屋は海側ではなく、内側の中庭に向いた部屋だったはずです」

「景色を眺めに来たのじゃないか」

「しかし、ご覧なさい。そんな様子はありませんよ」

築地ホテル館の庭園に面した側は、一階も二階も客室の窓が並んでいる。中央に木製の両開き扉があり、左右に客室は三室ずつ。さらに左右の端は前に突き出た広い続き部屋《スイート》で、そちらにもそれぞれ扉があって、ベランダが全面に取りついている。南方の暑熱を避けるためのベランダは、日本では装飾的な意味しかない。私たちが座ったテーブルは、ホテルに向かって右手の端近くの芝生の上に据えられていたが、緑の布で頭を覆った女は、二階中央の扉から現れて、ベランダを左手へ、つまり私たちからは遠ざかる方向へ歩いている。顔が見えないかと伸び上がってみたが、やはり見えるのは緑の布に包まれた丸い頭部の後ろだけだ。つまり庭からは顔を背けていることになり、ミットフォードがいうように庭を眺めてはいないようだ。

女が左端の部屋の前に着くと、声をかけたのか内側からドアが開いて、明るい褐色の髪をした西洋人が顔を見せた。初夏の長い午後もすでに陽が傾きかけている時刻だというのに、おそらくはナイトガウン代わりのキモノを引っかけた身なりも呆れたものだが、斑《まだら》に赤らんだ顔は遠目にも明らかに酩酊している。ベランダまで出てくると手すりに片手をかけ、頭を左右に振ってこちらの視線に気づいたのだろう。ギロリと険悪な一瞥をくれ、口を開きかけたが、思い直したように身体を回して戻っていく。おたまだという女の姿は、すでに部屋の中に消えていた。

「だれだね、あれは」

「ジャン・リボア、フランス人の商人。数ヶ月前からあの部屋に棲みついている男です」

「さすが、君にはわからないことはないようだな」

「ご冗談を、子爵」

そう答えたミットフォードは、なぜか面白くない顔だ。

「金儲けのチャンスと見て、得体の知れぬ連中が次々とおしかけてきていますからね。いくら知りたがりのぼくでも、その全員に目が届くわけもない。イギリス人以外のことまでは請け合えません。リボアにしても妙に金回りはいいが、なにを商っているのかもうひとつわからない。ただ、近頃西海屋と親しくしているらしい、とだけはわかっています」

すると、その西海屋の内妻だか妾《めかけ》だかがリボアの住む部屋を訪ねたというのも、商いのことでなのだろうか。同じホテル内にいるのだろう西海屋から、ことづてを運ぶように命じられたのだとか？　しかし彼がどういう人間であるにせよ、ナイトガウン姿でビジネスの相手と会うものだろうか。

「西海屋は、自分の愛人をリボアに譲ったのかも知れませんね」

それがもっともありそうなことだ、というのは認める。ドアを開けたフランス人は、真っ先に腕を伸ばして女の肩を抱き寄せたように見えた。

「しかし、さっき君はおたまは異人嫌いだ、といっていなかったか」

「この国でも女性の地位は高いものではありません。身請けされたとはつまり買われたようなもので、主から命じられれば拒むわけにもいかないでしょう。世界の西と東、どこへ行っても似たような出来事はあります。しかしあの男が我が同胞でなくて、まだ良かったと思いますよ」

「まったくだな」

私も、そのことばにはうなずくしかなかった。

5

レディ・パークスらの一行は、陽が落ちる前にホテルへ帰着した。騎乗した馬は横浜の貸し馬屋のものだったし、レディの愛馬もそこの厩舎に預けてあるので、先に横浜へ寄って馬を返し、こちらへは小型の蒸気船を使ってきたのだという。近頃は横浜と築地の居留地を行き来する者の便を図るために、そうした船便も用意されているのだ。私を憂鬱にさせたイギリス陸軍の護衛部隊も、横浜居留地内の駐屯地に帰ったということで、現れたのはパークス夫人とヴィクトリア、従者のディーンの三人だけだった。

「けっこうなお天気に恵まれましたね、ファニー。楽しめましたか？」

ミットフォードが椅子を勧めながら気安い口調で問いかけると、

「そうね、バーティ。まずまずってところよ」

夫人も愛称で彼を呼んで答える。公使夫人ファニー・パークスは男に引けを取らない大柄な女性で、その上今日はまとめ髪の頭に乗馬姿につきもののトップハットを載せているから、さらに背が高く見える。サー・パークスはどちらかといえば短身だから、並んで立てば髪を結い上げた夫人の方が確実に高くなってしまうだろう。目鼻立ちも大きければ声も大きく、その口を開いてよく笑う。だが変に上品ぶったロンドンの貴婦人よりよほどましに思えた。

「格別スリルのあることもなかったし、陽が思ったより強くて、私は日焼けしそうで困ったけれど、邪魔もされずにあの巨大な仏教の偶像も見物できたし、バーティ、以前あなたがいっていた女性の信仰を集める奇岩も見られたし。ミス・カレームにはそれなりの気晴らしになったんじゃないかしら。どうでした、ヴィタ?」

「はい、とっても。鎌倉の海はきれいでしたし、砂浜で思い切り馬を走らせられたのは、本当に久し振りでしたから!」

ヴィクトリアの髪は潮風に吹かれたせいか、帽子の下ですっかり乱れて膨れ上がっていたが、日焼けで赤くなった頬の上で双眼はきらきら輝いている。久し振りに見るその生き生きした表情に、私も心から嬉しくなった。

「江ノ島《えのしま》というのは、お話に聞いた通りモン・サン・ミシェルのようなんですよ。陸から少しだけ離れたところに浮かんでいて、引き潮のときには砂の道が現れるんです。島に祀られているのは天使ではなく、海の女神だということでしたけれど。チャールズ、あなたも一緒においでになれば良かったのに」

「いや、君が楽しめたなら良かった。横浜に上陸してからも気がかりだったのだよ。せっかく前から来たがっていた日本に来られたのに、居留地からどこへも行けないって、ずっとむくれていたろう?」

「まあ。わたくし決してむくれてなんか——それは、少しはですけれど」

ヴィクトリアが火照った頬にひときわ血の色を上らせ、

「無理もないわね。子爵は可愛いあなたの身が心配でならないんでしょう」

帽子のヴェールを外しながら、夫人がカラカラと高笑う。

「あなたはちっとも悪くなくてよ、ヴィタ。あんな手狭な囲い地に閉じこめられていたら、面白いことなんてなにもないもの。関門を通って居留地から外に出てみたところで、今出来の町並みは味気ないし、珍しいものを見聞きできるどころか、行く先々で日本人に遠巻きに取り囲まれて、目引き袖引き見世物扱いでしょう。護衛の兵隊についてこられたら、それも危ういわ」

「しかしレディ・パークス、人を殺傷できる凶器を携帯し、外国人を敵視する日本人はまだ消えたわけではないのですから」

「でもそのサムライもやがて消えていく種族だわ。新しい政府は欧米に追いつきたくて、日本の古い文化を消し去って、欧化するのに躍起《やっき》ですもの。いまにあの独特の髪型も、腰の刀も禁止ということになるに違いないわ。でもね、シーモア子爵、バーティときたら本心では、サムライが消えてなくなることが残念でならないのよ」

その話はさっき、ふたりでいるときも聞いた。ミットフォードは自らの思いを感傷と自嘲したが、その気持ちはわからないでもない。

「我が国に騎士道があったように、日本には武士道がある。社会の制度が変わっても、サムライを支えていた精神性は消えないはずです。日本人がその誇りを捨てて我々の文化に媚びるなら、それは一種の自殺行為だ」

「あら、バーティの日本贔屓が炸裂ね。でも私は逆に、人間の精神なんて政治家がなんといおうと、そう簡単に変わらないと思うわ。日本人の本質は頑固で保守的よ。新政府も欧化すべしといいながら、キリスト教をいまだに邪教扱いして、布教を禁じているくらいなんだから」

「でもレディ・パークス、横浜の居留地にはカトリックの教会がありましたけど」

ヴィクトリアが尋ねたのに、

「あれはフランス政府が費用を出して、居留するフランス人信徒のために建設したものなの。日本人に教えを広めるのは禁じられているのよ。遠い長崎ではこのいまも、日本人の信徒を捕らえて牢に入れたり、拷問したりしているのだとか。やることは反対向きだけれど、まるで中世スペインの異端審問ね。なんて時代遅れな残酷さでしょう！」

腹立たしげなレディ・パークスに、ミットフォードがなにかことばを返そうとしたとき、両開きの中央扉を開けて、夫人のイギリス人の侍女がしずしずと姿を現した。

「奥様、公邸から衣裳一式が届きましたが、お召し替えはいかがなさいますか？」

話の腰を折られてむっとした夫人は、乱れかかった髪を無雑作に掻き上げると、

「まだいいでしょう、ジェイン。どうせ晩餐は夫と、ドクター・ウィリスが来てからになるもの、これからゆっくり顔を洗って、髪を結っても充分間に合うわ。部屋はいつもの？」

「はい。東の翼二階のスイートです」

侍女のジェインが右手を挙げて、すぐ頭の上のベランダを指し示す。

「では、子爵とヴィタの部屋は西の翼ね」

「それが、二階の西の翼はフランス人に長期借りされているとのことで」

「あらまあ。けれど一階はいまのように庭に人が出ていると、窓の外から話し声が聞こえたり、人影が行き来するのが目に着いたりして、なんだか落ち着かないのよね。支配人にいって、部屋を変えさせましょうか」

「あ、いいえ。わたくしはそういうの、別に気になりませんから」

ヴィクトリアがあわててかぶりを振る。そもそも旅の間、チャールズとヴィクトリアがひとつ部屋に寝泊まりすることはないのだが、レディ・パークスはなんの疑問もなくふたりがカップルだと信じこんでいるらしい。悪意はなくとも少々困惑させられる事態だが、ここで「師弟ですから」と強く主張してみたところで、良い結果は生まないだろう。

「確認して参ります」

私がかけた椅子の背後に、いつもと変わらずぴんと背筋を伸ばし、無言で屹立していたディーンが一礼して足早に歩き出す。苦手なはずの乗馬に一日付き合って、さぞ疲れているだろうと思ったが、滑るような足取りは少しも変わらない。

「ジェイン、お茶を頼んできてくれない？　喉が渇いたわ」

「かしこまりました。ですが、乗馬服は土埃で汚れております。お茶を召し上がるのでしたら、乗馬長靴は脱いでティードレスをお召しになる方がよろしいのでは？」

「何度もいわせないで、ジェイン。着替えは結構よ」

「ではせめてお帽子は取られて、おぐしだけでも直させていただけませんか」

夫人は「降参」というように両手を広げた。

「わかったわよ。でも部屋に戻るのは面倒。ここで直して」

「ここで、でございますか？」

「そういったのよ」

「はい、承知いたしました」

夫人から放り投げられたトップハットを胸に抱いて、不本意げな表情は消さぬままジェインは踵《きびす》を返す。その背を見送って、レディ・パークスはため息をついた。

「やれやれ。私より若いくせに、近頃はうるさくてしょうがないのよ。口を開けば二言目には、イギリスではそんなこと許されませんって。ここはイギリスじゃないんだけど」

「あなたのように自由に振る舞える方も珍しいですよ、ファニー」

「あら。そんなの自分の気持ちひとつじゃありませんか。インドではインド人のように。私だって帰国すれば、夫の地位にふさわしい振る舞いをしますわよ。たぶんね」

工場主だった父を幼時に亡くしたサー・パークスは、法曹家の一族に生まれた妻に、実家のクラスでは遠く及ばない。レディ・パークスの自由な振る舞いは、ここが本国を遠く離れた極東だという以上に、夫に対する立場の優越から来ているのだろう。

「そういえば――」

ミットフォードが、ふと思い出したというように話題を変えた。

「伊作は横浜に帰ったのですね。馬には乗れるといっていたが、あなた方の足手まといになりませんでしたか？」

投げた問いに、予想外の答えが返ってきた。

「それがねえ、彼は今朝私たちと一緒に馬で発ったのだけれど、具合が悪い、腹が痛むといってすぐに引き返してしまったの。もしかしたら、やっぱり乗馬は苦手だったのかしら」

「違うと思いますわ。本当に急病ではないでしょうか。血の気が退いて顔色が真っ白で、とても苦しそうでしたもの」

ヴィクトリアがことばを添えるのに、ミットフォードが身を乗り出す。

「それでは、通訳がいなくてご不自由でしたね」

「ええ、少し心配でした」

「だったら遠慮などせずに、ぼくがご一緒すれば良かったなあ。美しいレディ方と、日本の初夏を満喫する機会を逃してしまった」

テーブル越しにヴィクトリアに向かってささやきかけるのに、『おい。近すぎるだろう、それはッ』と、私は内心穏やかではない。だがレディ・パークスが大声で口を挟む。

「そうでもなくってよ。日本人は外国人が日本語を話せるなんて、最初から期待していないんですもの。バーティが自慢の日本語で受け答えすると、逆に気味悪がったりするくらい」

「気味悪がる、はひどいな」

「外国人慣れしない日本の庶民は、私たちが『オハツニ』とか『カタジケナイ』とか片言の日本語を使ってみせると、とても喜んで素直な好意を見せてくれるわ。でも夫が相手にする元サムライの役人たち、清国人よりまだ狡猾《こうかつ》で吝嗇《りんしょく》で、賄賂を受け取ることだけに熱心な輩や、こちらを欺して一儲けしてやろうと近づいてくるたちの悪い商人は、日本語の堪能な外国人を気味悪がって警戒する。だからそういう連中に対しては、ことばはやはり有効な武器だわね」

だがそれについて、日本人ばかりをずるい、汚いと非難するのは当たるまい、と私は口には出さぬまま思う。そもそもが武力を持って日本を強制的に開国させ、不平等な条約を押しつけたアメリカ、それに乗じて同様の不平等条約を結んだイギリスやフランスといった諸国に、誇るに足るだけの正義はあるのか。

徳川の旧幕府に忠誠を誓うサムライたちと、新政府のサムライたちの内戦は、この急激な社会変化によって引き起こされ、イギリスやフランスから持ちこまれた武器兵器が日本人同士の流血を増している。フランスは旧幕府に、イギリスは新政府に肩入れした。その戦いは間もなく終わる見通しだというが、それは果たして必要な犠牲だったのか。

そっ、と私の手にヴィクトリアの手が触れた。彼女の目が気遣うようにこちらを見ていた。そう、彼女ならこの胸に凝る鬱屈を理解してくれるはずだ。自分はイギリス人以外のものにはなれない。そして日本という国の危うい未来を案じてみたところで、どんな助力ができるものでもない。できるのはただ目と耳を開いて、いま進行している事態を可能な限り偏らぬ形で知り、後世に向けて記録するくらいだ。

私は目を上げて、自分たちの背後に建つ築地ホテル館を見上げる。伝統建築そのものの瓦屋根に中国の楼閣めいた塔、その頂にはアルファベットの方位風見、壁は洋とも和ともつかぬ黒い平瓦。混沌とした折衷様式の建物は、現在の新政府が抱えこむ試行錯誤を形にしたかのようだ。基礎設計はアメリカ人技術者によるが、実際の施工は日本人が行ったという。日本という国の未来はいまだ計りがたいが、彼らは貪欲に西欧の文化を学び、吸収し、我がものとしていくのではないか。その行く末が幸いなものとなるかは、神のみぞ知るところだが。

忘れていたが、リボアの部屋に入っていったおたまはあれきり姿を見せない。歳はこのヴィクトリアとさして変わるまい。まだ光も残る時刻、あの壁の中で大人ともいえない歳の日本人娘が、無頼のフランス人商人に抱かれているのか。遊郭から身請けされ、今度はその主人に命じられて逆らうこともできずに。顔も知らぬ娘の身が、ひどく哀れに思えてならない。

日本という国は新しい時代の風を帆に受けて未知の海原を進んでいくにしても、すべての日本人が等しくそこに席を与えられるわけではない。旧幕府に最後まで忠誠を誓ったサムライたちのように、そこから切り捨てられていく者は少なくあるまい。おたまが薩摩の出で、イギリス軍の砲撃で家を焼かれて長崎へ流れたというのは、ミットフォードの推測に過ぎないが、若い身空で遊女として売られたのだから幸せな過去ではあるまい。彼女もまた徳川のサムライと同様に、新しい時代には生きられぬ身ではないのか。

「チャールズ、どうかなさった?」

「ヴィクトリア……」

そのとき、彼女がはっと息を飲みこんだ。

「どうした」

「いま、どこかから悲鳴が」

「え、悲鳴ですって?」

「ぼくには聞こえなかったが」

「ホテルの中からです。いま、確かに」

声を聞いたのはヴィクトリアひとりだったが、四人ともが椅子から腰を浮かせていた。

「見てきましょう」

しかしそういったミットフォードが走り出すより早く、ベランダの二階から扉の開く音がした。手すり越しに覗いたのはレディ・パークスの侍女の顔だった。

「だ、だれか。大変です。大変な、ことが」

「ジェイン、なにごとです！」

叱りつける口調のレディ・パークスの声も耳に入っていないかのように、侍女は顔を引き攣らせ、かすれた声で叫び続ける。

「血が——ドアの下から、血が流れて——」

「ドアですって？　どこの！」

手すりにしがみついたまま、ジェインは震える右の手を伸ばす。その指が指しているのは西の翼、ルボアとおたまがいるはずの部屋だった。

6

我々は一階の両開き扉からホテルに飛びこみ、入った正面にある大階段を駆け上って、二階の廊下に出た。二階のベランダに座りこんでいるジェインは、レディ・パークスに手荒く揺さぶられても、満足に口を利くことができない。それでもようやく訊き出せたところによると、東の翼のスィートから、奥様の化粧道具を取り出して戻ろうとしたとき、西の翼の前の廊下に大きな布かなにかが落ちているように見えた。近づいてみたところ生々しい臭いが鼻を突き、血がドアの隙間から廊下に流れ出ているとわかって動転して、ということだった。

私とヴィクトリアはベランダには出ず、そのまま廊下を走って西の翼に駆けつけた。東西方向と南北方向の廊下がぶつかる角に続き部屋へのドアがあり、確かにそのドアの下の隙間からかなりの量の血が廊下へ流れ出ている。その血を踏まぬように身体を伸ばしてノブを摑んだが、内開きのドアは施錠されているようだ。

「ドアはベランダ側にもある。そちらに回ろう！」

ヴィクトリアはよけいな質問はしなかったが、私には焦る理由があった。廊下の血と聞いて真っ先に思い浮かんだのは、リボアに身を任せることに耐えられなかったたおたまが、彼を殺して自害したのではないか、という危惧《きぐ》だったからだ。急げば命は助けられるかも知れない。だがベランダ側のドアも、いくつかある上げ下げ窓もすべて鍵がかかっているらしい。窓越しに繰り返し声をかけ、耳を澄ましても答える声はなかった。ところが、ディーンが連れてきた日本人支配人に合鍵を出すよう命じたところ、呆れたことに鍵はひとつきりでリボアが持っているという。欧米のホテルのように、鍵を受付でまとめて管理するシステムにはなっていないのだ。

他にしようがないならドアか窓を破ろうという話になったが、それには政府の役人である支配人が難色を示す。西欧式の鍵と錠、上げ下げ窓の機構や止め金具、板ガラスもまたすべて輸入品で高価なものだったからだ。費用はイギリス公使館が負担するというレディ・パークスのことばに、ようやく支配人が承諾してベランダ側の窓ガラスが割られ、部屋は開かれた。だが驚き怪しんだことに、室内におたまの姿はなかった。見つかったのはふたりの男、このスイートを住まいにしていたフランス人商人のジャン・リボアと、着物姿の中年男、西海屋治兵衛で、ともに刃物の傷を受け、血を流して事切れていた。

間もなくパークス公使と、公使館付き医官のドクター・ウィリスが到着し、惨劇の現場と死亡したふたりの遺体は詳しく調べられることとなった。単なる事故とは思いがたい、明らかな変死事件であったから、真相の解明が求められたことはいうまでもない。さらに、死亡者のひとりがフランス人だということで、フランス公使のレオン・ロッシュが当然のように口を挟んできて、ふたりの公使の日頃からの不仲がさらに事態を複雑なものにした。事件が起きたと思われる時刻にホテルに居合わせたのがイギリス人だけだった、その一点のみを根拠に、フランス公使は「我が国民に対する謀殺の可能性も考えられる」などと口走り、いよいよ問題をこじれさせることとなったのだ。

ただ、ロッシュ公使の失言があながち的外れとはいえないというのは、リボアと西海屋、ふたりの男が施錠した室内で互いに殺し合った結果と決めつけるには、現場の状況にいくつか奇妙で理屈に合わぬ点のあることがわかってきたからだった。

現場のスイートはホテルの西端に位置し、ベランダ側に暖炉のある居間、西横に面してダブルベッドを置いた寝室、廊下側のドアの内側には狭い、窓のない控えの間がある。その控えの間に二ヵ所の内ドアがあって、それぞれ居間と寝室に通じる。内ドアにも掛け金はついているが、それはどちらもかかっておらず、ドア自体薄く開いたままだった。

窓は二室に全部で六あるが、すべて掛け金がかかっていた。室外へのドアはふたつ、ベランダと廊下側にあり、これにもやはり掛け金がかけられていた。いうまでもなく、それは部屋の内側からでなくてはかけることができない。廊下側のドアについている鍵は、部屋の内外どちら側からもかけられるもので、これも施錠されていた。

凶行の現場は、奥の居間ということで間違いなさそうだった。西海屋は居間の中央に、足をベランダ方向に向けて仰向けに倒れていて、彼の左胸には革を巻いた短剣の柄が突っ立っていた。リボア所有のスペイン、コルドバ産の両刃の短剣だった。西海屋の右手には白鞘の日本刀の柄が握りしめられていて、その刃は血に染まっていた。リボアは控えの間の廊下に出られるドア近くに、身体を丸めるようにして倒れていて、傷は右肩から斜めに切り下げられた、一見してわかる日本刀による斬撃だ。その傷から流れた血が、ドアの隙間から廊下へ溢れ出たのだった。

西海屋とリボアは、当初商売の関係で親密だったと見られたが、証言を集めると、逆のことがいろいろと判明してきた。西海屋が「あのフランス人は詐欺師だ」「自分は一杯食わされた」といった種類のことばを吐くのを聞いた者がいて、殺し合ったとしても不思議ではない、との声もあった。しかしそれには女のことも絡んでいたのではないか、といい出す者がいて、ここで改めて当日に目撃された西海屋の内妻、おたまの行方が問題になった。

ベランダから続き部屋に入る姿を私とミットフォードに目撃されたおたまは、その後どこへ消えたのか。廊下側のドアから出てホテル内を通り抜け、陸側の玄関から出て行ったと考えるしかない。そちらには横浜の港からはしけで運ばれてきた荷を並べ、取引をする仕事に携わる者や、大工左官など職人の出入りもあり、人気の少ない庭側とはまったく対照的な、賑わいに満ちた情景だった。その中に混じれば、気づかれずに出て行くことは不可能ではなかったろう。だが、頭を緑の布で覆って身には赤紫の着物という、派手な身なりの女はだれの記憶にも残っておらず、おたまがそちらから出入りしたなら、身なりを変えていた可能性がある。つまり彼女が事件とは無関係で、なにも知らずにホテルを後にした、とは考えづらい。

その上、おたまは横浜の住まいから姿を消していた。西海屋の商いはすべて使用人任せにして、奥の離れで気ままに遊び暮らしているのがいつものことだったが、当日は朝の内にふらりと出かけてそれきりだというのだ。そしてさらに調べが進むにつれて、おたまに対する嫌疑を深めるような小さな証拠が次々と出てきた。

まず、続き部屋の床におたまのかんざしの一部が落ちていた。緑の翡翠の勾玉に鼈甲《べっこう》の足をつけたかんざしは、親の形見と称しておたまが常に身につけていた。その珠の部分だけが折れて、西海屋の死体の近くに転がっていたのだ。おたまは少なくとも二日前までは、それを髪に挿していた、と西海屋の女中が証言している。

また、リボアが持っているはずの廊下側ドアの鍵が、室内から見つからなかった。彼はその鍵を手に部屋を出入りしていて、西欧人としては当たり前のことだが、外出するときは絶対に施錠を怠らなかったという。鍵が室内にない以上、廊下側のドアに鍵をかけたのはリボアではない。何者かが鍵を奪って、ドアに外から施錠して立ち去ったということになる。それはおたま以外にあり得ないのではないのか？

西海屋が事務所として借りていたのは、庭と海を望める上等の客室ではなく、中庭に向いた窓しかなく暖炉もない小部屋だった。しかしその部屋のドアの鍵も、西海屋の死体は身につけていなかった。ドアを破って番頭に改めさせると、彼が日頃現金や証文のたぐいをしまっていた、鉄の箍《たが》を嵌めた木製の金箱が消えているとわかった。その金箱も施錠されていて、鍵は西海屋のふところにあったが、おたまならば金箱のことはよく知っていたろうし、ホテルの鍵とは違って、事前に型を取って合鍵を用意することは可能だったろう。

「結局おたまを見つけ出さねば真相は掴めないということになって、レディ・パークスのお声がかりで、横浜山手居留地に駐屯するイギリス軍守備隊が彼女の行方を追っているようです」

ミットフォードが説明している相手は私とヴィクトリアで、ここはふたりが宿泊している横浜居留地のユナイテッド・クラブ一階のラウンジだ。今日は五月二十四日。惨劇が起きた日から、すでに四日が経過している。

「居留地の警備を行っている日本人の別手組《べってぐみ》も動いてはいるのですが、この組織は江戸幕府からそのまま引き継がれたもので、士気の低さはいうに及ばず、能力的にもあまり当てにはなりません。東京の市中警護の名目で雇われた邏卒というのも、我が国の警察とは到底同断では語れない、ごろつきのような連中らしい」

「ロッシュ公使はどうしているんだね？　まだイギリス人の謀りごとだ、というたぐいの難癖をつけているのか」

「イギリス軍だけには任せられないというので、フランス軍守備隊も捜索に駆り出されてはいますが、ジャン・リボアという男の正体が、変名を使って本国から逃亡してきた手配中の犯罪者らしいということがわかってきまして、フランス公使としてはこれ以上深入りは避けることにしたようです。サー・パークスはロッシュ公使から無礼な発言の謝罪がないと息巻いていますが、イギリス公使館としてはあまり大事にならずに済みそうだと胸をなで下ろしていますよ」

「しかし、西海屋についてはどうなのだね？」

「彼にもどうやら後ろ暗い過去がある。幕府の直轄地であった長崎が新政府に権限を委譲したとき、そのどさくさに紛れて公金を横領した、という疑惑が持たれています」

私は「おやおや」とつぶやいて肩をすくめた。

「いずれ劣らぬ悪党ふたり、どんな理由があったかは知らぬこと、勝手に殺し合ったとしても、その命を惜しむほどのことはないというわけか。道理でおたまの行方を捜索している英仏守備隊も、日本の官憲連も、あまり真剣には見えないのだな」

「それはあるでしょう。まあ、やむを得ぬことかと」

しかしそこにいきなり、ヴィクトリアの憤慨の声がかぶさった。

「なにをいっておられるんです、おふたりとも。わたくしは一刻も早く、おたまさんの行方を突き止めるべきだと思います。時間が経てば経つほど、難しくなるに決まっているのですからッ」

椅子から立ち上がった彼女は、テーブルの上に両手をついて身を乗り出している。頬は怒りに紅潮し、目は張り裂けるほど見開いて、そんな顔になったときのヴィクトリアは、容易に後には退かないと私にはわかっていたが、ミットフォードの目には、若い娘がファッションや恋ではない、犯罪事件のようなものに夢中になっているらしいのが、いかにも不似合いで滑稽に映るのだろう。笑いをこらえる表情で、

「しかしいまさらおたまの証言を取らなくても、あの日築地ホテル館で起きたことはほぼ明らかになっていると思いますよ。落ちていたかんざしの珠のこともある。細かいことまではわからないが、彼女は男たちをけしかけて殺し合うように仕向けた。そうしておいて部屋を抜け出し、ドアに鍵をかけ、西海屋の金を盗って行方をくらませた。そう複雑な話ではありません」

「そう、大筋そんなところではないかと思うな」

私もミットフォードに同意してみせたが、

「いいえ。そうだとしたら不審な点が多すぎます。外から鍵をかけたのはおたまさんでも、中の掛け金をかけたのはリボアか西海屋しかありえない。つまりそのときは、まだ少なくともどちらかひとりは生きていたわけです。掛け金をかけたのがだれにも邪魔されずに決闘するためだったなら、まだそれは始まっていなかった。でもいったいどんな理由があれば、ふたりがおたまさんひとりを逃がして、そんなことをする状況を作れますか？」

「だったら、西海屋が主犯だったと考えたらどうでしょう。理由はわからないが、西海屋はリボアを殺すつもりだった。彼がおたまを部屋から出して、邪魔が入らないように掛け金をかけた。自分も命を落としたのは予期せぬ事態だった、というのではいけませんか？」

「事務所の鍵は西海屋がおたまさんに持たせていた。でもおたまさんは、機会があれば西海屋の財産を奪って逃げるつもりで、金箱の鍵の合鍵を作っていた、とおっしゃるんですね、ミスタ・ミットフォード？」

「そろそろバーティと呼んでくださいませんか？」

馴れ馴れしい口調が不愉快だ。しかし内心ホッとしたことに、ヴィクトリアはそのことばを聞き流して、

「つまりリボア殺しは西海屋の意志だったが、おたまさんはおたまさんで彼の元から逃亡するつもりで、以前から合鍵を用意し計画を立てていた。そして好機到来とばかりに、ふたりを残してドアには施錠して姿を消したとおっしゃるのですか？　けれど、リボアが持っているはずの部屋の鍵が、おたまさんの手にあったのはどうしてでしょう。そして他の理由でも、わたくしにはそれは信じにくいのです」

「その理由とは？」

「なによりも、おたまさんという女性の性格、西海屋やフランス人との関係を考慮してみれば、そう思わざるを得ません。わたくし、横浜居留地の西海屋に出かけて、あの店の人や近所の人から話を訊いてきました」

ヴィクトリアが片言の英語が話せるクラブのボーイを連れ出して、この数日居留地を出歩いていたのは知っていたが、まさか探偵の真似事をしているとは思わなかった。

「なんと。あなたのようなレディがそんなことを――」

ミットフォードも呆れたように目を丸くしてつぶやくのに、ヴィクトリアは軽くかぶりを振って続ける。

「周囲の人たちにちょっと訊いただけでも、おたまさんという人が計画的な犯罪を企むには向かない性格だというのがわかりました。なにより過度の飲酒癖。ほとんど毎日朝から飲み続けて、陽が落ちる頃には泥酔状態で、一応西海屋のお内儀として扱われているのに、商いには一切興味がなく、使用人たちからも呆れられていたとか」

「ははあ。しかしそういう刹那的な暮らし方をしている女性は、ロンドンにも少なからずいますよ。娼婦に身を堕とす女の、典型といってもいい。まあ、あなたのようなレディには理解の外の存在だとは思いますが、もともと悪徳に染まりやすい、弱い魂しか持ち合わせぬ生まれつきで、そんな生き方しかできないのだから、あまり責めては気の毒だとはいえます」

心得顔のミットフォードはどうやら、ヴィクトリアが眉間に刻んだ縦皺の意味を取り違えている。案の定、彼女の頬がいっそう赤くなった。唇が震えた。

「ミスタ・ミットフォード、あなたは考え違いをしておられます。失礼ながら、なにもわかってはおられません」

その唇から聞こえてきた声は、むしろこれまでより静かだったが、底深く押し殺された憤りの思いのたぎりを聞き取るには、格別の聴力は必要なかったろう。

「わたくしはあなたが信じていらっしゃるような、品行方正なアッパークラスの淑女ではありません。短い間ですがパリの貧民街で暮らして、夜の街で身を売る女性たちとも、ご近所のお付き合いをしたことがあります。彼女たちは皆悪徳に染まっているともいえなければ、格別ふしだらな性格をしているわけでもありません。むしろ飢えている者に出会えば、手元にある乏しいパンを割《さ》いて分け与え、ベッドの半分に寝かせてくれる人たちです。寒空の下で空腹に耐える辛さを知っているからこそ、わずかな食事を分け合って一夜を過ごそうとしてくれるのです。

生まれつき娼婦にしかなれない女などおりません。けれど他に生計を立てる方法を知らず、学ぶ機会も与えられないまま、辛い勤めを続けておのれの尊厳を日々の糧《かて》に換えていれば、心はいつかすり減り疲れ切って、目の前の刺激と快楽で毎日をやり過ごすしかできなくなってしまう。理解の外の存在ですって？　なにをおっしゃいますの。わたくしはとてもわかる、と申し上げているんです。おたまさんの気持ちが、同じ女として」

ここまでいわれればさすがのミットフォードも、自分が失言をしたらしいということは理解せぬわけにはいかない。そしてヴィクトリアの反論に心から同意してはいなくとも、ここでこれ以上女性心理の問題に深入りするのは得策ではないと判断したのだろう。あわてて陣容の建て直しを試みる。

「いや。これはどうも、そういうつもりはなかったのですが、ご気分を損ねてしまったようですね。では、見方を変えるとしましょう。計画を立てたのはリボアで、西海屋を殺して自分は助かるつもりだった。おたまは彼に引きずられた共犯、というのはどうです。ドクター・ウィリスによると、西海屋は致命傷になった胸の傷の他に、腰のあたりに背後から刺された浅手の傷があったそうです。それはおたまとリボアが共犯だった、という証拠になります。ふたりで同時に前後から襲ったわけですね。西海屋に刀で反撃されたのは計画外で、おたまに医者を呼びに行かせた。しかし彼女は彼を裏切り、部屋の鍵を持ち出して見殺しにした」

だがヴィクトリアはきっぱりとかぶりを振った。

「おたまさんとリボアが共犯？　それこそあり得ませんわ」

「とはまた、どのような根拠でです」

さすがにムッとしたミットフォードに、

「おたまさんは英語もフランス語も話せません。リボアが日本語を話せたとも聞いていません。身振り手振り以上の意思の疎通は不可能で、込み入った犯罪計画など伝えようがありません」

「ううむ。しかし、不可能とまでは……」

ミットフォードは、なんとか上手い反駁《はんばく》のことばを見つけようと唸っていたが、

「わかりました。ここはひとつ譲るといたしましょうか。しかしマイ・レディ、事後従犯ということなら、充分あり得ますね。以前から計画していたわけではない。ふたりの男が相討ちになろうがどうしようが、おたまにとっては問題ではなかった。ただ彼女はたまたま巡り会ったチャンスとばかりに、西海屋の金箱を持ち出して姿を消した。これならいかがです？」

「でもわたくし、まだ他にも引っかかることがあります」

「どんなところがだね、ヴィクトリア。この際だ。君の考えをすっかり打ち明けてごらん」

しばらく黙ってふたりのやりとりを聞いていた私がうながすと、

「はい。おふたりが目撃したこととは承知しておりますけれど、本当におたまさんはそのとき築地ホテル館に来ていたのでしょうか」

ミットフォードが目を丸くし、「おやおや」と呆れたようにつぶやいた。

「そこから疑われるのですか？　我々は証人としては、比較的上等な部類に入ると思うのですがね。飲んでいたのはお茶だけだし、午《ひる》は疾うに回ったといってもよく晴れた日で、夕刻は近づきつつあったが光量は充分、距離も遠くはなかった。ベランダを歩く彼女の姿を、はっきりと見ましたよ。そうですね、子爵？」

「そうだな。それについては宣誓して証言しろといわれても、ためらわないが」

「あざやかな緑の布で頭を包んで、赤紫の着物を着た背の低い女性、でしたわね？」

「そうですよ」

「でも、おふたりとも顔をごらんになったわけではなかったのでは」

そこまでいわれて初めて、私はぎくり、と胸を突かれるのを覚えた。確かに、顔は見ていない。女はベランダからの眺めなどなんの関心もないといいたげに、壁の方を向いたまま歩いていった。それを西海屋の内妻のおたまだと信じて少しも疑わなかったのは、ミットフォードがそう言明したからだ。それまでも彼は、伊作から西海屋、そしておたまへと話を繋いで、まるでその出現を予知するような話しぶりだった。

話題を誘導して、私にそう信じさせたのだと？　まさか、そんなことはまったくありそうにない。疑うだけ馬鹿馬鹿しい話だといっていい。ただ彼自身がそう信じこんでいた、その確信にこちらも乗せられたということだろう。いまもヴィクトリアに向かって、言い訳するようにことばを重ねている。

「しかしあの緑のビロードの頭かぶりは、翡翠のかんざしと同じくらい、おたまには付き物だったんですが」

「オコソズキン、というそうですわ。防寒の他にも、結い上げた髷《まげ》が風で崩れないようにかぶるので、海が近い居留地では用いる女の人が多いと聞きました。ほら、そこにも」

三人がいるラウンジでは、日本人と外国人が同席しての商談が幾組も行われていたが、少し離れたテーブルでガラス窓を背に、ひとりぽつんと人待ち顔で椅子にかけている日本婦人の姿がある。身につけている着物は地味だが、サムライの内儀めいたきっちりとした着付けで、頭から顔を濃い茶色の縮緬《ちりめん》で包みこみ、目元だけを見せていた。

そう、前から見ればこんなふうだ。やはりイスラムの婦人風といいたくなる風俗だ。我が国でも喪服や日除けや、女性がヴェールを用いる場合はあるが、ここまでしっかりと覆い隠すことはあるまい。しかしなんだろう。どこか違和感を感じる。さっきのヴィクトリアのことばを借りれば「引っかかる」。なにが？　それがわからないから困るのだ。といってもあの女性をいつまでも凝視しているわけにもいかない。数年前なら「攘夷《じょうい》！」の一言で、この首が肩から斬り飛ばされていたかも知れない。そしてヴィクトリアは、自分たちだけに聞こえるような押さえた声音でことばを続けている。

「日本の、接客業に就いている以外の女性の服装は、みんな地味です。けれどおたまさんは敢えて、あざやかな緑や赤紫を身につけた。それは、自分は過去を恥じてなどいない、という主張としてだったのではないかと思います。けれどその日まで、一目で自分だとわかるような格好をしてくる必要はあるでしょうか」

「その日といっても、彼女が殺人の計画を持っていたわけではないとしたら」

「違いますわ。おたまさんは西海屋からリボアに譲られたらしいと、あなたはチャールズにいわれたそうではありませんか。いくら元は遊女だったとして、ことばも通じない外国人に身を与えるのが、嬉しいはずもありません。許されるならだれも自分と気がつかない、地味な服装をしてきたいと、そう思っても不思議はないのでは？」

「いや。しかしあのとき我々が見ている前で、リボアは着物のナイトガウンを羽織った格好でドアを開け、彼女を迎え入れましたよ。どう見ても初めての逢い引きではなかった」

「ほら、またそんな。それこそあなたの主観的な感想ですわ。娼婦上がりのふしだらな女が、異国人の部屋を訪ねる情景だと信じて見ていらしたから」

ヴィクトリアの語気に押されて、ミットフォードもついに二の句が継げなくなる。私の方は疾うに、拝聴に徹する構えだ。

「男性方はもしかしたら、一度身を売るような仕事に就いた女は、同じことを繰り返すのも平気になると思いこんでいるのではありません？　でも身請けされたということは、おたまさんは西海屋治兵衛の妻になったという意味です。その夫から他の男に身を任せろと命じられて、嬉々として着飾って出かけると思われますの？」

「いや、これは……」

ミットフォードが頭を掻いてみせても、ヴィクトリアは容赦しない。

「それにわたくし、もうひとつおかしいと思いますの。どうしてその女性は、ベランダまで出てきたんでしょう。二階の西の翼に行くなら、廊下側にもドアはあります。陸側の玄関からホテルに入ってきたならその方が近いのです。西海屋の部屋に立ち寄ったとしても、それは同じです。では二階のベランダ伝いに西の翼に行ったことでなにが起きたかといえば、リボアに迎えられるところをおふたりに見られたということです。でもそうしたことで、おたまさんにはなにか利益があったでしょうか」

「つまり、ヴィクトリア？」

「おたまさんが取ったと思われている行動が、おたまさんにとってはなんの利益もなく、心理的にも納得が行かないなら、進むべき考え方はひとつだとわたくしには思えます。いったんすべてを消して一から考え直すこと。おふたりが見たのはおたまさんではなかった、と仮定してみることです」

顔は見ていないだろうと指摘されたときから、結論がそこに行き着くのはわかっていたといえばそれまでだが、

「しかしマイ・レディ、西海屋とリボア、ふたりの周辺には、おたまの身代わりになりそうな、若い女性はいないのですよ。もちろん西海屋ならどこからか年格好の似た女を雇って連れてきて、同じような服装をさせてリボアのところへ行かせることはできたろうが、そんなことをする理由がわからない」

「それは、わたくしにはお答えしようのないことです。でも部屋の中におたまさんのかんざしの珠が落ちていたことを考えると、だれかがおたまさんを罠に嵌めようとしているとは考えられないでしょうか。彼女に無実の罪を着せ、ふたりの男性の死に関与した窃盗犯に仕立て上げる。そしてこのままおたまさんの行方がわからなくとも、金を無くした西海屋は死んでいることだし、だれもそれ以上追及しない。逃げられてしまったらもう仕方がないということで、すべてはうやむやに終わる。それが真犯人の付け目だとしたら？」

目をきらきら輝かせながら、次々とことばを繰り出すヴィクトリアの顔を、ミットフォードは魅せられたように声もなく見つめていたが、ようやく視線を逸らし、かぶりを振って、

「そんな人物がいたとしたら、レディ、そいつはただの人間ではない、人の心を操る魔力を持った悪魔ですよ。リボアと西海屋という筋金入りの悪党どもを手玉にとって、おのれの手を汚すことなく殺し合わせ、その罪を無辜《むこ》の女に負わせて自分は影も踏ませない。そんなことが可能だとしたら、世に不可能はなくなります」

「おとぎ話だとおっしゃるんですね？」

反論する気満々という様子のヴィクトリアに、しかしミットフォードは直接答えず、

「シーモア子爵、あなたの女弟子は想像力が旺盛ですね。小説を執筆されることをお勧めしたいくらいだ。もつれた事態に万能の魔法使いの存在を想定すれば、一応物語の筋は通る。あまりに殺伐としていてご婦人向きのロマンスとはいいにくいが、それも好き好きでしょう。なににせよ、おたまの行方さえ掴めれば真相は明らかになりますよ。それもこの数日のうち。そう先のことではないと思うな」

笑いながら答えた。だが、彼を見るヴィクトリアの顔に笑みはない。

「ええ、わたくし本当に、一刻も早くおたまさんが見つかればいいと思いますわ。彼女が無事でいてくれれば、どんなにか気持ちが救われることでしょう。けれど、彼女が消えたきりどこでも目撃されていないのが、心配でならないのです。

だって、おたまさんがわたくしの想像したような性格の人であったなら、こんなに手際よく姿を消すことができたろうか、と思ってしまいますもの。女性向きの考えでないと笑うのはご自由ですけれど、生きた人ひとりが行方をくらますのはそれほど容易いことではありません。けれど死んだ人なら、行方知れずになるのはずっと簡単です」

「おたまがもう死んでいる、とおっしゃるのですか」

「ですから、そうでなければいいと思うのです。彼女が無事で、わたくしの考えが的外れだったとわかる方が、ずっと望ましいのです。ミスタ・ミットフォード、あなたにどれだけ笑われてもかまいませんわ」

「どうか、もう勘弁して下さい。レディ・ヴィクトリア、あなたの真剣さ、そして女性たちへの思いやりの深さを、笑うつもりなどありません。我々男はとかくご婦人方の、慈善の意志を軽く見過ぎるという悪癖があります。これは改めなくてはいけませんね」

「慈善の意志、ですか」

ヴィクトリアは苦笑して視線を落とす。ミットフォードにはこれ以上、なんといっても通じないと諦めたのだろう。情けない話だが、この種の硬直した思考はイギリス人の、彼が属する上流階級には珍しくもない。階級差と男女差への固定観念がそれを絡め取っている。

サロンの隅に座っていた御高祖頭巾《おこそずきん》の女が、待ち人が来たらしく、スイと立ち上がるのが見えた。西洋人の男女ふたりと連れ立って、ことばを交わしながら出て行く後ろ姿を、何の気なしに目で追った私は、ようやく先ほどから自分が覚えていた違和感の理由に気づいていた。あのときホテルのベランダの手すり越しに見えていた後ろ姿と、いまの女の相違。ヴィクトリアが喝破《かっぱ》したとおり、ホテルで自分たちが目撃したのはおたまではなかったのだ。

(そう、それならわかる——)

(スイートを出た女が、だれにも気づかれずに姿を消せたわけも)

(問題は動機だが——)

7

その夜、ユナイテッド・クラブの食堂で夕餐を済ませた私たちは、同国人からのいくつもの招待をすべて断って、部屋に引き上げていた。カード・ゲームやアマチュア・コンサートを口実にしていても、私がその場に居合わせたホテル館での事件について、あれこれ聞きたいのが本当の目的だろうと想像がついたからだ。

「少し、散歩してくるよ」

というと、ヴィクトリアは自分も一緒にと答えたが、私はかぶりを振った。

「遠くまで行くわけではない。教会に行って、ちょっと用事を済ませてくるだけだ」

「では、横浜天主堂に?」

ヴィクトリアは目を丸くした。六年前にフランス人宣教師の手で、フランス政府の援助を受けて建設されたカトリックの教会だ。彼女もカトリックの洗礼を受けていたが決して勤勉な信徒とはいえず、教会がない異国に滞在しても、特に気に病むことはなかった。それでも横浜にいる間は、礼拝に幾度か足を運んでいた。だが私は彼女には、自分が無神論者であると告白している。むろん公言すればトラブルを免れないので、それについては口をつぐみ、必要とあらばミサに与ることもするが、自分から求めて教会へ足を運ぶことはなかった。

もの問いたげな視線を無言で受け流して、暗くなった街路に出る。クラブの建つ海岸通りから、カトリック教会へは徒歩でもさして遠くはないが、満足な街路灯が完備されていないので、店舗や人家が途切れれば急に闇が濃くなってくる。そして夜更けの教会は出入りする人影もなく、鉄柵の門の中に寡黙に静まり返っていた。ドーム屋根を乗せた角塔の鐘楼が高くそびえ、玄関部分はギリシャ風の三角破風に『天主堂』と、漢字の金文字を掲げた建築は、日本人大工の手を借りたのか、プロポーションもどことなく稚拙だ。だが教会は深夜であろうと、閉ざされることなく開いているはずだ。自分のような不信心者にも。事実街路から聖域を画する鉄柵についた木の門扉は、大きく開かれたままだった。

だが閉ざされた扉を押すと、意外にもそれは動かない。手荒に揺さぶるのはためらわれたが、中に人がいれば気づいてもらえるだろう程度に音を立てると、ようやくキイというかすかな軋みを上げて、それは開かれた。黒のカソックを着た、まだ歳若い神父が私を迎えた。

「これはシーモア子爵、よくおいでになられました」

聖堂の内部は暗く、神父が手にした燭台の蝋燭に揺れる炎が、その青い眸を照らし出す。訛りのない英語で迎えられて、目をしばたたいてしまう。

「私をご存じでしたか」

「居留地の異国人の数は限られ、西欧人ではイギリス人が圧倒的に多いです。しかし彼らはカトリックではないので、この教会を訪れることはまずありません。せっかく他の宗派に先駆けて教会の建設は果たしながら、日本人への布教は未だ禁じられているとなれば、暇をかこつ私どもができるのは、せいぜいが事情通になって、外国人社会の動静に目を凝らすくらいです」

淀みのない口調だった。

「そしてレディ・ヴィクトリア・カレームはミサにおいでになったので、幾度かお話しさせていただいております。大変に知的で活発な生気溌剌《はつらつ》とした令嬢でいらっしゃる。あなたのお噂も耳にしていましたから、いつかはお目にかかれると思っておりました」

「信仰の告白に参じたわけではないのですが、入れていただけますか」

「もちろんです。ここは神を求めるすべての方のための家です」

ようやく身を退《ひ》いてくれた神父の前を通って、中に足を踏み入れる。細い円柱が一列に並び、主廊の天井はアーチ型の三廊式だ。壁際に置かれた箱形の小部屋は、聖職者に罪の懺悔《ざんげ》をし赦しを与えられるための告解所で、急いで出入りしたように、出入り口のカーテンが半ば開いたままになっていた。

「あ、失礼。もしやお務めの邪魔をしてしまいましたか」

「いいえ、ご心配なく。私はひとりでいました。あの狭い空間に座ると気持ちが落ち着きます。だれに気兼ねもなく読書できます」

神父はにっこりと笑ってみせる。

「なにか、あなたのお役に立てることはありますか？」

「実は、聖書を拝借したいのです。いえ、いまここで目を通すだけでかまわないのです。ただ、私の宿泊先には英語に訳されたものしかないので、ラテン語のものがありましたら、見せていただけないでしょうか」

「わかりました。よろしいですとも」

ふたつ返事で答えた神父は、告解所に上半身を入れて取り出した黒表紙の一冊を、チャールズに差し出す。

「私の私物ですが、どうぞ好きなだけご覧になって下さい。席はこちらに」

信徒席のベンチに燭台が置かれ、有り難くそこに腰を掛けてページをめくった。いまは無神論者であることを選択して、そこから心を揺るがす気持ちは少しもないが、若い頃にはこの世界の謎と矛盾の答えを求め、日々聖書を紐解いていた時期もある。その後は記憶に染みついたその文章を、努めて頭からそぎ落とし忘れようとした。その努力の結果、一度覚えたことの多くは脳裏から消えているが、こうしてラテン語の文字を追っていると、それが容易く思い出されて、嬉しいとはいえない、ひどく複雑な気持ちになる。

（創世記――第二十二章――）

（ubi est victima holocaustum、燔祭の子羊はいずこにあるや……）

記憶を確かめて聖書を閉じた。旧約聖書にはこれのどこが信仰の書なのだといいたいような、不条理すぎる逸話が少なくないが、これもそのひとつだ。

「有り難うございました」

「もう、よろしいのですか？」

「確かめたいことは、わかりましたので」

聖水盤の横の献金箱にそれなりの金額を落として、もう一度深々と礼をする。自分としては神父の親切に頭を下げたつもりだが、奥の祭壇に一礼したように見えなくもなかろう。

「どうぞ、お心が向かれましたらヴィクトリア嬢と、日曜日のミサにもお出かけを」

「いいえ、残念ですがその機会はなさそうです。この数日のうちにも、日本を離れることになりそうですから」

かぶりを振ると、神父は意外そうに目を丸くした。それはいうまでもなく意外だろう。自分もたったいま決めたことだ。

「おや、そうなのですか？　令嬢のお話では、この後日本の地方にも、できるだけ足を運んでみたいとのことでしたが」

「彼女はそう希望していますが、ようやく新政府が立ち上がったばかりの日本を、自由に旅行できるようになるにはもう少し時間がかかることでしょう。先日私が築地のホテル館にいたときにも、目の前で殺人事件が起きまして、まだこの国は物騒だと痛感した次第です」

「あの事件のことは、いくらか耳にしております。どんな原因があってのことか、いずれにせよ痛ましいことです」

「命を落としたひとりはフランス人だったそうですが、彼はこの教会には？」

「いいえ。残念ながら、彼は一度も当教会に足を運んではおりません」

「私がいうべきことでもありませんが、神の恵みに思いを馳せる人間ではなかったようです」

「人が神を忘れようとしても、神は決して人を忘れません。恩寵はあまねく与えられているのです。ただ、人が目を開きさえすれば」

残念ながらそれには同意できない。といってもここで神父相手に神学論争を始める気は毛頭なかったので、私は話を引き戻した。

「香港を経由して南アジアからインドへ向かう、イギリス船籍の船が間もなく出るはずなので、そのチケットを手に入れて、事情が許すなら中国大陸を旅してみようと思います」

「おお。しかし物騒といえば、清国も到底平穏とはいえませんが」

「異国での災難を避けるためには、有能な使用人を雇うのが一番です。土地の事情に心得があり、ことばに堪能な。神父様は、横浜居留地に住む伊作という男をご存じですか？」

「さて——日本人の顔は我々にはなかなか見分けがつきませんので、名を聞いても思い浮かびませんが」

神父は首をひねって、

「なぜそのようなことをお尋ねか、うかがってもよろしいですか？」

「彼は欧米のことばだけでなく、清国のことばや南アジアのことばも解するという話なので、うまく条件が折り合えば雇いたいと思っています。もしもこの教会で伊作に仕事を頼んでいたなら、ご不自由をおかけすることになると思ったものですから」

「なるほど。そのような当てがあれば、女性連れの旅でも心強いというわけですね。お心遣いは痛み入りますが、当教会はその若者を雇ったことはありませんので、その点はご心配なく」

「了解いたしました。では神父様、これで失礼します」

「旅路の平安をお祈りいたします。ヴィクトリア嬢にもよろしく」

神父が気づいていたかどうかはわからないが、教会の通用扉はわずかに透いていた。だからその扉を引いて外に出たとき、すぐそこにヴィクトリアが立っているのを見出しても、私はほとんど驚かなかった。

「チャールズ？」

「私を捜しに来たのかい？」

「ええ。たったいまミスタ・ミットフォードから、急な知らせが届きましたの。あなたのご用事はわかりませんけれど、これは一刻も早くお伝えした方がいいと思って追いかけてきました。でもドアを開けかけたらあなたの、日本を離れるという声が聞こえて」

「勝手に決めてしまって悪かった。君には不本意だろうが」

しかしヴィクトリアは、私を見つめたまま小さくかぶりを振った。

「いいえ、わたくしもそうした方がいいかと思いました」

「君が聞いた、その知らせのために？」

「はい。おたまさんが見つかったそうですの。お寺の廃墟に隠れていたらしくて、でもやはり亡くなっていました」

「自殺だろうか」

「ええ。庭の松の木の枝に、紐をかけて首を。遺書はなかったけれど、そばに鍵がかかったままの西海屋の金箱と、ホテルの鍵も落ちていたのだとか」

「そうか——」

これにもまた驚きはない。ヴィクトリアがミットフォードに向かっていったことばだけではなく、おたまは生きていないのではないかと私自身考えていたからだ。

「こう身近で痛ましい事件が続いては、君も日本に対する探究心を手放したくなったとしても、無理はないな」

「あなたがいわれたように、日本を落ち着いて旅することが叶うのは、もう何年か先のことなのかも知れませんわ」

「そうだね。それに、旅するべき土地はまだ他にいくらでもある」

「でもチャールズ、わたくしたちの旅に伊作を連れて行くというのは、無理かも知れません」

「なぜだね？」

「彼も昨日から行方知れずになっているというのです。借りている住まいは空っぽで、あわてて出て行ったような跡が残されていて、だれも行き先は聞いていない」

ゆっくりと、暗い通りを並んで歩きながら、私はしばし無言でいたが、その横顔をヴィクトリアはじっと見つめて、

「驚いてはおられませんのね、チャールズ」

なにひとつ見逃さない、といいたげな凝視だ。

「あなたはホテル館の殺人に、伊作がかかわっていると考えていらっしゃるの?」

「私は伊作とは数度顔を合わせただけだし、おたまのことはなにも知らない。だがミスタ・ミットフォードが話していたのだ。彼らはふたりにはそろって薩摩の訛りがあって、なのにそのことを隠したがっている、と」

「では、おたまと伊作が共犯で? もしもそうだとしたら、あの日の出来事はまったく違ったふうに考えられますわ」

「それは推理というより想像の次元だよ」

「でも伊作が見つかったら、取り調べを受ける可能性はありますわね」

そこまでいって、ヴィクトリアはハッと息を呑む。

「では、チャールズ。あなたは伊作をわたくしたちと一緒に、密出国させるおつもり?」

「そんなことはしないよ、ヴィクトリア。不用意に日本の法を犯せば、またこの国を訪れるのが難しくなるだろうしね。伊作の行方がわからないというのも、ホテル館の事件と関わっているかどうかもまだ不明なのだし」

「そういうことならチャールズ、あなたの考えてらっしゃることをもっとちゃんと、残らず聞かせてくださいな。先ほどはわたくしがひとりで、ミスタ・ミットフォードに賢しらなことばを並べ立ててしまって、なのにあなたは黙っていらっしゃるんですもの」

「君は正しいことをいっていた。不幸な境遇に生きる女性たちを立派に弁護した。ああいうことは他でもない、女性である君が語るべきことなんだ。私ではなく」

「でもミスタ・ミットフォードは、最後まで理解してくれなかったようですわ」

「それは君が悪いわけじゃない。彼が硬直した思想の持ち主だからだ。彼のみならず、ブリティッシュ・エンパイアの選良が考え方を改めるには、まだしばらく時間がかかるだろう」

それでもヴィクトリアは、私のことばの真意を推し量ろうとするような、鋭い目つきを変えることなく、

「あなたがわたくしを認めてくださるのは嬉しいのですけれど、お話を逸らしては困りますわ。あの事件についての、あなたの見解は？」

「話を逸らしてはいない。君のおたまという女性の性格についての分析は、とても興味深かったし的確だったと思う。彼女の素人女性には似合わぬ派手な服装は、そのプライドと自己主張のしるしだと。だが残念ながらただその一点をもって、ホテル館に現れた人物がおたまではなかったというのは、少なからず確実性に欠ける。人間の行動は数学の答えのように、1＋1が常に2になるとは限らない。

服装を変えた方が、自分と思われなくなるから安全だとしても、日頃と違う格好をしたら家を出るときにはかえって目立って、使用人や近所の人間から不審に思われたかも知れない。ベランダを通ってリボアの部屋に行くのは不自然だとしても、もしかしたらそのとき内側の廊下に人目があって、それを嫌った可能性はある。どうだね。ある現象の解釈の仕方は、ひとつとは限らないのだ。ここまでで反論はあるかな？」

「反論というより異論です。その調子で行けばなにひとつ決められない、確かなことはなにもない、ということになってしまいそうですわ」

ヴィクトリアの不満げな表情はある意味当然だったが、

「つまりあなたとミスタ・ミットフォードが目撃した緑の御高祖頭巾の女性は、おたまさんではないというわたくしの推理は、一定の蓋然性は認められてもそれ以上ではないと」

「そう。私がいいたいのは、物的な証拠を欠いた推理は蓋然性が高いか低いか、というところに留まるということだ」

さきほど私が気がついた「あること」については敢えて口に出さずに、私は反対のロジックを続ける。フェンシングの試合のような論理の応酬は、私たちの日常の楽しみだった。瞳をきらきらさせて、私の一言一言に勢いよく飛びついてくる彼女の反応が、あまりにまぶしく愛おしい。この時が永遠に続けばいいと、そんなことはあり得ないのは百も承知で強く願ってしまう。だが、決して叶えられない願望に執着することこそ、悪と堕落への道だ。

「逆におたまがそこにいたとする証拠は、ひとつある。かんざしの翡翠の珠だ」

「おたまさんに罪を着せるために、わざと残された贋の証拠だとも考えられますわ」

「本物の翡翠はかなり高価で貴重なものだ。その上勾玉というのは、日本の古代の王や巫女の墓に副葬品として埋められた遺物だという。そう簡単に贋物は手に入らない」

「でもいまここでは、それがガラスの紛いものでなかったかどうか、確かめようがありません。そしてその程度の間接的な証拠なら、解釈の仕方で意味は反転してしまいます」

「だがそこで止まっているのが君の推理の弱点だ。かんざしの珠が偽装された証拠であり、我々が目撃したのがおたまでないならそれはだれだったのか。おたまを犯人にして罪を免れたのはだれか。その人物はどうやってふたりの男を死なせることができたのか。そこまで推理が及んで、初めてそれは意味を成す」

「もちろん、必要なパーツがいくつも欠けているというのはわかっています。おっしゃるとおり、わたくしには事件の全体像は見えていませんわ。それにおたまさんが自死してしまったなら、彼女を助けるために真相を突き止めるという意味もない。それどころか、彼女はやはり有罪だったから自死を選んだのかとさえ思えてきてしまって」

「しかし、伊作は生きている」

「だから彼を連れていこうとおっしゃいますの？　日本の官憲に彼が捕らえられて、あらぬ罪を着せられて処罰されかねないから？」

「そうだな。それは確かにあるが、いや、なにも正義の士を気取るつもりはない。私はたぶん、自分の考えたことが合っているかいないか、答えを知りたいだけなんだ。卑しい好奇心といってしまってもいい」

「やっぱりあなたには、わたくしには見えていないことが見えている。もしかして、なにもかもわかっていらっしゃるの？　なのにそれを教えてはくださらないんですのね？　それには格別の理由がおありですの？」

「なにもかもということはないよ、ヴィクトリア。わからないことは、まだいくらもある。だからこそ彼を連れて行きたい。伊作自身の口から真相を語ってもらいたいと思っている」

「でも、彼が話すでしょうか」

「私のおかげで助けられたと思っても、その恩を感じて口を開くような人間ではないと、君は思うんだね？」

「ええ」

「だが日本を離れれば、その口も緩むかも知れない」

「それは、なぜですの?」

しかし私はヴィクトリアの問いには答えぬまま、

「私は伊作という男を、いまだにまったく理解できていない。ただ、顔を見知っているというだけだ。君の方がずっと長く彼と顔を合わせているし、会話もしている。君の目に彼は、どんな風に映っていた?」

ヴィクトリアは私の腕に身を寄せてゆっくりと足を運びながら、少しの間考えてことばを選んでいるようだった。そしてようやく口を開いたが、

「とても自制心が強い、おのれを律することにこだわる、気持ちを外に出さない禁欲的な人物、というところでしょうか。この国に来るまで、日本と日本人について書かれた近頃の本は何冊も読んできて、イメージを膨らませてきましたけれど、当然ながら実際の日本、実際の日本人はそれとはかなり違っていました。日本はおとぎ話の国ではなく、日本人は善の精霊でも悪の妖精でもありませんでした。

けれど奇妙なことに、伊作はわたくしが本を読んで思い浮かべた日本人、サムライと呼ばれる日本のナイトのイメージに重なります。わたくしたちには理解できない、彼のみが信ずる戒律を奉じて、それに抵触しない限りは礼儀正しく、親切で、西欧人の価値にも柔軟に合わせてくれているけれど、彼の本心はたぶん違う。いくらこちらが親しくなったつもりでも、自分の周りには石の壁を立て回し、そこからただの一歩も踏み出すことはしない。決して悪意からではなく、理解し合えるなどとはまったく考えないから」

「なるほど、それはわかる」

今度も思い浮かんだのは、出会ったばかりのディーンのことだ。アイルランド独立運動の過激派として破壊工作にも携わってきたらしい彼は、いまヴィクトリアが語ったそのまま、石の壁の中に閉じこもっていた。

「ですからわたくし、なんとかその石の壁を破ってみたくて、さもなければ乗り越えたくて、彼にあれこれ話しかけたり、わざと子供のように駄々をこねてみたりもしましたの。でも、駄目でした。彼はいつも礼儀正しく、彼自身の決まりごとが許す範囲で親切で誠実。けれどわたくしが一歩前に出れば一歩退いて、距離を詰めることを許さないのです。隙が見つからないのです」

「ふむ——」

ヴィクトリアが伊作相手に、そんな危険なゲームをしていたとはまったく気づかなかった。私は内心脇に冷や汗を掻く思いだったが、それにはなにもいわずに済ませた。

「わたくしが会った居留地のイギリス人やアメリカ人には、伊作にあれこれ仕事をさせながら、彼を嫌ったり警戒したりしている人は少なくありませんでした。初めはそれが不思議でしたけれど、やがてそれも無理はないかと思うようになりました」

「そうなのか。彼は有能さで買われていると思ったが」

「有能ではあるけれど、なにを考えているかわからないのが気味悪い。こちらの顔色をうかがって愛想笑いをして、小ずるく報酬をごまかそうとしたり、賄賂をねだったりする日本人の方が、かえって安心だというんです。もちろんレディ・パークスのように、彼なら信用できるといっておられる方も何人もおいでてでしたけれど」

「彼女は強い。なにものにも動じない。だがああいう人の目には、映らないものもある」

「ええ――」

「私にはね、彼はひどく不幸な男に見えた」

私がいうと、ヴィクトリアは小さく「ああ」と吐息を洩らした。

「そうかも知れません」

「地獄に落ちてすべてを失った男。そんな風に見えたのだよ。だからこそ、彼はだれより危険な人間に思えた」

「すべてを失って、絶望しているからですか？」

「そうだな。守りたいと思うなにものも持たぬ人間ほど、危険なものはない」


翌朝、私たちのもとに新しい知らせが飛びこんできた。伊作とおたまはきょうだいで、西海屋とリボアを殺して西海屋のお金を奪ったのはふたりの共犯だと、日本語の訴状が邏卒詰め所に投げ入れられたというのだ。ふたりは同じ翡翠の勾玉を持っている。それがきょうだいのしるしだ、とまで書かれていたらしい。

そして五月二十七日、イギリス公使館に出頭した伊作は、自らの潔白を主張してその重い口を開いたのだった。私たちはミットフォードが書き取った彼の陳述の、英訳を手にすることができた。仮定として考えたことの多くが、それによって埋められた。しかし伊作を絶望の淵に落とした過去の、すべてがそれによって見えてきたわけではない。まだ、空白は残されていた。彼の告白を待つよりないだろう、謎が。

8

そして、事態はほぼ私が望んだように推移した。当初乗船するつもりだった英国船に間に合わなかったのは、伊作を出国させることが難しかったからではなく、レディ・パークスが私たちを主賓とする送別の宴を盛大に開くことを主張して譲らなかったためだ。私たちふたりにとって、そうしたパーティはまったく有り難いものではなかったのだが、彼女の好意を拒んで、体面を潰すわけにはいかなかったのだ。

ホテル館での事件に関与していたのではないか、という疑いに対して、伊作は一貫して否定し続け、その疑惑を裏付ける証拠はなにひとつ見つからなかった。西海屋の内妻であるおたまを、金箱を盗んで逃げていると承知で匿ったのは罪であったが、おたまが伊作の生き別れた妹であったという情状を酌量され、当のおたまが自死しているというのと、金箱が開かれぬまま戻った点も勘案して、お咎めなしとされた。

三人の死者のうちの日本人ふたり、治兵衛とおたまのむくろは、西海屋の店を引き継いだ番頭が引き取って火葬したという。フランス人ジャン・リボアは、フランス領西インドで二件の殺人を犯して行方をくらましていた某《なにがし》と判明し、死体は墓標もないまま山手の墓地に埋葬され、本国には書類のみが送られたそうだ。

結局我々一行が乗りこんだのは、横浜から大坂、長崎、そして香港《ホンコン》、上海、広東《カントン》に寄港して、日本との間を行き来する見るからに貧弱な貨客船で、乗客は私とヴィクトリア、従者のディーンと伊作のみ。船長は酒飲みのフランス人、船員は清国人、インド人など有色人種ばかりというのに、レディ・パークスは眉をひそめ、いま少しましな船を待つべきではないかと小声で難色を示したが、私もヴィクトリアも気にしなかった。これまでの旅の経験から、乗り物の外見の豪華さや、わずかな快適さの差異に余計な費用や時間を費やすことは意味がないという見解を、ディーンも含めて共有するに至っていたからだ。

幸い海はさほど荒れることもなく、大陸に向かって近づきつつあった。だが、私が当初から予想していたように、伊作がこの船旅の間に我々と親しくなる、少なくとも頻繁にことばを交わすようになる、ということはまったくなかった。横浜にいた当時も、決して口数が多い人間ではなかったそうだが、それよりさらに、寡黙《かもく》以上の緘黙《かんもく》というよりない状態になり、視線があったときさえわずかなことばを発することも稀《まれ》になった。

これでは彼に通訳としての役割を、期待していいのかどうかもわからない。ヴィクトリアは彼のために心を痛めているようだったが、どう話しかけてみても答えはない、表情もろくに動かない有様では、彼女といえども手のつけようがない。

「あれは、無理に口を開かせようとなさらぬ方がよろしいかと」

ディーンも私の耳元でささやいた。

「ヴィクトリア様のお気持ちはわかりますが、世話を焼こうとするほど、むしろ心をかたくなにさせてしまうばかりのように思います」

「そういうものかね？」

「はい。ただ、おふたりが自分のために手を尽くしてくれたことは、充分承知していると思うのです。その恩に報いたい気持ちもある、のではと」

「どうだろうな。恩に着せられるのは不快だから、いっそ寝首を掻いて後の憂いを消して逃げ出そう、というのもあり得るとは思わないか？」

「それは、ございます」

ディーンはあっさりとうなずいた。

「ですが、それを許さぬために私がいるのですから」


明日は香港に到着するだろうと聞いた、その夜だった。我々乗客の寝場所は船倉の空間に吊した網寝床で、淀んだ空気には腐れた潮の臭いに、なにともつかぬ積み荷の放つ臭気や、獣めいた悪臭すら混じっている。おかげで吹きつける風は冷たく湿っぽくとも、甲板にいる方がまだ耐えやすいと思ったのは、私たちだけではなかったろう。ヴィクトリアは厚手のストールを頭から肩へ巻き付けて、海に顔を向けながら立っていた。私とディーンは積み荷の陰に、そして伊作もまた私より近い位置に、ひっそりと気配もなくたたずんでいた。

「明日はこの船も、清国に着くわ」

独り言が自然と口を突いた、といいたげなヴィクトリアの声つぶやきに、びくり、と伊作の肩が震える。しかし彼は立ち去らず、その場に留まっていた。そして再びヴィクトリアが、

「日本は遠くなったわ。日本であったことも、すべて」

風音。船端を打つ波の音。

「そうではない？　だからもうわたくしたち、あのときに起こったことはなんだったか、自分とは関わりのない話として、考え直すこともできるのではなくって？」

伊作は答えない。しかし、動こうとはしない。彼がヴィクトリアのことばに、耳を傾けているのは感じられる。だがもしも彼女に害意を抱いたなら、その腕の一振りでか細い身体を海に突き落とすことは容易い。そう思うと、私の手のひらにじっとりと汗が噴き出してくる。私だけでなく、ディーンもまた同じ思いだろう。果たして伊作がその気になったとき、私たちは彼を止められるのか。

「あなたがイギリス大使館でした申し立ては、ミスタ・ミットフォードが文書にして渡してくれたわ。そこであなたは、あの日ホテル館で起きたことはなにも知らないと語っていた。でも、もしもおたまさんがリボアと示し合わせていて、西海屋を葬る計画を立てていたなら。西翼のスイートに誘い入れた彼を、リボアとふたりがかりで殺す。けれどおたまさんの真の狙いはふたりが相打ちになることで、なにか口実を作って西海屋に刀を持って行かせたのも彼女だった。

西海屋はリボアのナイフで死んだけれど、リボアは生きていた。おたまさんは彼に、医者を呼んでくるからといって部屋を出た。その前にリボアが騒ぎ出さないよう、阿片を入れたワインでも飲ませたかも知れない。リボアはおたまさんを信じて、内側から掛け金をかけて意識を失い、そのまま血を流し続けて死んでしまった。おたまさんは西海屋の部屋から金箱を持ち出し、身なりを変えてホテルから姿を消した。ふたりの男が彼女を信用して、そのいうことをすっかり疑わずにいれば、それは難しいことではなかったと思うの」

エサード tel.03-6304-1638
社 tel.03-3946-0638 fax.03-3946-3778

ヴィクトリア完全版1

ーンは翼を連ねて飛ぶ

部数

月　日

定価：
本体2500円＋税

ISBN978-4-88375-485-4
C0093 ¥2500E
9784883754854

それはミットフォードの「リボア主犯、おたま従犯、不測の事態としてのリボアの死」という推理を、主犯と従犯を入れ替えて語ってみせた話だった。

「つまりこれはおたまさんが、西海屋だけでなく、リボアとも前から知り合いで、男と女として親密な間柄になっていて、彼に自分を信じさせることができた、という仮定の上の話なんだけど、伊作、あなたはどう思って？」

伊作はしばらく無言のままそこに立っていたが、やがてのろのろとささやくように、ヴィクトリアがミットフォードにしたのと同じ反論を口にした。

「おたまは、フランス語は話せなかったと思いますが」

短く間を置いて、ヴィクトリアが答える。

「そうね。だったら、それはおたまさんではなかったのかも知れない。ミスタ・ミットフォードたちは、ベランダを歩いていた女性の顔を見ていないから」

「さようで、ございますか」

「わたくしたち西欧人から見ると、日本人の身なりはとても簡便。着物にはボタンもベルトもなくて、帽子と違って頭巾も、畳めばハンカチーフのように小さくなって、ちっとも嵩張らない。それだけでなく、男と女の服装の差異も小さいわ。細かく見れば帯の太さや袂《たもと》の長さ、いろいろ違いはあるけれど、わたくしたちにとってはすべて着物としか見えない。庭にいた紳士たちも、きちんと見分けがついたわけではない。ベランダを歩いていた人の着物と頭巾の色を見て、それをおたまさんと思っただけ。彼女以外の女性が、例えば裏表で色の違う着物と頭巾を用意すれば、簡単に見た目を変えられるわ」

「そうしてフランス語が自在に操れて、リボアとねんごろで、西海屋にも信頼されている。そんな女が、おりましたか」

「いいえ」

「だったらそいつは、机上の空論というやつでさあね」

伊作の声に嘲りの響きが籠もる。しかしヴィクトリアは続けた。

「女では、なかったのかも知れない」

握りしめた私の手の中で、また一段と汗が湧く。ユナイテッド・クラブのサロンに座っている御高祖頭巾の女を目にしたとき、私が覚えたある種の「引っかかり」。彼女が立ち上がって後ろ姿が見え、ようやくその正体に気づいた。日本女性の結髪は、種類はいくつもあるそうだが、いずれにせよイギリス婦人の髪型以上にボリュームがある。まとめて折り返した髪の束を大きく膨らませ、量が足らぬ場合は付け毛を加えて、鮮やかな色の布や髪飾りをつける。しかし私たちがベランダ越しに歩いていくのを見た、緑の布で包まれた頭部は、マルマゲやシマダと呼ばれる髪を包んだにしては明らかに小さくなかったか。

「女ではなかった、つまり男だったとおっしゃる」

「頭巾の中は男髷で、着物の下に例えば大工や職人のような格好をしていたら、その着物と頭巾を脱げば、玄関から出入りするときも人目につかずに済んだでしょう」

「そうやって人目をごまかして、フランス人の部屋に出入りして、ふたりを殺し合わせた」

「そういうことになるわね」

「だが、それはなんのためです?」

「なんのためって？」

「その『男』はなんだって、ふたりを死なせなきゃあならなかったんで」

「おたまさんを助けるためというのではいけなくて？　あなたの申し立てにあったわ。おたまさんは自分を身請けした西海屋のことが嫌いになっていたし、リボアのもとに行かされるのも嫌でたまらなかった。ようやく再会した妹さんに泣いて頼まれたら、どんなことをしても彼女を助けないわけにはいかなかったのじゃなくて？」

「つまりヴィクトリア様は、あっしがその『男』だったとおっしゃる」

「違うの？」

ヴィクトリアは、どこまでも無邪気な口調で聞き返す。

「あなたがあの申し立てで、妹さんのことをとても悲しんでいるのを読んで、涙がこぼれそうになったわ。死んだと思って諦めていた人と思いがけず再会できたら、その人のために殺人だってしてしまえるかも知れない」

「だがあっしは、やっちゃおりません。そのことは、はっきり申し上げたはずで」

「そうね。でもおたまさんの髪が切られていたわけではない以上、ホテルのベランダで目撃されたのはおたまさんではない。他の女性でもない。ミスタ・ミットフォードたちが見ている前で、リボアが部屋に入れたのは御高祖頭巾に女の着物を着て、身長の差を膝を曲げてごまかしていた男。そんな怪しげな男を彼が平気で迎え入れた以上、ふたりは前もって示し合わせた顔見知りと思うしかない。伊作、あなたならフランス語を話せたし、日本に来る前に彼と関わりがあったとしてもそれほど不思議ではないわ。

それからあなたがどんなことばを使い、どんな口実を設けて西海屋をあの部屋に連れて行き、ふたりに凶器を振るわせるように仕向けたのかは、わたくしにはわからない。でも、そこにおたまさんのかんざしの珠を落としていったのは、やはりあなた以外にはあり得ない。無関係の人が簡単に手に入れられる品ではないもの。男髷にかんざしを挿す意味はないのだから、それはわざとしたことで、おたまさんに殺人の罪を着せるためだとしか思われない。でしょう？」

「お嬢様がなにを言い出されるやら。でしょう、といわれましても、あっしはなにも認めちゃおりませんがね」

口の中に湧いて出た苦い汁を、笑いながら吐き捨てるような伊作の声だったが、彼の隣に立つヴィクトリアの口調は相変わらず明瞭でためらいもない。

「あなたは西海屋とリボアを殺し合わせるためにホテル館に行った。そしてその罪をおたまさんに着せようとした。わたくしはそう考えます。おたまさんを助けるためではなかった。あなたには、三人を死に追いやらずにはおれない理由があった」

「なにをお考えになるのも、ご自由といやあご自由だが、あっしはお咎めなしでご放免になったんだ。妙なあやをつけるのは、止しにしてもらいましょうか。それともあっしが自由の身になれたのは、そちらのお口添えのおかげだと恩に着せておいて、その実、人を咎人《とがにん》扱いして、この海の上で帆桁から縛り首にでもする気でしたかねえ」

押し殺した語気の下から、隠しきれない苛立ちが覗く。これ以上続けては駄目だ、危険すぎると私は思う。しかしヴィクトリアはあらかじめ私とディーンに、近づきすぎないでくださいと釘を刺していた。わたくしひとりが相手の方が、彼も口を開きやすいでしょうから、と。

「伊作。ここはもう日本ではないし、わたくしは役人でも邏卒でもないわ。あなたが横浜でなにをしたところで、裁く者はいない。ただひとり、あなた自身を除いて」

「あっし、自身？」

初めて伊作の声が揺れる。

「あっしが、なんですって？」

「あなたの胸にある、すべてを見て知っている心、良心《コンシエンス》、ことばを換えれば、神《ゴッド》」

沈黙があった。それから、

「ゴッド！」

伊作のひび割れた声が私の耳を貫いた。

「神なんてものはありゃあしない。どこを探したっていやあしない。嘘っぱちだ。ぺてんだ。あんたら異人がこの国に持ちこんだ流行《は や》り病《やまい》やら人殺しの武器やら、その中でも一番質が悪い災いだよ。あっしは知ってるぜ。昔々その神の教えとやらを日本に伝えに来たやつらのおかげで、どれだけの人間がひどい死に方をしたか。ああそうとも、いまこのときだってな！」

「しかし伊作、君は私が横浜天主堂を訪れたとき、あそこにいただろう。告解所で神父と話していた。そうではないのか？」

私はそれ以上こらえられずに、ひそんでいた積み荷の陰から進み出て声を上げていた。まったく予想していなかったらしい。伊作は口から声にならぬ喘ぎを洩らし、大きく目を見開いて私を見た。いきなり物陰から撃たれて茫然としている、銃を知らなかった野の獣のように。それからかぶりを振って、「違うッ」と大声を上げた。

「ピエール神父様は関係ない。あっしはただ、あの薄暗いところで一休みしていただけで、あのお人はなにもご存じじゃないんだ」

「君がそう主張したいなら、それはかまわない。いまさら引き返して、彼を問い詰めることなど不可能だからね。だがあの若い神父は、嘘をつくのがあまり上手くなかった。君を知らないといいながら、私が男としかいわなかったのに、若者は、と口を滑らせたくらいだ。私はその先を、君に聞かせるつもりで話した。君を雇って日本を離れようと思っていると。そして私が望んだようになった。そのことに満足しているよ」

私が彼の注意を引き、彼を近寄らせれば、ヴィクトリアはそれだけ安全になる。だから私はことさら大きな声で、身振りも交えて話し続けた。

「君は頭がいい。私の提案に乗るつもりになったから、日本の牢に入れられて拷問に遭わされたりせぬよう、イギリス公使館に出頭したのだろう。邏卒詰め所に投げ入れられた訴状も、書いたのは君自身だったと私は推測している。それでもなんの問題もない。利口な人間が私は好きだ。だから君に関心を持っていた。天主堂へ聖書を借りに行ったのも、君に関することを確かめるためだった。

伊作。君は異国を流離《さすら》う間にキリストの教えを聞き、洗礼を受けたのだな。だが日本ではいまも、キリスト教を信ずることは禁じられている。長崎の天主堂で、禁教時代以前から連綿と守ってきた信仰を告白した信徒は、投獄され、拷問によって棄教を迫られ、いまも配流の地で苦しみを舐めているという。だが私自身、西欧社会では決して認められることのない無神論者だ。君が告解を欠かさぬ敬虔なカトリックであろうとなかろうと、非難などするつもりはない」

「だったら、ほっといてくだせえ。どうしてあんたらはそうやって、人を苦しめるんだ。傷を暴いて、えぐり立てて！」

吐き捨てた伊作の手足が小刻みに痙攣している。闇に慣れた目にようやく、目を見開き、めくれ上がった唇から白い歯を噛みしめた表情が見えてくる。感情をすべて押し隠し、青ざめた顔にひとしずくの儀礼的な微笑を浮かべていた、語学が達者で学僧のように理知的な日本青年はそこにはいない。ぶるぶると小刻みに震える額には一面汗の粒が噴き出し、火傷の引き攣れは血塗られたように赤らんでいる。彼の感情がいよいよ膨れ上がり、溢れ出ようとしているのを私は感じた。その右手を伸ばせばすぐ届く位置にヴィクトリアは立っている。危険だ。彼をもっと引き離さなくては。

「差し出口を利く気はない。しかし思わぬ巡り合わせで君を雇った以上、君の良心の強度と方向を確かめぬわけにはいかない。殺人にしても、その動機が納得できるか否かが問題になる。そして君がキリスト教徒なら、西海屋治兵衛を死なせねばならなくなった動機も推測可能だ。長崎奉行所で勤めていた治兵衛は、宗門改めに関する知識を持っていた。君の信仰に気づいた彼が、沈黙の代償を求めて君を脅迫したのではないか、と私は考えるが？」

血走った目で私を凝視して、伊作はようやくかすれた声で答えた。

「ご明察ですよ、旦那。あいつは、人間のくずでさあ」

「理不尽な要求をされたのだな？」

伊作は口元を歪めて「へっ」と乾いた笑い声を立てたが、「二度と他人にてめえを売り渡すような真似だけは、したくなかったんでね」とだけ答えた。

「ジャン・リボアと名乗っていたフランス人も、後ろ暗いことがあったようだな」

「ありましたよ。見たくないものを見せられ、知りたくもないことを知らされた。なのに向こうはあっしを仲間の内に数えていたらしくて、妙に懐かしがるんだから恐れ入る。あっしの手がきれいだというつもりもないが、あの野郎と同じ空気を吸いたいとは思わない。野郎がサンマルタンあたりでなにをしでかしたか、お訊きになりたいですか？」

「いや、止めておこう。噂話程度ならいくらか耳にしたからね」

その噂によると、彼は西インド諸島のフランス人入植地で、奴隷として酷使されていたアフリカ系の若い男女や子供をはした金で買い取っては、口にするのも忌まわしい虐待を加え死傷させていたらしいのだ。確実性には疑問があるが、根も葉もないということはあるまい。だがそんな話は、ヴィクトリアの耳には入れたくない。

「少なくとも、彼がどんな死に方をしたところで惜しむ気持ちはない。彼の犯罪と君の人生が、どういう形で関わり合ったのかも訊くまい。彼を死なせるだけの理由があったのだと君がいうなら、私はそれを信ずることにする。ただ後ひとつだけ、君がおたまという女性になにをしたのかということだけは、訊かないわけにはいかない。

君にとっては生き別れた妹は、不当に奪われた過去の幸せの象徴で、なんとしても取り戻さねばならない聖なる存在だったのだろうが、その彼女が純潔を失って娼婦となり、西海屋のような男の女となり、酒に溺れていることを、君は赦せなかったのか？　だから君はおたまにすがられても彼女を助けようとせず、それどころか彼女に変装した姿を私たちに見せつけ、翡翠の珠を現場に残し、最後は自死させたのか？」

それとも自殺は偽装で、君の手でくびり殺したのか、とまではさすがに口にできなかったが、震えていた伊作の顔がすっと硬くなるのを私は見た。やはりおたまは彼が殺したのだろう、と私は思った。女性の身体的清浄を尊ぶ価値観は、日本だけではなく我々西欧人にもある。だがおのれの肉体をどのように扱うか、決定権があるのは本人だけだ。たとえ肉親でも、その正否を決めて裁く権利はない。

だが、突然ヴィクトリアが割って入った。

「それは違うわ、チャールズ。あなたは考え違いをしている」

私は顔をしかめ、大人の話に口を挟もうとした幼児に対してのように、「あっちへ行っていなさい！」と怒鳴りつけたくなった。私の意図も無視して、彼女は伊作から離れるどころか、むしろそちらに近寄ってさえいた。

「あなたの申し立てを読んでいて、わたくし、なんだか少し納得が行かなかった。それは翻訳のせいなのかしらと思ったけれど、でもたぶんそうではない。あなた自身サー・ミットフォードに話したときは、嘘をついて隠す気もなかったのね。わたくしがおたまさんと呼んでいた女性、西海屋が長崎の遊郭から身請けして連れてきた彼女は、あなたの妹ではなかったのでしょう？妹さんの名前はおたまでも、横浜で再会したのは別人だったのね？」

今度は私の方が、ぽかんと口を開け目を見開く番だった。おたまがおたまではなかった。それはどういうことなのだ？　がくりと膝が折れ、伊作はその場にうずくまった。両手が上がって額を摑んだ。十本の指が肌に、血の滲みそうなほど食い入っていた。

「その、とおりでさあ……」

地を這うような声が聞こえてきた。

「あれはおたまじゃない、あっしらが養われていた伯父の家の娘で、あっしより二歳上のおきくという従姉だ。あっしと離れてふたりで逃げたが、その後でおたまとはぐれてしまったといっていたが、そんなのは嘘に決まっている。なぜかってあの珠だ。おたまが自分からあれを手放すはずがない。おきくはおたまから珠を盗って、見殺しにしてひとりで逃げたんだ！」

伊作は泣いていた。慟哭《どうこく》の声を上げながら拳で甲板を打ち、掻きむしり、吠えるようにおきくという娘を罵り続けた。男に欺されて遊郭に売られて、たったひとつ持ち続けた翡翠をかんざしにしていたから、遊女で店に出るときの名を「玉菊」とつけられた。おかげでいつか本名はおたまだということにされてしまい、面倒だからそのままにしていたのだという。居留地の街路でいきなり出くわして、お互い驚いたあまり顔も繕えず、伊作はおかげで穴の開いたようだった過去をあらかた思い出せたが、おきくはどう脅してもすかしても、おたまと別れたときのことはまともに話さない。話せないような経緯だったのだろうと思うしかなかった。

「いつか本当のことをいわせてやると心に誓いながら、下手に騒げばあの女のことだ、どんな仕返しを企むか知れたものじゃない。我慢して時を待つことにした。本音を隠して我慢すること、待つことだけは得意になっちまったからねえ。

そうしたら、あれもつくづく馬鹿な女だ。あっしの気持ちを察するどころか、いつかあっしと所帯を持つなんてことを勝手に考え出してね、今度はそれを聞きつけた西海屋があっしを呼びつけて、おまえさん、わかっているのかい。身請けした女はただじゃないんだよ、あの女が欲しいならこちらが払った金は利子を付けて払ってもらうよ、だと。

あっしにゃあ無論そんな気はなかった。西海屋のような男と関わるのも御免だった。まったく横浜居留地なんてのは、あっしも含めてろくでもない人間ばかりが寄りつく塵芥《ちりあくた》の吹きだまりだ。おたまの消息をおきくから訊き出せないのは心残りだったが、横浜を離れて神戸か長崎、さもなきゃ蝦夷《えぞ》の箱館へでも行っちまおうかと思った。それを西海屋が感づいて引き留めやがった。おまえさん、キリシタンだろう。それがばれたらただじゃあ済まない。ばらされたくなかったらうちを手伝いな。まあ悪いようにはしないよ。まったくなんてえこった。もがけばもがくほど、泥沼に引きこまれる――」

「では伊作、あなたの妹のおたまさんは、どこかで生きている可能性もあるのではなくて？」

ヴィクトリアが尋ねたのに、彼はうつむいたままかぶりを振る。

「いや。最後におきくが白状しましたよ。おたまは火に巻かれてひどい火傷を負って、避難した寺で儚《はかな》くなった。自分はその最期を看取って、形見に珠をもらったんだって。その経緯が本当かどうか、知れたものじゃない。ただはっきりしているのは、おたまがもうこの世にいないこと、そしておきくがおたまの名前も、母親からもらった翡翠も奪ったんだってそれだけさ」

ヴィクトリアに向かって私は伊作を、不幸な男、すべてを失った男だろうと語った。その考えは的を射ていた、私が考えた以上に当たっていたのだといま改めて思う。彼の生きるための最後の希望、愛しい妹のおたまは疾うに失われていたのだ。

「伊作」

そっとヴィクトリアがささやいた。深く折れた彼の背に身を寄せ、尖った肩先をやさしく撫でながら話しかけた。

「辛いことを話させてごめんなさい。でもどうか誤解しないで。わたくしたちはあなたを助けたいの。罪を抱えたまま人は生きられない。その重荷がいずれあなたを殺す。もっとも苛酷な獄吏はあなた自身。おのれを鞭打つ手を止めて、罪という荷を一度足元にお置きなさい。少しの間そうして、休むことを自分に赦しなさい。わたくしたちがその手助けをするわ。なにがあってもあなたの味方でいるわ」

伊作の背に手を添えてささやくヴィクトリアの声は、私の耳にも聖母のように響いた。波音に混じって、伊作のすすり泣きが聞こえてくる。だが、ぎりぎりに張り詰めていた私の緊張の糸が、ふっと緩んだそのとき、

「御前ッ」

ディーンが低く叫んで飛び出した。私も一瞬遅れて動いた。甲板に両手両膝をつけて獣のようにうずくまっていた伊作は、上体を跳ね上げると、すぐそばに身を寄せていたヴィクトリアを胸の前に抱えこみ、その喉元に匕首《あいくち》の鋼の刃を突きつけていた。

「動くな、てめえら」

伊作の陰鬱なつぶやきが聞こえてくる。

「ヴィクトリア様を離せ」

そういうディーンの手には、銃身を短く切り詰めたスミス・アンド・ウェッソンの六連発銃が握られ、銃口はぴたりと伊作の額に向いている。私も彼を挟むように直刃を仕込んだステッキを抜き放っていたが、伊作とヴィクトリアの距離があまりに近すぎた。これではディーンも引き金を引けない。私も手出しできない。

「俺だってなにも、好きこのんでこんなことをしやあしない。香港に着いたら黙って、そのまま姿を消すつもりだったんだ。それをこのお嬢さんが、なんだかんだ要らぬことをほじくり出すものだから」

「だとしても、我々にはおまえを処罰する気などなかったのだ。そのことはさっきからいっている。信じられないのか」

「だったら最初からなにもいうな。あんたらのご厚意も説教も、要らぬことだというんだよッ。良心だと？　神だと？　俺はキリシタンになんぞなりたかなかったんだ。キリスト坊主のじいさんが、熱病にかかってだれからも見捨てられて死にかけていた俺を、看病してくれたのはいいが、俺が熱に浮かされている間に勝手に洗礼しやがった。おまえは名、その額のしるしからしても、キリスト教徒になるべきさだめだとかなんとか、わけのわからないことをいってな。俺はその後治って助かったが、じいさんは俺から病が感染《うつ》って死んじまった。たったそれだけの話さ。有り難くもなんともない。まったくてめえら異人は、人が頼んでもいないことに勝手に鼻突っこんできて、御託を並べてそれを大層なことだと思いこんでいやがる。いい気なもんだッ」

「では、なにが欲しい」

「なにも要らねえ。この女をズタズタに切り裂いて海に捨ててやるだけだ」

「そんなことをして、おまえになんの得がある」

「馬鹿野郎。損得であるもんか。元はといえばイギリス海軍の船が、鹿児島の町を焼いたせいだろうが。そのおかげで俺は家を亡くし、妹を亡くした。なにをどうしたって、俺のなくしたもんは金輪際戻っちゃこねえんだよッ」

「イギリスに復讐したいなら、私を殺すがいい。ヴィクトリアはアメリカ人だ」

「待って。チャールズ、ディーンもそこから動かないで」

そういったのはヴィクトリアだった。その声は静かに、背はゆったりと伊作の胸に預けたまま、ことばを紡ぐ口元には、柔らかな微笑みさえ浮かんでいる。

「わたくしは間違えていました。伊作、あなたは助かりたいとも救われたいとも思っていなかった。あなたの望みはたったひとつ、死ぬこと。自分を終わらせること。でもあなたはキリスト教徒として、自殺の禁忌を強く教えられていたから、誇りあるサムライの道は選べない。だから、殺されようと考えたのね。いまにもわたくしを殺しそうに見せて」

「ち、違——」

伊作の匕首を摑んだ手が震える。彼女の白い喉の前でその刃先がわななく。それを見ているだけで正気を失いそうだ。自分がここで取り乱せば致命的な結果を生みかねないと、ただその思いだけが辛うじて私を縛りつけている。そしてヴィクトリアは恐れ気もなく、ゆっくりと身体をねじって伊作の方を向く。喉元から紙一枚と離れぬところに擬された刃には目もやらない。

「でもごめんなさい、伊作。わたくしはあなたの望みを聞き届けてあげられない。どれほどあなたが望んでいても、あなたに死んで欲しくない。だれにも殺されて欲しくない。どれほど不幸だと感じても、絶望していても、死よりも苦しい生であっても、生きていて欲しいの。あなたの小さな妹さんも、きっと最期まで生きたいと思っていた。そしてあなたが生きることを、望んでいたと思うから」

「か、勝手なことを、いうなッ」

「勝手です。わかっているわ。でもわたくしたち、亡くなった人のことは想像してみるしかできないんですもの。死に際に会えなかったのは悲しいけれど、その分元気だったときの顔を覚えていられる。そしてその思い出や、残してくれたものを抱きしめることができる。そう、思うことにしているんです」

それはヴィクトリア自身の思い、突然父を失い、ふるさとを失い、なにもかもが消えた土地をその目で見ることしかできなかった彼女の心だ、と私は思う。伊作に自分を重ねている。だからこそ、彼を救おうとせずにはいられなかった。

「あなたを洗礼した宣教師の老人も、あなたのために最善と信じたことをした。アブラハムの子イサク、燔祭の炎からよみがえった彼のように、炎から生き延びたしるしを持つあなたも死んではならないと。そして、伊作。あなたは生き延びて、日本に戻ってきたわ。これを、受け取るために」

ヴィクトリアはゆっくりと右手を動かして、ポケットの中からハンカチーフで包まれたものを取り出し、伊作の視線の先へと差し出す。それは先ほどから話題になっていた、翡翠の勾玉だ。軽く曲げた親指の先ほどの大きさと形をしている。

「ホテル館の床の上に置かれていた珠。ミスタ・ミットフォードから受け取ってきました。あなたに返さなくてはと思って」

「それは、おきくが頭に挿していたかんざしだ」

「でも、あなたの妹さんの遺品です」

「あの女の臭いが染みついている。俺は」

「あなたが持っているべきものです、『アニョ』」

「あぁッ――」

悲痛な声が伊作の喉をほとばしった。彼はついにヴィクトリアを捕らえていた手を解き、再びその場に崩れ落ちていた。ヴィクトリアは甲板に膝をつくと、床板の上でわななく左の手を開かせ、その中に翡翠の珠を置いてそっと握らせる。

「おたま……」

伊作は呻いた、震えるその指にその珠を握りしめ、そこに向かって声を上げた。

「おたま――おたま――おたま――赦してくれ、おまえを死なせたのは俺だ、おまえの兄ょだ。ああ、いっそ化けて出てくれ――俺を、取り殺してくれよ――……」

9

船が香港に到着した翌日、伊作はなにもいわぬまま姿を消した。私たちは彼を探さなかった。そして後にはひとつぶの翡翠の勾玉が残された。異国を流離う間も、彼が手放すことなく守り抜いた母親の形見だ。

「どこかでこの珠に、金具と鎖をつけて身につけられるようにしようと思います」

ヴィクトリアはいう。

「彼の思い出のためにかい？」

わたしはまだ彼女に、指輪ひとつ贈っていない。それを差し置いて他の人間から贈られたものを身につけると聞いては、馬鹿げた妬み心だとは承知で冷静ではいられなかった。伊作もまた、ヴィクトリアから手渡された妹の珠を持ち続けているのだろうから、それはふたりを繋ぐ絆のようではないか。

しかし彼女は微笑んで、小さくかぶりを振る。

「思い出というよりは、自戒のしるしですわ。他人の人生に賢しらな口を入れ、傷をえぐることは、自分もまた同じほどの血を流す覚悟が要る。それを忘れないためです」

「そうか。君はまたひとつ賢くなったな」

「あなたに追いつくには、まだ時間がかかりますわ」

「いや、君はとっくに私を超えているよ」

ふっと、気がかりなものを覚えたようにヴィクトリアが眉をひそめた。

「チャールズ、お疲れなの？」

「そうだな。日本での滞在は、もうひとつ楽しめなかった。しかし我々の前には、まだ少なからぬ未知の土地が残されている」

「はい、本当に」

「これからも、私と一緒に旅をしてくれるだろうね？」

「なにを心配していらっしゃるのかしら。わたくしはここにいます。あなたの隣であなたと同じ方向を見ています。それがなによりの答えではなくて？」

「そうだとも、ヴィタ」

彼女のひときわあでやかさを増した笑みに、私もまた笑顔で答えながら手を差し伸べる。

「我々の旅は続く。日本にもまた戻って来よう。今回君が見たくて見られなかった、あの国のあちこちを訪ねて回ろう。京都も、長崎も、箱館も。そうだ、南の琉球《りゅうきゅう》もいいな」

「素敵。約束してくださいね」

「約束だとも」

私の残された時間は、すべて君のものだ。だれよりも愛しいヴィクトリア。

インタールード・Ⅱ

「奥様、イサクって確か、聖書《バイブル》の最初の方に出てきた人ですよね?」

お話を聞き終わって、あたしが真っ先にそのことを尋ねたのは、それが一番気にかかっていたから、というわけではありませんでした。それよりも語り終えた奥様の顔に、薄く灰色の面紗《ヴェール》がかかっているような、悲しげな色が見えた気がして、でもそれをそのまま口に出すわけにはいかないから、違うことが自然とことばになってしまったのでした。お話の最後で奥様は、子爵様と顔を合わせてにっこり微笑みを交わしていたはずなのに。

でも、もう一度見直すと奥様はやっぱりいつもの奥様です。いつもと少しも変わらぬ笑顔で、あたしの質問に答えてくださいます。

「旧約聖書、創世記の二十二章。ユダヤの長アブラハムは百歳を超えてから息子イサクを得た。でも神はアブラハムに、イサクを生け贄に捧げよと命じた。アブラハムはイサクを連れて山に登り、薪を積んだ上で息子の喉を切ろうとして天使に止められた。神はアブラハムの信仰を確かめるために、わざとそういったのだったという話ね」

「思い出しました。あたし、そのお話嫌いだったんです。全知全能の神様が、どうしてわざわざそんなことをいってアブラハムを試すんだろう。アブラハムはきっとすごく悩んだに違いない。ずいぶんひどいし、可哀想だし、腹が立つといったら、神様に腹を立てるなんてとんでもないって牧師様に叱られました」

「あら。わたくしも昔そっくり同じことを考えたわ、ローズ！」

奥様が目をきらきらさせながらそうおっしゃるんで、あたしも嬉しくなって「えっ、ほんとですか？」なんて聞き返してしまいました。もちろん奥様がここで嘘をつかれるわけはないのですから、「ほんとですか」はただの相槌みたいなものです。

「ええ。だけど旧約聖書のこのくだりを読んで、神様のこのなさりようを『ああ素晴らしい！』と思う人は、たぶんそんなにいないわね。昔から首をひねる人はたくさんいたのよ。だって旧約聖書よりずっと後に編まれた新約聖書の中の『ヘブル人への書』に、アブラハムとイサクの物語をどう読めばいいか、ということが書かれているんですもの。

アブラハムは、イサクから出るものがおまえの子孫となるという、以前の神託を記憶していて、神は死者をよみがえらせる力をお持ちなのだから、イサクを生け贄にしても彼が死ぬとは思わなかった。アブラハムはそれほど強く神を信じていて、それを神は良しとされたのだ。そしてイサクはいわば、神への生け贄として一度死に、よみがえらせられて父アブラハムの元に戻されたと考えなくてはならない。主イエスが死んで三日後によみがえったように。つまりイサクの物語は、主イエスの死と復活の予兆なのだ、と」

「えー」

あたしは思わず下唇を突き出してしまいました。聖書に書かれていることに文句をつけて、こんな顔をするなんて、それこそ牧師様が知ったらどれくらい怒られるかわからないけど、なんだか無理やりのこじつけみたいにしか思えなかったからです。そして奥様は、そんなあたしの不満も全部わかっていらっしゃいました。

「いいのよ、ローズ。わたくしもいまは教会でミサに与ってはいないし、告解もしていない。聖書には一言一句、正しいことだけ書かれているとは信じていないわ。でも、それを信じてよく生きようと努めている人たちを、非難しようとも思わないの。死にかけていた伊作に、おまえは火の試練から額の傷ひとつで生き延びたイサクなのだ、といって洗礼を施した宣教師も、真剣に彼を助けたいと思っていたのでしょう。そして彼は少なくとも、生き延びて日本に戻ってきて、妹の遺品を取り戻せたのだから」

そういわれてみれば、自殺してはいけないというキリスト教の教えは、伊作さんを死なせないための役に立ったとはいえるでしょう。キリスト教徒になんかなりたくなかったといいながら、子爵様が横浜の教会を訪ねたとき彼がそこにいたのは、神父様に告解をして赦しを求めていたからではないでしょうか。

その想像が当たっているかどうかは、いまさら確かめようがありません。厚紙の表紙がついた本になって貸本屋《ミューディーズ》の棚に並んでいる物語は、お話が閉じる時にはちゃんと、その中の主な登場人物がどうなったかもわかるようになっています。でも現実はお話に似ていても、全部がきちんと結末がつくとは限りません。いえ、むしろわからないままになってしまうことの方が、ずっと多いと思います。

昔と違って世界は狭くなった、船に乗るお金さえあれば世界一周だってできる。それはわかっているけれど、やっぱり遠く離れてしまった人の消息は簡単にはわかりません。宛先がわかって手紙を送っても、いつ届くか、届いたか、返事が来るかどうかもわからない。顔は見えないし声は聞こえない。考えれば考えるほど心細いのです。

「伊作さん、元気でいてくれるといいですね」

祈る気持ちでそういったあたしに、奥様もうなずかれました。

「そうね。わたくしたちには、希望を持って信じることしかできないけれど」

「でもきっとそうなるって強く信じれば、本当になるかも知れません」

あたしはだれよりも奥様に元気でいていただきたくて、大声でそう答えました。今日は奥様の胸元で、翡翠の珠が揺れています。緑は春になればよみがえる命の色、希望の色です。伊作さんはたくさん辛い思い、悲しい思いをしてきたけれど、生きていればいいこともある、そう思える日が彼にも訪れている。そう信じてはいけないでしょうか。

「ええ、お話ならやっぱりハッピーエンドが好きだわ」

「あたしもです、奥様」

「だったら信じましょう。伊作はきっと元気でいるって」

奥様とあたしは目を見合わせて微笑みを交わしました。


それからもふたりになるたびに奥様に、たくさんたくさんお話をしていただきました。どこの国のお話もみんな面白かったけれど、やっぱり熱心に耳を傾けたくなったのは、あたしと一緒に働いている人たちが、どんなふうに奥様と出会って奥様にお仕えするようになったか、そこらへんの話です。ミスタ・ディーンとアイルランド、モーリスとインドのラジャスタン、ベッツィとアメリカの黒人社会。行ったことのない国の、知らない人たちの生活を、奥様はとても生き生きと目に見えるように話してくださいました。

びっくりしたことも、やっぱりなとうなずくことも、いろいろありました。たとえば清国人の料理人リェンさんは、二十代にしか見えないけれど三十を超えていました。日本から香港に渡った奥様たちが、そこで出会って彼を料理人として雇い、その先の旅を一緒にして、最後はロンドンまで来たのです。

執事のミスタ・ディーンは、ふだん眼鏡をかけて、短くして撫でつけた髪はすっかり白髪というか、銀色になっているのですが、そうして見せているよりはずっと若いのじゃないかとは思っていました。顔に皺はあまりないし、袖をまくると腕は筋肉がついて肌もつやつやしているからです。最初のお話にあったように、彼が子爵様と出会ったのが二十歳そこそこであったとしたら、まだ五十歳にはなっていないことになります。

ベッツィは、奥様が別れたきりの乳母のエリザさんの消息を知りたくて、訪ねたアメリカから連れ帰ってきたのでした。南北戦争が終わって、奴隷制は廃止されたけれど、解放された奴隷の生活が一気に良くなったわけでもなければ、黒人に対する差別が消えたわけでもありません。エリザさんの家族も困窮したり、亡くなったりして、ベッツィを育てられなくなっていたのです。ロンドンへ来たとき、ベッツィはまだ十歳にもなっていませんでした。だからベッツィは、奥様をお母さんのように思って、「マァム」と呼ぶのも当然なのでした。

モーリスは本当に、北インドのとある藩王家《はんおうけ》の王子様でした。でも、王座を巡って血族同士の恐ろしい血で血を洗う争いが続いて、どんどん人が亡くなっていき、いまその一族は絶えてしまい、彼ひとりが危うく助けられてその土地を離れたというのです。それは一八七四年のことだったというのでした。

「でもそのお話は、ごめんなさい、ローズ。あまり詳しく話すわけにはいかないの。少なくともいまはまだ。政治的な問題がかかわっているから」

インドという国は、あたしには日本と同じくらい知りたい気持ちを起こさせるところだったので、そういわれてしまったのは少し残念でした。奥様のことばの意味が、あたしにもわかったのはずっと先のことです。たぶんですけれど、モーリスの藩王国で起こった争いは、イギリスが陰で糸を引いていたのです。

しばらくしてあたしは気がつきました。奥様に仕えている使用人仲間の話はみんな出てきたけれど、侍女のミス・シレーヌ、一番不思議で謎めいた彼女のことは、いままでひとつも出てきていません。ミスタ・ディーンが子爵様の従者となったのが一八六〇年、香港でリエンさんと出会うのが一八七〇年、モーリスがインドを離れたのが一八七四年、ベッツィがアメリカから引き取られたのが一八八〇年の頃です。あたしがロンドンに出てきて奥様のメイドになったのは、その五年後、一八八五年の五月のことでした。

頭の中で年表のように、順番にそれを並べていって、やっぱり抜けていると思って、

「奥様、ミス・シレーヌとはどこで出会われたんですか？」

と訪ねたときは、インドのことと同じように、話せないなら話せないとそういってくださるだろうと思っていました。でも、あたしのことばを聞いて奥様のお顔がさっと陰りました。日本のお話が終わった後、あたしが「灰色の面紗をかけたよう」と感じた、そのときとそっくりでした。それは憂いの色、悲しみの色、人がふいにやってきた痛み、息を詰めてこらえて、身を固くしているときの表情でした。

「奥様……」

ようやくあたしは声を出しました。

「ごめんなさい、奥様。あたし、なにか失敗をしてしまったんですね。よくわからないけど、ごめんなさい。あの、失礼します！」

あわてて駆け出そうとしたのを、「待って」と奥様が引き止めました。

「ローズ、あなたが悪いんじゃないの。あなたはちっとも悪くない。わたくしがいまだに、思い出せば平静ではいられなくなってしまうというだけ。十年以上も時が経ったというのに、そのときのことがよみがえってきて、まぶたの中が熱くなってきてしまう。それだけ」

だんだんお声が小さくなります。奥様は椅子にかけたままうつむいておられます。あたしはどうしていいのかわかりません。ようやく奥様は顔を上げて、小さな声で続けられました。

「驚かせてしまって、ごめんなさいね。シレーヌが戻ってきたら、わたくしのところへ来てくれるように、いってくれる？」

それはつまり、あたしには下がって欲しいということでした。がっかりして、うなだれて、階段を下りながら頭の中で作った年表をもう一度たどりかえしていたら、やっとわかりました。

一八六〇年　ミスタ・ディーンが子爵様の従者に。

一八七〇年　リエンさんが旅に加わる。

一八七四年　モーリスがインドを出る。

一八八〇年頃　ベッツィがアメリカから来る。

一八八五年　あたしがロンドンに出てくる。

でもこの間に奥様は子爵様と結婚し、子爵様を亡くされたのでした。ベッツィをアメリカから迎えたその前です。子爵様の、愛することができなかった夫人、レディ・シーモアが亡くなって、奥様と子爵様は晴れて夫婦になられた。いずれロンドンに落ち着くために、チェルシーのテラスハウスを手に入れられた。それがいまあたしがお務めしているお宅です。でも、すぐにはそこに住まわれず、おふたりはまた旅の暮らしに戻った。子爵様が亡くなられたのはその三年後、一八七五年のことだったと聞いています。思い返してみれば、なぜ奥様が日本での話をしてくださった後、憂いの色を浮かべていたのかもわかります。奥様はパリでの出来事と同じように、子爵様の一人称でそのお話をしてくださいましたが、それをこう結ばれました。


「我々の旅は続く。日本にもまた戻って来よう。今回君が見たくて見られなかった、あの国のあちこちを訪ねて回ろう。京都も、長崎も、箱館も。そうだ、南の琉球もいいな」

「素敵。約束してくださいね」

「約束だとも」

私の残された時間は、すべて君のものだ。だれよりも愛しいヴィクトリア。


その会話は実際、おふたりの間で交わされたものだったのでしょう。そして奥様は子爵様との約束を信じておられた。でも、子爵様に残されていた時間は思いの外短かった。どんなご病気で逝かれたのかは存じません。けれど後から考えると、その兆候は当時から現れていたのかも知れない。それを思えば奥様のお胸が、刃物で刺し貫かれるように痛まないはずがありません。

そしてミス・シレーヌとの出会いの記憶は、子爵様を失われた悲しみと分かちがたく結びついているのではないでしょうか。だからこそ、それは気軽に口に出せるようなものではなかった。ああ、あたしの馬鹿。いまさら悔いても間に合わないけれど……

奥様の顔を満足に眺められない思いで過ごした数日後、ひとりでいるあたしのところにミス・シレーヌがやってきて、金具で綴じた紙の束を差し出しました。そこに書かれているのは奥様の、肉太でしっかりとした読みやすい文字の列でした。

「マイ・レディがこれをあなたに、渡してくれるようにと」

あたしは、なんといっていいのかわかりません。

「で、でもっ、これ……」

「あなたが知りたいと思って尋ねた、私がマイ・レディと出会ってお仕えするようになった経緯《いきさつ》の、物語です」

「読んでも、かまわないんでしょうか」

ミス・シレーヌはくっきりとした眉を引き上げて、呆れた、といいたげな表情をしました。

「読まれては困るものなら、こうして手渡すこともないと思いませんか?」

「はい。でも、あたしに読む資格があるんだろうかって」

「資格があるかないかは、あなたが決めることかと思います。自分にその資格がないと思うなら止めておきなさい」

「――はい」

「それに、これは物語です。事実かどうかは別のことです。それは承知しておくように」

「わかりました」

あたしは答えて、受け取った紙の束をしっかりと胸に抱えました。知ることは、責任を伴うことです。その重みを忘れてはいけません。そして物語は、事実ではなくても真実を語るもの。いまのあたしはそれを理解しているつもりです。

「有り難うございます。大切に読ませていただきます」

「ローズがそう答えたと、マイ・レディには伝えておきましょう」


そしてあたしは読み始めたのでした。

一八七五年、パリから始まった奥様の旅の果て。子爵様を失った奥様が訪れたのは、冬のヴェネツィアでした。なぜそこを選んだか。子爵様と一度も訪れていない、そして行く予定にも入っていない街だったからです。

悲しい記憶には繋がらないはずの街。けれど子爵様の記憶が薄らぐことは、ただの一刻もありませんでした。でもそこで奥様は、いまはミス・シレーヌとしてあたしたちと暮らしているその人と出会うことになったのです。

第三章

屍天使の冬

または、セイレーンは翼を連ねて飛ぶ

1

冬のヴェネツィアは終日、灰色をした濃い海霧に包まれる。

家々の石壁も、足下の石畳も、霧に濡れて暗く沈む。

陽射しを浴びればきらめくさざ波となり、空の色を映す運河の水面《みなも》も、冥府の河《アケロン》のように黒々としか見えない。

粘り着く半ば腐敗した潮の臭気。靴底から這い上る寒さ。

海に浮かぶ都の美を誉め称え、世界中から足を運ぶ旅客たちも、この季節の陰鬱さには音を上げて、より温暖な地方へ居を移すか、暖炉のある家の中に閉じこもる。

だが、彼女はその寒気を、快い陽射しのようにむさぼった。だれとも出会いたくなく、挨拶のことばや会釈さえわずらわしかったから、昼でも深夜のように人気のない、屈曲する路地を有り難く思った。寡婦《かふ》のヴェールを思わせるじっとりとした霧を、できるものなら我が手で掻き寄せて頭から巻き付け、全身を覆い隠したかった。

寡婦。それに相違ない。パリで出会ってから十年、共に手を携えて世界を旅し、敬意と友情が愛に変わっていくのを覚え、彼の妻が没した後に、ようやくささやかな婚姻の式を挙げることができた最愛《ディアレスト》の人を、その後わずか三年で失ったのだ。

一八七六年一月――

ヴィクトリア・アメリ・カレーム・シーモアは、独りこの街にいた。

いや、独りでといわれたなら、彼女は口には出さずとも異を唱えずにはおれなかったろう。心には常に最愛の夫、亡きチャールズ・エドウィン・シーモアがある。だが彼の遺体は早々に祖国イングランドへと運び去られ、彼女には思い出しか残されてはいない。いずれはロンドンに落ち着こうと、そのための住居も手に入れていたが、あまりにも早く彼は逝った。昨年の晩秋、南フランス、ニース郊外のヴィラでだった。

チャールズ没後の数日間、自分がなにをしていたか、ヴィクトリアにはまったく記憶がない。彼の従者ディーンが、ロンドンの子爵家に電報で逝去を伝え、夫の遺族の到着を待ちながらヴィクトリアは壊れかけた自動人形《オートマタ》のように暮らした。朝起きて、ひとりで洗面と着替えを済ませると、暖炉を消して冷え切った夫の寝室に入り、遺体を横たえてカーテンを引いた寝台を前に、その部屋の椅子に座り続け、運ばれてくる食べ物飲み物を機械的に口に運んで、夜半はうながされれば自室のベッドに入った。

ヴィラに女の使用人はいなかった。旅の間、自分の身の回りのことはすべてひとりでできるよう、脱ぎ着に面倒のない衣服と、鏡がなくても結える髪型にしてきたから、侍女という存在はヴィクトリアには久しく無縁だった。ディーンと、香港で出会って以来旅の一行に加わった清国人のリエンが、取り残された女主人への気配りを続けてくれていたのだろうが、それに思いを致すことも忘れ、彼女は忘我と悲嘆の底深く沈みこんでいた。涙はほとんど涸れて、心は凍りつき、激情はその下に押しこめられていた。

五日後、ロンドンのシーモア子爵家からやってきたのは長男のトマス・シーモアでも、嫁いだ姉たちでもなく、次男で末のきょうだいであるミスタ・ジェームズ・シーモアだった。一度だけ顔を見ている長男は、顔立ちも身体つきも驚くほどチャールズと似ていたが、今回初めて会うことになった次男は、熊を思わせるよく太った愛嬌ある顔つきの巨漢で、外見に父親を思い出させるところはほぼまったくない。ロンドンの社交界にはもともと興味がなく、大学を出た後はカンタベリ近郊の村のこぢんまりとした田舎屋敷で、庭造りと、歴史関係の著作に明け暮れる呑気な暮らしをしているのだという。彼はヴィクトリアに向かって、

「初めに申し上げておきたいのですが、私は貴女に少しも敵意を抱いてはいないし、貴女と父の間に愛情があったことを疑うものではないのです」

と切り出した。

「父と母はまるで性格が合わなかった。打ち明けて申せば、母と合わなかったのは私自身もです。私は兄と違って、我が家名の誉れとなるようなことには一向に心が向かず、いまだに結婚すらしていません。両親を見ていると、とてもそんな気持ちにはなれなかったというのが正直なところです。父が母にした仕打ちは、決して誉められたことだとは思いませんが、仕方なかったのだと考えています。離婚を承知しなかったのは母ですから。そして貴女の存在が晩年の父を歓ばせたなら、それは良いことだったと思います。だが兄や姉たちは、貴女を身分や財産目当てに老人を籠絡した悪女だと決めつけていて、父の遺体を領地に運んで執り行う葬儀にも、貴女の出席を認めないといっています」

「では、後日墓参にうかがっても?」

ジェームズは丸い肩を縮め、人の良い顔をしかめて申し訳なさげにつぶやいた。

「それも当面は、ご遠慮いただくしかなさそうです。柩《ひつぎ》は我々の母親が眠っている領地内の礼拝堂に納められることになりますが、貴女が訪れることが知られた場合、不愉快な思いをさせてしまう恐れがあります。その、すみません」

他のことばはあり得ないだろうと覚悟はしていたが、こんなにも早くチャールズの遺骸から引き離され、二度とその顔を見られず、墓に詣でることも許されないと思うと身体が震えた。凍結した胸の氷に、亀裂が走るのを覚えた。しかし相手のその、気の毒には思うがなんとも致し方ない、といいたげな困り顔を見ている内に、ヴィクトリアの負けん気に火が点いた。彼の憐れみを有り難く受け取るなら、それは自分とチャールズの絆《きずな》を引け目に思っているという意味になってしまう。亡くなったレディ・シーモアには、責められても当然だとは思うが、疾うに成人した子供たちの非難まで甘受する気はなかった。

「お話はよくわかりました、ミスタ・シーモア。お手数をおかけいたしますが、委細お任せいたします。業者の手配といったことはこちらでいたしますか。それとも、変に手を出さぬ方がよろしいですか。今夜はこちらにお泊まりに？　でも、わたくしからの歓待を受けたなどと知れたら、お兄様たちに叱責されるでしょうか」

彼の目が丸く見張られた。泣き腫らしたまぶたと、乱れたまままきちんと結い直してもいない髪で現れて、放心の顔を晒していたヴィクトリアが、急に表情を改めてきびきびとした口調になったのがひどく意外であったらしい。

（その驚いたときの表情は、少しだけチャールズと似ているのね……）

そう思うとまた涙が出そうになったが、目に力をこめてこらえた。自分のささやかなプライドにかけても、シーモア子爵家の人々にこれ以上取り乱した姿を見せるわけにはいかない。あまりにも平静に見えれば、やはり子爵への愛情などなかったのだ、氷のような女だと非難されるかも知れないが、惨めに取り乱すよりはその方がましだった。

「はい。その、貴女のお許しをいただけるなら、兄たちもそう望んでおりますし、できるだけ早くと思いまして、馬車と移送用の棺の手配は済ませて、いまもお玄関の前に人を」

ずいぶんと手回しのよいことだ。こちらが感情的になって騒ぎ立てたり、亡骸の移送を阻もうとすることも考えて、そんな時間を与えぬよう万事敏速に、ぬかりなく準備を整えてきたのに違いない。それもこの男の思案か、兄たちの指令によるのかまではわからないが、ならばヴィクトリアもそのように振る舞うだけだ。

「手は足りますか？」

「有り難うございます。間に合うかと思います」

「けっこうですわ。わたくしにも異存はございません」

ヴィクトリアは大きくうなずいてみせた。

「ディーン、ミスタ・シーモアを夫のところへご案内して。それから玄関で待っている人たちを、中に入れてあげてちょうだい」

「かしこまりました、マイ・レディ」

ディーンの後について歩き出そうとして、ジェームズ・シーモアはためらうように足を止めた。手にしたままのシルクハットの鍔を、小娘のようにもじもじと揉みながら、

「あの、このまま父を運び出してもかまいませんか?」

「もちろんですわ」

「お別れをなさりたいでしょう。それから、遺髪とか残されるのでしたら、その間は遠慮させていただきますが」

「いいえ!」

ヴィクトリアはきっぱりとかぶりを振った。

「チャールズを看取ったときに別れはいたしました。共にした時間の記憶はすべて、この胸の中に納めてあります。わたくしにはそれで充分。残されたむくろはお子様たちにお返しいたします。そして実務的なことは弁護士に。では、どうぞよろしく」

スカートを摘まんで膝を深く折り、宮廷風に一礼して背を向けた。そしてそれきりヴィクトリアは、彼と棺が立ち去るまで顔を出さなかった。だがそうしてチャールズのむくろが最後の一月ばかりを過ごしたヴィラから運び去られると、恐ろしいまでの虚しさが襲ってきた。足下にぽっかりと深い穴が開いて、その中に落ちていく心地。いつまでも、いつまでも、底にはたどりつかない永遠の落下。虚無。喪失。

ヴィクトリアは眠れなくなった。食べられなくなった。いや、まったく眠りも飲み食いもしなかったら、生きてはいられない。そしてヴィクトリア自身、自殺したいとは思わない。強いて勧められればそのたびに、少しでもスープや果汁、粥といったものを口にはしていたのだろうし、目を閉じて横になれば切れ切れに、夢のない眠りに落ちてもいただろう。ただ、心がそれを感じられない。すっぽりと暗幕に覆われたように、身体と心が繫がらない。

「ここを出ましょう」

ふいに、身をもがくようにことばが口を突いた。

「このヴィラはもういや。チャールズの病気と死の思い出しかない、ここにはいたくない。この家の空気を吸っていたくない」

一度そう口に出してしまうと、もう他のことは考えられなくなる。我ながら子供のようだとは思ったが、背中に火が点いたように居ても立ってもいられない。彼が息を引き取った寝台、彼のために選んでかけた壁の絵、窓からの眺め。なにもかもが彼に繋がる。それも刻々と弱っていく青ざめ衰えた彼の姿に。ふたりで旅していたときの、生き生きと力強く陽気な彼の面影が、だんだん思い出せなくなってきてしまう。

「どこへ参りますか」

いつも冷静なディーンが尋ねる。どこへ？　どこへ行けばいい？　いまの自分の心と身体を、落ち着かせられるのはどこ？　そしてヴィクトリアは答えていた。自分の口が動いて、その名を声にするのをよそごとのように聞いた。

「ヴェネツィア」

なんでその地名が口から出たのか、ヴィクトリア自身理由が鮮明ではない。はっきりしているのは、これまでチャールズと訪ねたことのない土地だった、ということだ。彼との記憶があざやかに刻まれた土地、エジプトや、南太平洋や、インドは嫌だ。そこに行けばどうしても、彼の不在を意識せずにはいられない。けれど、ヴェネツィアにはその思い出がない。

もともと彼は、イギリス人が多い観光地化した土地には興味を示さなかった。もっと荒々しい自然や、未知の文化が生きる辺境に心を惹かれていた。ヴィクトリアは多くの詩や物語に、そして絵画に表された美しい街に関心があったが、いまでなくていいとも思った。旅行者のための設備が整った土地なら、足弱の老齢になってからで充分間に合う。そのときは無論それなりの費用をかけて、水の都の甘美な蜜を存分に味わおう。歴史あるパラッツォを借りてゆっくり滞在し、ゴンドラにふたり並んで腰掛けて、漕ぎ手の歌声に耳を傾けながら水面に映ろう陽の光を楽しもう。あと十年か、二十年したら。

そう、長い旅暮らしの最後に、黄昏の黄金の輝きに包まれたヴェネツィアを訪れるのはきっと素晴らしい。それからふたりはロンドンに向かう。たぶんその頃には、妻を捨てて若い女に走った不徳の変人子爵の悪評も忘れられている。そのときのためにシティの西、チェルシーに一風変わった住まいを確保してあった。下層中流階級の慎ましやかな住居を収めた、煉瓦造りのテラスハウス。その一棟を丸ごと買って、必要に応じて内部の壁や床を抜き、好きなように改築して広い邸宅として活用するのだ。外目にはそうとわからない、街中の隠れ家だ。

「外見は質素なのがいいわ。でも周囲はあまり立てこんでいない方がいい」

「チェルシーなら大丈夫だろう」

「内部でなにより大事なのは水回りよ。バケツを持って階段を上り下りしなくとも、温水を上階に供給できるボイラー、それから蒸し風呂」

「ふむ。トルコのハマムは君もお気に入りだったね」

「ディーンのお風呂嫌いも矯正できるように、快適な設備が欲しいの」

「使用人も使えるように、というわけだね」

「そうよ。ちゃんとふたつ作って。それからもちろん図書室と書斎。使いやすいデスクと椅子、照明。落ち着いたら旅行記を書きたいの。材料は山ほどあるもの」

「いいね」

「キッチンは地下でも明るく、働きやすく。具体的にはリェンさんの意見を聞いてね」

「了解」

「温室が造れないかしら。ガラスの大きな天窓をつけて、そこを応接間にするの」

次々と飛び出す思いつきを、チャールズは目を丸くしたり吹き出したりしながらせっせと書き留めた。そのノートを覗きこんで、読み直して、ヴィクトリアはいまさらのように声を上げた。

「あらまあ。わたくしときたら、なんて好き放題。どんな宮殿を建てる気かしら」

「いや、君の望みはすべて叶えてみせるよ」

「チャールズ、まるで魔法使いね」

「そうとも。君が愛してくれれば、私はどんな奇跡だって起こせるんだ。信じるかい？」

「信じますとも、あなた」

彼の膝に乗って、両腕を首に絡めて、キスをして、ふざけあって笑い転げた夜々。ノートに描いたふたりの夢の住まい。好き勝手な空想ほど、豪華なものでなくてちっともかまわない。ただそこに自分とチャールズがいて、微笑みを交わしながらお茶を飲むテーブルと椅子があればいい。ささやかな平安。穏やかで慎ましやかなふたりだけの日々。そんな未来はないと、だれが予想できただろう。

（それとも予想しなくてはいけなかったのかしら。わたくしは、彼の健康が損なわれてきているることに、ちっとも気がつかなかった。もっと早くにわかっていれば、助けられたのかしら。そのせいで？……）

（もしかして彼が、日本に行った頃からもう、身の不調を感じていたのだとしたら。それをわたくしに気づかせまいとしていたのだったら――）

パークス夫人から遠乗りの誘いを受けたのに、「私は残ろう」といったときの少し沈んだ顔色を思い出す。

（あれが、最初の兆候だったとしたら……）

そうして過ぎてきた日々のあれやこれやを思い出すと、そのどれもが自分の見落としてしまった病の先触れだったように思われてきて、平静ではいられなくなる。両手を挙げて髪を掻きむしり、地団駄踏みながら叫びを上げ、ついには床に身を投げて転げ回りそうになる。さすがにそんな狂態をあらわにすることは、ディーンたちの目をはばかってできなかったが、疑惑はたびたび潮のように胸にこみ上げてきてヴィクトリアを苦しめた。

ディーンを遠ざけて、ひとりになって思い切り泣いたりわめいたりすれば、いくらかこの苦しさが晴れるだろうか。それともだれに見られなくとも、そんなあさましい姿がかえってよりいっそうの奈落へ、自分を追いやるだけだろうか。ヴィクトリアにはわからなかった。自分という小舟の羅針盤であった伴侶を亡くしたいま、わかること、確かなことなどひとつとしてない。はっきりしているのはただひとつ、チャールズの死んだ家に座りこんでいれば、身も心も沈没するだけだということだった。

そうしてヴィクトリアは、数々の伝説に彩られたこの街へとやってきたのだった。晴れる日の少ない、海霧に塗りこめられる日が多い、かと思えば高潮で運河が溢れ、街路が水に覆われる日もあるという、あまり旅行者には喜ばれない季節だ。だからこそ人が少なく、静かに過ごせるだろうという期待はあった。ヴェネツィアでもっとも著名な、名家ダンドロ家のパラッツォ内にあるホテル・ダニエリに荷物を下ろすと、なにかに急き立てられるように街に出た。チャールズと乗ろうと決めていたゴンドラは敬遠して、ひたすら街を歩き回った。細く、絶えず折れ曲がり、袋小路に行き当たる迷宮のような路地から路地へ、寒さに震え、道に迷っては堂々巡りをしながら、手にした地図はほとんど見ぬまま。

霧は驚くほど深い。空を仰いでも、目印になりそうな教会の鐘楼は例外なく灰色の空に溶けて見えない。一度通った広場も、その霧のおかげで別の場所に見えてしまう。だが、いくら迷おうとここは島。鉄道で陸と繋がれている他は海に囲まれた限られた土地で、どこかあらぬところまでさまよい出す危険はない。道はすべて石で舗装され、小運河にかかる橋はどれも下を通る舟のために弓なりに上がっていて、階段で上り下りすることにはなるが、歩行に難渋する場所はない。そうしてなにかを見物するのでもなく、ひたすら歩いて疲れ果ててホテルに戻れば、夜も眠れそうな気がする。やはりこの街に来て良かったのだろうか。

しかし改めていうまでもなく、そうした期待はしばしば裏切られるものだ。ナポレオン軍の侵攻からオーストリア軍による占領時代を経て、征服者から解放され、統一イタリアへの統合を果たしたヴェネツィアは、むしろ安心できる訪問先として旅人を引き寄せているらしく、ダニエリといえども、静けさやプライヴァシーを期待することは難しかった。

ホテルの周辺だけでなく回転扉の中のロビーでさえ、様々な目的で富裕な旅行者に近づき、気を惹こうとする人間が集まってきている。夫や他の肉親と同行することなく、侍女も付き添い《シャペロン》のひとりも連れず、男性ふたり、それもひとりは清国人を連れたヴィクトリアは旅客の中でも明らかに異色で、それだけに好奇の目を避けられなかった。故シーモア子爵の訃報はとっくにイギリスに届いているはずで、彼の死を巡るあれこれが、面白おかしく社交界の噂になっていて不思議はない。とすればヴィクトリアの名と身の上がここで知れわたることも、そう先のことではないかも知れなかった。

だが、そこに助けの手が差し伸べられた。

チャールズはヴェネツィアを訪れたことはなかったが、有力な知人はこの国にも幾人もいて、ディーンはその中のひとりに手紙を書き、主の訃報を伝えがてら、夫に先立たれた若い妻に滞在の場所を斡旋して、静かな時間を与えてもらえないかと依頼していた。ダニエリといえども決して安心できる隠れ家にはならぬことを、彼は予測していたのだった。

手紙を受け取ったのは、三十年前にナポリ人の老貴族に若い後妻として嫁いだ後、夫を失っていまは『伯爵夫人《コンテッサ》』とだけ呼ばれるアメリカ女性で、ヴィクトリアもかつてチャールズとシチリアに旅したときに、彼女の別荘に滞在したことがあった。少なくなった白髪を美しいラベンダー色に染め、肥えたるんだ首に幾重にも真珠を飾った伯爵夫人は、大運河に向かって豪壮な半円アーチを重ねる館でにこやかにヴィクトリアを迎えた。

「よく来て下さったわ、レディ・シーモア、いえ、ヴィタ。貴女にはずっと、ぜひまたお会いしたいと思っていたの。私を頼ってくれて嬉しいわ」

満面の笑みで両腕を広げた夫人は、

「心配しないで。私も歳上の夫に先立たれた身ですもの、こんなとき賑やかな歓迎なんてちっとも有り難くないのはよくわかっています。むしろひとりになりたい、自分だけで静かに過ごしたいわね。だから貴女に滞在してもらう家は、来客が多いこのパラッツォではなくて、大運河に面しているけれど、とても小さなこぢんまりしたゴシック装飾の家なの。用意はもうすっかり調っていて、今夜からでも寝泊まりしてもらえるようになっているのよ。

家具とか、壁紙とか、全部私がひとつひとつ選んで、気に入ったものがなければ注文して作らせて、すっかり手を入れたの。いつか私がもっと歳取って、外歩きができなくなったら、その家のベランダで大運河を行き交う船を眺めながら静かにすごそうと思っているのよ。書斎には英語の本もたくさん集めたし、客間にはつれづれの手慰みにチェンバロも一台入れたの。きっと気に入ってくれると思うわ」

「ありがとう、ございます。なにもかも」

「気にしないで、もっと頼ってくれていいのよ。貴女、イタリア語は話せたわね。気持ちが落ち着いて、いくらかでも気晴らしをしたくなってきたら、劇場でも音楽会でも、それも人目に立たないように連れて行ってあげられるし、もう少しお天気が良くなったら、ラグーナの島巡りもいいものよ。ムラーノのガラス工房や、ブラーノのレエス編みの手工場。夏ならリド島の砂浜で海水浴も身体にいいというし、カジノもたまには悪くないわ。それからブレンタ運河を伝って行くパドヴァまでの船旅も、景色がそれはそれは美しいの」

「ありがとう、ございます。楽しそうですわ、どれも」

ヴィクトリアが硬い表情のまま、ほとんど機械的にうなずいて答えると、伯爵夫人はため息をついた。

「興味が持てない？」

「ええ。いまは、まだ」

「時間が要るわね」

「たぶん、そうですわ」

「しばらくはひとりでいたい？」

「ええ、そうですね。ひとりの方が」

ひとりだからといってなにがいいわけでもないけれど、しゃべりたくないのに口を開かなくていいし、取り乱しても気を遣われずに済む。できるものならディーンやリエンさえ、あまり近くには居て欲しくない。ひとりで歩き回っている間、ディーンが背後からついてきているのは気がついていたし、それも無理のないことかとは思うものの、その気遣いが有り難い以上に、自分を縛る鎖のように感じられてしまうのだ。

「確かに、貴女の名前が周囲に知られるのは避けた方がいいわね」

「はい──」

「でも貴女、女性の使用人は？　付き添いも、レディズメイドもいないの？」

「おりません。必要ありませんから」

「旅の間はそうだったでしょうけれど」

「なにも変わりませんわ」

伯爵夫人はまたため息をついた。

「でも家の中の掃除をしたり、暖炉で火を焚いたりする人手は必要でしょう？」

要らないとかぶりを振りかけて、しかしどれだけ小さな家でも、借りた住まいをゴミだらけ、埃だらけのまま放置するわけにはいかないだろう、と思う。暖炉は毎日掃除しなければ、汚れて詰まって部屋中煙だらけになることくらい、ヴィクトリアだってわかっている。お気に入りの美しい壁紙が真っ黒に煤けたり、家具が燻《いぶ》ったら夫人は悲鳴を上げるだろう。

「それに衣裳や身の回りの小物、あれやこれやの管理を、まさか男の従者にさせるわけにはいかないでしょう？　肌着の洗濯とかもあるのだし」

手間のかかる大きなものを洗うのは、大きな屋敷ならランドリーメイド、そうでなければ街の専門業者に委託するが、肌身につける下着や繊細なレエスのたぐいの洗濯は通常レディズメイドがする。それくらいのことはヴィクトリアも承知していたが、長らくの旅暮らしで、なんでも全部自分ですることが当たり前になっていた。

無論下着の洗濯も、チャールズはディーンに任せていたが、ヴィクトリアはまさか彼に触れさせる気にはならないし、当然だと思って自分でやった。多少傷んだりほつれたりしたところで、着るのも自分だから気にしても仕方がない。しかしイングランドの淑女にはあり得ないほどあけすけに、そうしたことを口にする伯爵夫人でも、「自分で洗います」といったら困惑し絶句するに違いない。

（なんてなんて厄介なことばかりなの、生きているって。もう、うんざり——）

（なんのためにこんな、わずらわしさを我慢しなくてはならないの。なんのために？——）

2

結局使用人の問題は、夫人の斡旋で家内の雑役全般をこなせるヴェネツィア人の夫婦ふたりを雇い、食事のことはリエンに、新顔のふたりの監督は執事と呼ぶべき位置に就いたディーンにまかせる、ということで決着した。話を進めて必要以上の時間をかけず、てきぱきとすべてを決めてくれたのはディーンで、ヴィクトリアは「それでよろしゅうございますか？」と訊かれたときにわずかにうなずいただけだったが。

有能で万事行き届いたディーンの働きなしでは、ヴィクトリアは一日も暮らせない。だがいまは、彼のおかげで伯爵夫人からのこれ以上の世話焼きは固辞できるという、それがなにより有り難かった。自分のためには格別なにも望まない。声もかけず手も出さず、ただ放っておいて欲しい。孤独と静寂。それを求めてここまでやってきたのだから。

そして望んだとおりの、静かでだれにもわずらわされぬ明け暮れが始まった。伯爵夫人が世話してくれた館は本当に小さなもので、一階には石張りの中庭《コルテ》に面して厨房と洗濯場、二階に寝室と居間兼書斎、三階には広い客間。大運河を見下ろすゴシック・アーチの窓が、二階に三つ、三階にふたつある。部屋はそれで全部だ。使用人の夫婦ふたりは近くの貸間に住まって通い、ディーンとリエンの寝台は屋根裏に置かれた。

ヴィクトリアは外出を止めた。客室を一歩出れば廊下にもロビーにも人の絶えないホテルとは違い、だれも訪れない小さな家は巣箱のように自分を守ってくれる。ダニエリに泊まっていた間に、ヴェネツィア本島の大半を踏破して、もう充分だと思った。間違っても、自分の名と身分が知られるような危険は犯したくない。これ以上のわずらわしさを避けるためにも、ここにいよう。そして時が流れ過ぎるのを待とう。

朝と晩の二度、居間で軽い食事を摂り、部屋の掃除やベッドメイクが入る前に、三階の客間に上がる。食事の給仕はディーンで、午前と午後のお茶はリェンが運んでくれるから、新しく雇ったふたりの使用人とは顔を合わせることも、ことばを交わすこともない。残りのときは窓辺で本を読むか、気紛れにチェンバロの鍵盤を叩くこともあるが、ほとんどの時間はただぼんやりと窓から空を眺めて過ごす。霧の晴れ間の大運河を行き交う様々な船の姿を、流れ移ろう一枚の絵巻のように遠く眺め、そこから聞こえてくるヴェネツィア方言を、意味のわからない鳥のさえずりと聞き流す。

人も、ものも、すべてが遠い。自分とは無縁の存在としか思えない。それこそ自分が望んだことであるはずなのに、ふと我に返ると漠然とした不安が兆す。いまの自分は傷を負った野生の獣のよう。人目を逃れて穴に隠れ、身を丸めて、じっと時が過ぎるのを待っている。他にできることはなにもないから。

（そして、こうして引きこもっていれば、いつかは傷も癒えるということかしら……）

（傷が癒えて、前のようなわたくしに戻れる？――）

（でも、本当に戻りたいの。チャールズのことを忘れて？……）

それは彼に対する、とんでもない裏切りのように思える。そして彼のことを思い出せば、すぐまたあのときの絶望と、全身の凍りつくような寒気が還ってくる。深夜、浅い眠りから覚めて、ベッドの上から暗い天井を見上げ、またよみがえってくるそのときの記憶にヴィクトリアは震えわないた。まなかいに浮かぶのは、白い枕カバーに載った、血の気の失せた顔。皺に刻まれた額と頬、落ち窪んだまぶた、ひび割れた唇。投げ出された手を握っても、握り返されることはなく、名を呼んでも目は開かず、温もりは消えていく。もう遅い。もうなにもできない。彼は、死んでしまった。

（ああ、チャールズ。あなた。わたくしを置いていかないで。一緒に連れて行って！）

胸の中でだけ叫んで、顔を覆ってすすり泣いた。それ以上横になっていられなくて、ベッドを出て冷え切った部屋の中を裸足で歩き回った。床に身を投げ、額をタイルに擦りつけた。窓を開け窓枠に足をかけ、月明かりに浮かぶ大運河を見下ろした。今夜は霧が薄く、水面に夜空が黒く映っている。ここから身を投げて、それきり死んでしまえたらいっそ楽なのに。

（いえ、無理ね――）

この程度の窓の高さでは死ねるはずがないし、水に落ちても自分はきっと泳いでしまう。それに自分が自殺などしたら、親切な伯爵夫人や、それ以上にディーンとリエンが厄介ごとに巻きこまれる可能性が高い。主が不審な死を遂げて他に家族がいなければ、真っ先に疑われるのが使用人だ。リエンは白人社会では当然のように差別される清国人だし、ディーンはふるさとのアイルランドには戻れない過去があるらしい。彼らを苦境に落とすような、そんなことがどうしてできるだろう。

だったらその前に、ふたりを務めから解き放って自由にさせてやったらいい。どこでも彼らの望む場所で、望む暮らしが立てられるように。できるだろうか。経済的なことだけならなにも問題はない。だが彼らを納得させて、安心して自分の許を去れるようにするためには、どんな口実を設ければいいのだろう。

（それこそ無理じゃない？　わたくしがひとりで生きて行けそうにないことくらい、あのふたりはわかりすぎるほどわかっているはずだもの──）

昔の自分、チャールズと出会う前の小娘の自分なら、父の遺産などなくとも「ひとりで平気」といい切れたことだろう。すべてを失ってパリの街頭に放り出されたときも、決していまのように絶望を覚えたりはしなかった。チャールズから惜しみなく与えられた愛と導きと庇護がヴィクトリアを育て、けれど同時に弱くしてしまった。失うものの大きさを知り、孤独の辛さを味わってしまったいま、十八のときの自分には戻れない。

どれだけ考えても行き止まりだった。他の道は見えない。しかしそうしているうちに、いよいよ眠気は去ってしまった。これ以上夜具の間に横たわっていてもただ苦しいばかりだ。ヴィクトリアは寒さにもかまわず夜着を脱ぎ捨てると、旅の間に自分でいろいろ工夫して愛用してきた、人手を借りなくても着られる服一式を衣裳櫃の中から引き出した。旅先の気候に合わせて夏服と冬服があるが、いまは当然冬用だ。ウールの靴下にドロワーズとシュミーズ、前開きのブラウス。コルセットもクリノリンもつけない。ペティコートの代わりに厚地で丈が短めのアンダースカート、さらに裏についた紐でたくし上げられる運動用のスカートを重ね、上には丈の短い男仕立ての上着を着てボタンを留める。

最後に腕が動かしやすいよう切れ目の入ったマントを羽織って、前のホックをかけながらドアに向かって歩き出したとき、それが外から開いた。無論鍵などかけてはいないが、そこに立っていたのは昼と同じ仕事着のブラックフォーマルをつけたディーンだ。

「お出かけでございますか」

「ええ。たまには散歩に行こうかと思って」

「いささか時刻が遅すぎるのではないかと存じますが」

「あら。何時？」

「真夜中の一時を回ったところです。あまり人の出歩く刻限ではありません」

「そう。でも、それがいいの。だれにも会いたくないし、見られたくないから」

「ならばお伴いたします」

「要らないわ」

「いいえ。私をお連れ下さらなくては、家の外にお出しするわけにはまいりません」

思いがけないほど強い口調でいわれて、ヴィクトリアは顎を退いた。目を見張って、自分よりだいぶ高いところにある、彼の面長な顔を見上げた。考えてみれば、これまでディーンとヴィクトリアの間にはいつもチャールズがいた。彼はチャールズの従者であり、ヴィクトリアはチャールズの伴侶として、彼の奉仕のいわば分け前に与っていた。彼女が女の使用人無しでやってこれたのも、目に見えぬところで彼が手助けしてくれているからだとは気がついていたが、顔を合わせて率直なことばを交わす機会は持たぬまま今日まで来ている。だが、ここで退くつもりは彼女にはなかった。

「ヴェネツィアは治安はいいという話だったわ。オーストリアに統治されていた時代には、彼らが狼藉《ろうぜき》を働くことも珍しくなかったが、統一イタリアに編入されて以降そうしたこともなくなったと、伯爵夫人が最初に話しておられた。あなたも聞いていたでしょう、ディーン？」

「おことばですが、真夜中に若い女性がひとりで出歩いて、変事に遭ったとしても治安が悪いとはだれも申しますまい」

「変事。変事ってどんな？」

「掏摸《すり》、物盗り、誘拐、殺人などです。数日前も喉を切られ、懐中から金目の物を抜かれて運河に浮かんだ男のむくろが発見されましたそうな」

「財布も時計も持ってはいないけれど」

「外見からはわかりません。襲われてからでは遅いかと存じます」

襲われる？　そうだわ、それこそわたくしが望んでいることだわ、とヴィクトリアは思う。アメリカ生まれの愚かな未亡人が、軽はずみに深夜の巷《ちまた》へ浮かれ出て、哀れにも賊の凶刃に倒れる。それならばわたくし以外のだれも責めを負うことはない。

「わかったわ。遠くへは行かない。サン・マルコ広場まで行って戻るだけにします」

「お伴いたします」

微塵も譲るつもりはないという表情で繰り返すのに、

「だったらせめてコートを着て、帽子くらいかぶったらどう？」

「貴女様も帽子はかぶっておられませんが」

「マントのフードをかぶるからいいのよ。先に行くわ」

ゆっくりと急がぬ足取りで、廊下を歩き中庭へ降りる外階段に向かった。中庭の塀に、すぐ裏の路地に出る鉄格子の門扉がある。他国の邸宅なら当然の、大仰《おおぎょう》な玄関はない。元は大運河側に船着き場が開いていたはずだが、そちらはすでに石壁に変わっている。扉の外の細い路地を真っ直ぐ進めばT字路で、そこを道なりに右へ向かうと、ヴェネツィアとしては比較的真っ直ぐで幅の広い通りに出る。サン・マルコ広場はその通りを右だ。だがすばやく扉を開けて外に出たヴィクトリアは、左右の壁に身体をこすりそうな隘路《あいろ》を駆け抜けてそのまま左へ、ディーンに告げたのとは反対の方向へ走り出した。

無論真夜中の街路に人影はなく、通りを照らす明かりもない。だが辻の角々には、低い足下に聖母マリアを祀った小さな祠《ほこら》があって、そこにはほぼ例外なく魚油のランプが点され、かそけき光が辛うじて家の石壁と路地の輪郭を示している。追いつかれてはいけないという思いが、必死に足を急がせた。どこへ行くという目的があるわけではない。迷ったところで大運河にかかる橋、アカデミア橋かリアルト橋を渡らぬ限り、ヴェネツィア本島の東半分のどこかにいるというのは間違いないのだ。

気がついたディーンが、すぐ後ろから追ってくる気がする。折れて、曲がって、橋を登って、降りて、トンネルになった通路を駆け抜けて、沙漠やジャングルではないんだもの、こんな道ならいくらだって走れるわ。しかし先に息が切れた。足が重くなった。体力も脚力も人に負けない自信があったのに、呼吸が荒い。膝がわななく。目の前にぱっと広場が開けたところで、とうとうヴィクトリアは足を止めた。これ以上は進めない。少しでも休まなければ。肩を波打たせながら、石壁に背を預け、頭をもたせかけた。

額が汗で濡れている。顔が火照《ほて》っている。重ね着した服の下で心臓がせわしく音を立て、全身に血液を送り出している。このところ満足に食べていないし、夜も眠れていなかったせいだろう。すっかり体力が落ちている。それでも自分は健康なのだ。心は生きる目的を見失って茫然としていても、身体は生き続けるための活動をただの一秒も怠ってはいない。募る悲しみが心臓を止めてくれないのなら、死ぬことはそれほど簡単ではないだろう。いまここに、歩行者の財布目当てに刃物を振るう、凶悪な物盗りが出現しない限り。

(そう、うまくはいかないか……)

そのときふいにヴィクトリアは、静まり返った夜の底に人の声を聞いた。酔っているらしい男の、陽気なだみ声だ。目の前にあるのは歪んだ四角形の広場で、三方を家屋の石の壁に囲まれ、奥の一辺は小運河に接して、その運河に奥の路地から斜めに橋がかかっている。いま広場の縁に漕ぎ寄せられたゴンドラから、男が危なっかしげに身を揺らしながら岸へ降りようとしていた。こちらに来られたら嫌だな、と後ずさりしかけた目に、月明かりの下の橋の上で人影の動くのが見えた。手すりの陰に身を低くしていた者が、立ち上がったらしい。

ゴンドラが音もなく水面を滑って消える。残った男が鼻歌を歌いながら、ゆっくりと広場を歩き出す。橋の上の人影が軽やかに跳躍すると、軽い足音を立てて男の背後に飛び降りた。ようやくその気配に気づいたというように、のろのろと男が振り返る。ヴィクトリアからはどちらもシルエットにしか見えないが、酔客と較べれば明らかに小柄で、ほとんど子供のようだ。男の笑い声が聞こえた。足を止めて手を伸ばしたように見えた。

「よおっ、こいつはまた可愛らしい姉《ねえ》ちゃんだなあ」

ヴェネツィア訛りの大声に、相手が答えたとしてもヴィクトリアの耳にまでは届かない。

「こんな時刻にまだ商売か。ご苦労なこった。いやあ。俺も今夜はすっかり飲んじまったから、戻って寝るだけのつもりだったんだがな。しかしあんたくらいの別嬪《べっぴん》が誘ってくれるなら、場合によっちゃあ勃《た》たないもんでも、ないぜ――」

相手が娼婦だと男は思っているらしい。だが果たしてそうだろうか。娼婦が客待ちをするには、およそふさわしい場所とも時刻とも思われない。その上あの人影は明らかに、ゴンドラが去るのを待ち構えていた。それは、男に近づくところを見られたくなかったからではないか。

(あの男がひとりになるのを待っていて、それから?……)

「俺の名前?　あ、ああ、そうだが、え?　なんだって。お、おまえ、娼婦じゃない?」

重なり合ったふたりの影が、ワルツを踊るようにくるりとその場で回転した。もがいて逃れる暇もなく、酔った男の膝が折れる。その肩に後ろから絡みつく腕。のけぞらされた首。頭上に振り上げられた刃物が、ぎらりとひかりながら舞い降りる。

「よ、止せッ。何者、だ――」

叫びはヒューッ、という喉鳴りの音になって、切れた。砂袋を倒すような音がして、その身体は地に沈んだ。倒れた男を見下ろして、立っている小柄な影。足先で倒れた男の脇腹を蹴ると、鈍い呻きが聞こえた。投げ出された手が痙攣し、助けを求めるように動いた。それを見た小柄な殺人者が、腰をかがめる。手にした三日月のような刃物が、ふたたび振り上げられる。とどめを刺そうというのだ。

「待って。待ってってば!　どうしてその人を殺すの。あなたはだれなの?」

考えるより早く、ヴィクトリアは動き出していた。どうしていいかわからないまま、小走りに走り出しながら声を張り上げた。たったいま、目の前で、人が殺されようとしているのだ。だれが、どんな理由で。そんなことはなにひとつわからないが、まさか手をこまねいているわけにはいかない。

小柄な人影が動きを止めた。夜の街の暗さに目が慣れたためか、その姿が奇妙なくらいはっきりと目に映る。小柄なヴィクトリアと較べても、背丈はまだ低いかも知れない。肩や首筋も明らかに華奢で、歳若い少女としか見えない。軽く波打つ豊かな黒髪は結わずに肩にかかり、その身に纏うのはヴィクトリアが着ているのと同じような、腕を動かしやすいようなカットの入った黒いマントだ。

だが、顔は見えない。そこに浮かぶのは真っ白な仮面。黒手袋を付けた左の手に細い棒を握り、その先についた白い紙製の仮面を顔に当てている。ふたつの目穴は三日月を横にした笑い嘲るような形で、右手には血に濡れた細刃の短剣があった。

「だれだと？　そう問うおまえはだれだ、女？」

身体つきにはそぐわない、奇怪にしわがれた老婆のようなささやきが聞こえた。マントの襞をひるがえし、仰向けに倒れてすでに動かぬ男のむくろを一跳びに跳び越えて、あっと思う間もなくヴィクトリアの前に立っている。笑い顔の仮面がぐいと突き出され、迫ってくる。目穴から覗くサファイア色の眸がこちらを凝視し、浮かした仮面の下から覗く白い唇が低く笑いを洩らす。

答えることばに迷って、ヴィクトリアは声を呑みこんだ。

「だれ、って」

「名前は要らない。そんなものは必要ない。知りたいのはその胸にあるおまえの望みだ。いや、待て。いわなくていい。当ててみせよう。そして、その望みを叶えてやろう」

「わたくしの、望み？」

血染めの短剣を逆手に握ったまま、右手が伸びてくる。人差し指が真っ直ぐに、ヴィクトリアの胸を指し示す。

「だれだとおまえは尋ねたが、おまえが我を呼んだのではないか。我はおまえのその望みによってここへ引き寄せられ、我らは会うべくして会ったのかも知れぬよ」

「そんなこと」

細い指先から蜘蛛の糸のように粘つくものが伸びてきて、絡みつくのを感じながら、ヴィクトリアはぐいと顔を背け、かぶりを振った。

「あるはずがない」

「おや、なぜそういえる？」

「あなたがここにいるのは、ゴンドラから下りてきたその男を殺すため。名前を確かめてからそれをしたということは、あなた自身に彼を殺す理由があったわけじゃない。そして彼の方でも、あなたに見覚えはなかったし、殺されるなどとはまったく考えていなかった。つまりあなたは人に頼まれてその男の命を奪った、暗殺の請負人なのでしょう。数日前に喉を切られて、運河に浮かんだ男性がいたと聞いたけれど、それも物盗りではなく、あなたのしたことだったのかも知れない。だからあなたをここに来させたのは、この殺人の依頼人で、わたくしはただの通りすがりよ」

「これはこれは、見かけによらず賢いことだ」

瓦礫を踏み潰すような、不快な笑い声が聞こえた。

「だが女、そんな口説《くぜつ》で我をごまかすことはできぬぞ。おまえの目の中には絶望が浮かんでいる。おまえはもはや生きることに、なんの歓びも意義も見出せない。隠しようもなく、おまえは死にたいのだ。それを求めて真夜中の街へさまよい出てきた。そうだろう。そして出会ったのだ、おまえの求めるものと」

氷の鞭に素肌を打たれたように、震えがヴィクトリアの身体を駆け抜けた。なぜ見抜かれたのだろう、と思った。わたくしの心を冒した絶望は、自殺できないなら賊に殺されてもいいと思うほどの自暴自棄な衝動は、一目でわかるまで顔に表れているのだろうか。疫病の罹患者《りかんしゃ》が、その病に特有の兆候を表すように？

だがいまのヴィクトリアは、ついさっきまで自分を満たしていた思いから、大きく離れ去っている。なぜなら自分の目の前に立っている『死』は、吐き気を催すほどおぞましく忌まわしいとしか感じられなかったからだ。その手にする三日月型の刃に喉を裂かれて、敷石の上に倒れて絶命することが、救いになるなどとは毛筋一本ほども思えない。自分は間違っていたと、これほど鮮明に思い知らされたことはなかった。

この瞬間、服の下で心臓が大きく音を立てて動いている。全身を熱い血が巡っている。わたくしは生きている。わたくしの身体、わたくしの心、チャールズが認めて愛してくれたそれを、彼を亡くした辛さから逃れるために放り出そうとしていた。しかもこんな毒蛇のような殺人者の刃にかかって死ぬなんて、それを望むなんて正気ではなかった。

（そう。本当に、正気ではない。心が病んで崩れかけていたんだ……）

（先に心が死にかけて、身体を無理やりそれに合わせようとして足掻いていた——）

ヴィクトリアは両手を握りしめて、相手に目を据えたまま少しずつ後ずさろうとする。チャールズとの旅の間に、死ぬかも知れないと思ったことは幾度かある。しかしそこで直面した相手は人間ではなく、人肉の味を覚えた手負いのベンガル虎や、ナイル河口にひそむ巨大な鰐だった。いまそこにいるものも、人というよりはそんな異質の生きものではないか。人間のかたちはしていて、ことばも通じるように見えて、実はそうではない。人がましく思われるのは目に映るその外見に過ぎず、内にある心は人とはおよそかけ離れているのだ。

「認めるのだな、おまえは死を求めていたと。ならばおまえは我を呼んだのだ。そしてなぜかはわからぬが女、我もまたおまえには不思議と心がそそられる。愛しく思える、といってもよい。我が手のもたらす死、甘美なる終末を望む者は多いが、願いが叶えられるとは限らぬ。だがおまえにはそれを我から恵んでやろう。喜ぶがいい。望みの最高の成就を」

「あ、あなたは、死の神《タナトス》だとでもいうつもり？」

ようやく口を出た声は、自分の耳にも聞き苦しく震えている。

「ご厚意は結構よ。あなたを見たら死ぬ気がしなくなったわ」

仮面の下から覗いた口が、弓なりに上がってひび割れた笑いを放った。

「タナトスか。それも悪くはないが、いまひとつ響きの美しさに欠けるな。覚えておくがいい、女よ。我は死の天使、アズラエル。すべての死すべき人間の名を記した目録を持つ者。我と目を合わせた者は、我から贈られる死を受けるよりないのだ」

否、と叫ぶより早く、残された最後の一歩の距離をそれが跳んで越える。マントが黒い翼のようにひるがえり、ヴィクトリアの上に舞い降りてくる。編み上げ靴で包まれた爪先に肩を軽く蹴られ、倒れかけて、身体をひねりながら辛うじて踏みとどまれたと思った。しかし、片手片膝が地に着いている。

目を上げれば高々と振りかぶられる血染めの短剣。笑う仮面。いまのヴィクトリアに武器はない。服を身につけたときも、いつもの長鞭を携行することは失念していた。だが考えるいともまもなく、倒れかけた彼女の両手はマントの前裾に伸びている。

風や足の動きで、スカートと絡んだ裾がめくれ上がらぬよう、縫いこまれている鉛の重り。左右のそれを摑んでひとつに握ると、片膝をついた姿勢のまま、迫ってくる仮面の顔から短剣を握った右腕に向けて、横殴りに叩きつけたのだ。

あっ、という声が聞こえ、音立てて白い紙の仮面が飛んだ。大きく泳いでのけぞりながら、それでも空いた左手が黒のマントを引き寄せ、現れかけた半顔を覆う。乱れた黒髪の間から覗く、張り裂けんばかりに見開かれた眸。引き攣れた唇からほとばしる、獣のおめきに似た罵声。押し寄せてくる怒りの熱さに、ヴィクトリアは反射的に目を閉じ、顔を背けていた。死がこれまでになく間近にせまってくるのを、逃れがたく意識しながら。短剣がふたたび高々と振りかぶられている。逃れられない、今度こそ。

(殺される?　そうね、たぶん——)

(でも、わたくしは死にたくない。いまはまだ、死にたくない)

(そうよ。わたくしにはまだやることがあるんだわ!——)

まだ、やることがある。チャールズの臨終を看取って以来、今日までただの一度も、かけらほども胸に浮かばなかった思い。愚かな話だ。こうして、死が目の前に迫っているときになって、ようやくそう思えるなんて、チャールズが知ったらきっと大笑いするに違いない。

『ああ、ヴィタ。私の後を追って死んでどうするつもりだったんだい？』

『忘れたわけじゃないだろうに。私は無神論者なんだ』

『もしも君が天国に行っても、そこに私はいない。それだけは確実だよ……』


だがそのとき突然、ヴィクトリアの視野は大きな飛ぶ鳥の様な影にさえぎられた。同時に生きものの肉を打つ鈍い響きと、押し殺した苦鳴が耳を貫いた。腕が摑まれた。引き上げられ、立ち上がらせられた。

「こちらへ、奥様」

リエンが耳元に顔を寄せささやいていた。

「大丈夫ですか。歩けますか？」

「え、ええ。大丈夫よ、わたくしは。でも」

「歩けるのでしたら、ここを離れましょう。後はミスタ・ディーンにまかせて」

「いいえ、駄目。そんなわけにはいかないわ」

振り返ったそこに見えたのは、ディーンの長身の背中だ。右手に太い籐巻《とうま》きのステッキ、左手には愛用の銃身を切り詰めたスミス・アンド・ウェッソンを握り、銃口はぴたりと背を丸め地にうずくまった相手の額に向いていた。

「待って。殺してはいけない。捕らえて！」

無理は承知だが、すぐそこに喉を切られたばかりの男の死体が、血にまみれて転がっているのだ。金目当てに殺人を請け負う犯罪者を、放置しておけばきっとまた犠牲者が出る。しかもこのアズラエルと名乗った者は、殺しそのものを快楽とする危険な異常者ではないか。

その者は、マントの襟で顔の下半分を隠しながら、身を低くしてじりじりと後ずさる。ディーンに威圧されて逃げ腰になっているようだが、油断はできない。隙を見せて反撃の機会を狙っているのではないか。そして恐れたとおり、距離を詰めたディーンの足下を、地を這うほど低く跳びながらアズラエルの短剣が襲った。しかし、彼はその動きを予測していた。軽く横に動いて刃先を外しながら、初め背を打ったステッキを今度は右手に容赦なく叩きつける。骨の折れる鈍い音にこらえきれない苦痛の呻きが交差し、ヴィクトリアも顔をしかめずにはいられない。短剣を取り落とし両膝をついて、右手を左手で庇っている。

「動くな。両手を肩から上に伸ばして、その場でゆっくりと立つんだ」

声はない。頭を低く、マントの襞に埋めるようにうつむいたまま、アズラエルはのろのろとその場に身を縮める。

「時間稼ぎは無駄だ。立て」

ディーンが腰をかがめ、銃をその頭部に指しつけようとしたとき、橋の上でほっそりとした人影が動くのをヴィクトリアは見た。ボウラーハットの丸い輪郭。こちらに向けて構えた拳銃の銃口も見て取れる。いつか朝が近づいて、闇が薄れてきているのだ。アズラエルを助けるために現れた、その仲間に違いなかった。

「危ない！」

ディーンの名を呼ぶのはまずいと思ったから、ヴィクトリアはただ叫んだ。同時に止めようとするリエンの手を振り切って、真っ直ぐに走り出した。大きく手を広げて駆けながら、橋の上に立つ男に向かって声を張り上げた。

「止めて。銃を下ろして。そちらが撃たなければ、こちらも撃たないから！」

白い顔が大きく目を見張り、手にした銃口が驚いたように揺れている。相手は明らかに意表を突かれ、どうするべきか迷っているのだ。だがそのとき、足下からの声が起こる。

「この馬鹿、撃て、撃つんだ、ジャック！」

それはヴィクトリアが聞いた、あの不快な老婆のようなかすれたわめきだ。

「撃て。こいつらを殺せ。顔を見られたんだ。みんな殺せ！」

しかしその声は、ディーンの冷ややかなつぶやきと、鋼の光に断ち切られた。

「黙れ。口を閉じろ」

ステッキから抜き放たれた仕込みの直刀が、アズラエルのマントを薄紙のように切り裂き、晒された白い喉元に刃先を押し当てている。

「そちらも同じ考えか？　その銃を使えばこいつの喉を裂くぞ」

「その刃物を使うなら、俺は女を撃つだけだ」

それは男のものというにはやや高い、明瞭で美しいとさえいえる響きの声だ。強靭な鉛ガラスの鐘を弾いて鳴らしたような、とヴィクトリアは思う。美しくはあるが、およそ人のぬくもりやうるおいの感じられない、キンと澄んだ無機的な音声だった。

「駄目よ、殺しては。どうにかして捕らえないと」

ヴィクトリアは男の方へ向いて立ったまま、ディーンに小声でそういったが、

「無理でしょう」

「でもッ」

「やむを得ません。貴女様の命と交換するわけにはいかない」

ため息交じりの答えに、ようやくいまの状況を理解した。ディーンが撃たれるのを止めることしか考えずに飛び出したヴィクトリアは、いま橋の上の男の銃口に晒されている。ディーンの手には剣も拳銃もあるが、男に向けて発砲したところで、彼が引き金を引いてヴィクトリアの心臓を撃ち抜くのを止めることはできない。ディーンの剣は人質にしたアズラエルを殺すことはできるが、彼にヴィクトリアを犠牲にするという選択肢はない。相手にもそれがわかってしまっている。一対一の命の交換という以上に、不利なのはこちらだった。

「わたくしは、走って逃げられるわ」

「銃弾の速度は貴女様の足より早うございます」

「は、は、は。馬鹿な主を持つと苦労だなぁ、おっさん！」

乱れた黒髪を顔の前に掻き寄せながら、足下からアズラエルが嘲笑う。

「いいじゃないか。試してみろよ。その剣を好きなように振り回して、女の足がどれだけ速いか、賭けてみるがいいんだ。ジャックが撃ち損なう可能性だってないとはいえないからな。もっともこの距離じゃ、それは万にひとつもなかろうがよ！」

「黙れ」

ディーンは低く吐き捨てた。それから顔を上げて、

「よかろう。逃がしてやる。だがその前に、こちらの女性を去らせてもらいたい」

「信じるなよ、ジャック。女が逃げたらこいつきっと俺を殺すぞ！」

その声は無視した。

「どうするのだ、ジャック？　我々は陽が昇って街に人が出るまで、ここで睨み合っていてもかまわない。そうなったら困るのはおまえたちの方だろう」

一呼吸の間を置いて、あの声が答えた。

「女は行かせない。そちらの三人で、歩調を合わせてこちらに向かって歩いて来い。五歩進んで、そこで止まる。俺は同時に橋の階段を下って広場に降り立つ。そこで人質を放せば、我々は橋の下に駐めた小舟でここから去る。それまでの間に攻撃を仕掛けたり、声を上げて助けを呼ぶことはしないでもらう。互いの視野から外れるまで、俺もそちらも銃の狙いをつけ続けるが、発砲はしない。それでどうだ」

「いいだろう。約束を違えるなよ」

「そちらこそおかしな動きはせぬことだ。俺は外さない」

ヴィクトリアは唇を噛みしめたが、いまはいわれたままに動く以外なにもできそうになかった。考えなしの行動が引き起こした結果だとはいっても、自分が飛び出さなければディーンが撃たれていたという確信は変わらない。橋の上に突然姿を現した男は、警告の声ひとつ発することなくディーンを射殺し、アズラエルを連れて逃げ出しただけだ。どういわれようと、チャールズの従者を見殺しにして生き延びる選択肢など、迷う余地もなくヴィクトリアにはなかった。

日の出前の青ざめた明るさが石の広場に漂い出している。いま橋から降り立ったのは、影絵師が黒紙を切り出して作った薄っぺらな画像のようだった。黒のボウラーハットに黒のフロックコート、服装は紳士の定型そのまま、背もヴィクトリアより高そうだが、肩幅は狭く、身体つきは華奢《きゃしゃ》に見える。その点はアズラエルと名乗ったその者と変わらない。顔に仮面は付けていないが、それはやはり仮面のようだ。整っているが不気味なほど白く、血の気はなく、サファイア色の双眼だけが強い光を放ってこちらを見据えている。

階段を降り、橋を渡りきってそこで立ち止まった。同時にヴィクトリアも足を止めた。互いの距離は十歩もない。背は高くとも子供のようだわ、とヴィクトリアは思う。アズラエルにしても老婆のような声さえ別にすれば、身体つきは十いくつの子供に見える。そんな歳の殺人者など信じられないといわれそうだが、だからこそ警戒されずに犠牲者に近づくことも、事後に行方をくらますことも容易くできるのではないか。

「ここで止まるぞ」

ヴィクトリアのすぐ後ろからディーンがいう。

「いまからこいつを放すが、せいぜいゆっくり動くことだ。私の銃は背中に狙いをつけておく。そちらが発砲すれば生かして帰さない」

「無意味な殺しはしない。我々を無事に去らせれば、その女を殺す理由はない」

その点に関しては、彼とアズラエルは意見を異にするようね、とヴィクトリアは思う。同じ色の目をして、同じように黒衣を纏う、子供めいた殺人者。でもアズラエルは明らかに殺しを楽しんでいた。嬉しそうにわたくしを殺そうとした。彼は違う。はっきりそれを感ずる。

（何者なの、彼らは。水の都の底深くから、湧き出てきた邪悪な妖精のよう――）

だが同時に感じるのだ。なんだか初めて会った気がしない。アズラエルではなく、銃を持った彼には、錯覚に違いないけれど懐かしいような気持ちが湧いてくる。覚めたまま見る夢のような物思いが、ヴィクトリアを捉えていた。緊張感が緩んで、眠気にも似た放心が足下から這い上がる。心が彼方へと彷徨《さまよ》い出《で》て、いまどこで、なにが起きているのかを忘れそうになった瞬間、痛みに打たれてはっと目を見開いた。横から身体を突かれてその場に倒れ、石畳に左肩を打ちつけたのだ。そしてヴィクトリアの仰向いた顔目がけ、剽悍《ひょうかん》凶悪な獣の鉤爪のように、十本の曲がった指が降ってくる。その指を目に突き立て、眼球を抉《えぐ》り出《だ》すために。

だがそのとき、

「止せ、ジルッ」

押し殺した声を、ヴィクトリアの耳が捉えた。

「止めるな、ジャック。顔を見られたんだ。殺さなきゃ」

「いいから来るんだ。早く！」

いずれも子供めいた死の妖精たちは、その場で激しく揉み合い争いながら、勝ちを占めたのはジャックの方だった。もがくアズラエルの両腕を押さえこみ、仔猫のように襟首を掴んで小舟に放りこむと、自分も跳びこんで、だが舟を出しながら振り返った。もう銃は持っていないというように、両手を開いて見せる。唇には微笑み。ボウラーハットの鍔に右手の指先を触れて軽く会釈を送ると、足下の櫂《かい》を取り上げ、滑るように橋をくぐり抜け、家屋と家屋の隙間の細い運河へと消えていった。

「マイ・レディ」

「奥様」

ディーンとリェンが左右から駆け寄ってくる。

「申し訳ありません。危ない目にお遭わせしてしまいました」

「奥様、お顔に血が」

そのふたりに大丈夫、とうなずいてみせながら、ヴィクトリアの心はなおも、サファイア色の眸をした死の天使、あるいは妖精に占められていた。

(ジルって呼んだわ。ジャックとジル。それが彼らの名前？　ふたりで一体のアズラエル、そういうことかも知れない……)

(でも、これで終わりではないわね。ええ、きっと——)

3

その夜から三日目の午後、ヴィクトリアの前にディーンが立っている。黒のモーニング・コートにグレーのベストとズボン、短く刈ってきっちりと七三に分けて撫でつけた髪は銀色で、銀縁の四角い眼鏡の奥から緑の眸が厳めしい表情を浮かべ、ほとんど威圧するように、デスクの前に座ったヴィクトリアを見下ろしている。

だが、その髪はわざと色を抜いたものだし、眼鏡の枠にレンズは入っていない。チャールズに雇われたときは二十歳になったばかりだったというのが正確なら、まだ三十六歳でヴィクトリアとは十歳も違わないのだ。しかしそれでは執事として若すぎるとでも思うのか、そうして実際の年齢より二十以上も年配者を装っている。ヴィクトリアに対しては、時にまるで聞き分けのない小娘をあしらうような物言いをすることさえある。

チャールズの生前から、ヴィクトリアに対するディーンの態度はそのようだった。チャールズとふたりきりのときはもっと砕けた様子を見せると聞いたので、いろいろ話しかけてみたのだが、彼は少しも変わらない。あの人がなにを考えているかわからないとヴィクトリアがいうと、自分も最初はそうだったからな、とチャールズは笑いながら答えたものだった。

「いや、考えていることはわかるが、それは私にとってまったく有り難くない、実に物騒なシロモノでね、剥き出しの敵意を辛うじて抑えていたというのは、彼はイングランド人を不倶戴天《ふぐたいてん》の仇と見なす、アイルランド独立派のテロリストだったんだ。私の従者になったのも、仲間から追われて残った唯一の逃げ道がそれだったからで、奇妙な巡り合わせとしかいいようがない」

「でもいまの彼は、あなたが必要とすることを口に出される前に察して動く、有能で忠実な最高の従者だわ。もっといえばそれ以上の、ことばも要らないほど気持ちが通じる、ほとんど無二の親友のようでもある人。そうではなくって？」

「まあ、否定はしないよ」

「教えてくださいな。どうやっていまのようになれたの？」

「さて、それはなかなか答えるに難しい問いだな」

チャールズは首をひねる。

「そう。私たちの間の垣根が取り払われるきっかけは、殴り合いの喧嘩だったと思う」

「殴り合い？」

「前任の従者に習って急速に仕事を習得していった彼だが、如何せん、傲岸不遜で私を敵視する態度は一向に改まらなくてね。このままでは到底安心して旅に出られない。私が君に勝ったら、今後それなりの敬意を払い給えといって、邪魔の入らない室内で数時間殴り合ったんだ」

「それで、お勝ちになった？」

「正確にいえば引き分けというところだろうが、年齢の差を考慮すれば、私の勝ちとしてもらってもいいと思うな」

「でも、それで心が許し合えるようになるなんて、やっぱりわかりませんわ。暴力を振るえば、かえってわだかまりが残るだけではありませんの？」

「幸いそうはならなかった。女性には理解しにくいことかもしれないし、いつでもそう上手く行くとはいえないにしても、だな」

「ええ」

「身分や出自はどれほど違っても、男同士はその気になれば、拳と拳で語り合うことができるものだよ」

そのときの彼のちょっと得意そうな顔を思い出して、ヴィクトリアは胸の中でつぶやく。

（そんなのずるいわ、チャールズ。いくらなんでもわたくしとディーンでは、殴り合いをするわけにはいきませんもの！）

(でもだからってこの先も、わたくしがチャールズに代わるディーンの雇用主であり続けるためには、下手《したて》に出て、自分を主として認め従ってくれるようお願いするのでも、強圧的に命令して無理やりいうことを聞かせるのでも駄目。彼が心からわたくしを受け入れてくれなくては。それだけはわかっているの)

(ただ、どうすればそうできるかがまだわからないだけで……)

ふたりが向かい合うのは伯爵夫人から借りた小邸宅の二階の居間で、ヴィクトリアは書き物机に向かって座り、ディーンはその前に、ピンと背筋を伸ばして立っている。チャールズの臨終にも、枕元に付き添って離れなかった彼は、おそらくヴィクトリアが外した間に口頭で後事を託されたのだろう。いまの彼は忠実な使用人というより、チャールズに成り代わってヴィクトリアの後見役に就いたといいたげだ。しかし、それがディーンの亡き主に対する忠誠の立てようなのだとしても、ヴィクトリアにも意志と意地はあった。

自分より三十五歳上のチャールズ・シーモアにも、可能な限り対等な、独立した人間同士としての扱いを求め、認めさせてきたのだ。チャールズが愛ゆえに彼女の希望を受け入れ許したのだとしても、それが間違っていて、自分が彼に甘やかされてきたのだとは思わない。ただそれは当然の権利として期待できるものではなく、ヴィクトリア自身が繰り返し主張し、勝ち取っていかなくてはならないものだった。このディーンに対しても。

「繰り返しになるけれど、ディーン、わたくしの気持ちは決まっているの。いますぐヴェネツィアを出ることはありません。わたくしはもうしばらくこの街に、この館に留まります。だから、その上で先のことを考えて下さい」

ディーンの削げたような頬が赤らんでいる。眼鏡の枠の中に収まった宝石を思わせる緑の瞳が強い光を溜め、薄い唇の端がひくひくと震えている。これは相当怒っているな、とヴィクトリアは思う。

「危険だ、と申し上げたことを、お信じいただけませんか」

それでも彼の声は少しも激したようには聞こえなかったが、

「信じるわ、あなたが調べてきてくれたことはみんな。あのふたりは死の天使と呼ばれるプロの殺し屋で、狙った犠牲者は決して逃がさない凄腕といわれているが、まだだれも素顔を見た者はいない。リアルト橋の東詰の仮面屋台で合いことばをいえば依頼ができるとか、約束した上は日を置かず決行するが、なにか約束を違えると今度は依頼人が血祭りに上げられるとか、そのあたりはどこまで本当のことかわからないけれど、そういう者がいることは確かで、噂話や伝説ではない。当然ね。わたくしたちは身をもって、それを味わったわけですもの」

「そして我々はあのときふたりの顔を見ました。それだけでもこの先、彼らから狙われる可能性はありますよ」

「顔をちゃんと見たとはいえないけれど、姿形と、声も聞いたわね」

「左様です」

「聞かれてこちらの名前や素性を知られるようなことは、口にしなかったつもりだけれど」

「ダニエリに泊まっている間に、貴女様とお伴する我々は、少なからぬ人間から見られておりました。いまここに住まっていることも、探り出す気になれば容易く突き止められましょう。しかもマイ・レディ、貴女様は彼らが落としていった短剣を拾って帰られた」

書き物机の引き出しに、ハンカチーフに包んで入れてあったそれを、ヴィクトリアは取り出して目の前に置いた。小振りだが反りの強い、見慣れぬ姿をした片刃の短剣で、しかも柄は華麗な七宝細工で包まれている。イスラム教の説く死の天使アズラエルは、四枚の翼に無数の目をちりばめ、人の命数を記した本を持つというが、左右から絡みつく青い翼に、金と赤で斑点のように目の模様を散らした意匠は、その表現だろうか。

「これを拾ったのはわたくしではなく、ディーン、あなただわ」

「あのときは、危険な敵の手に凶器を返してやろうと思わなかっただけです。殺された男のところに落としておけば、官憲が証拠品として発見したでしょう。それを貴女様は、そうして持って帰られた」

「興味があったの。彼らが何者なのか、知るには大きな手がかりだと思ったから」

「そして貴女様は血糊を洗い落としたその短剣を手に街へ出て、その出所に心当たりはないかと訊いて回られたというのですな」

「ええ。リエンさんの見立てだと、この三日月のように彎曲した刃は、アラブ人が持つジャンビーヤという短剣と似ているのですって」

すると、部屋の隅に無言でひっそりと、気配もなくたたずんでいたリエンが、はい、とうなずいてみせる。

「似ています。アラブ人はそれを成人男性のしるしとして大切にするそうです。でも同じではないです。多くのジャンビーヤは両刃で、刃の中央に溝が彫られている。これは片刃で細い。柄の七宝細工も見慣れぬものです」

「おまえさんが、刃物の目利きをするとは知らなかったな」

不審げな表情をするディーンに、リェンは日頃と変わらぬ穏やかな、ほのかに微笑んでいるような顔を向けて答える。

「私の父は庭師で、母は料理人でした。どちらも刃物を使う仕事で、父は世界の珍しい道具類を集めていて、幼い私にもあれこれ教えてくれましたから、いくらかわかります。父の蒐集の中にあったジャンビーヤは、柄は象牙と黒檀に金の象嵌でした。刃渡りは同じほどですが、厚みがあり、その分重量もありました」

「持ち主に合わせて、軽く作ってあるといっていいのかな」

「持ち主と、用途に合わせて、でしょうか」

「戦闘用や狩猟用ではない、暗殺のための、それも子供のように小柄な女が扱いやすいシロモノということか」

書き物机に近づいたディーンが、その短剣を手に取ってみる。刃は薄く、確かに軽く、柄は細い。自分が握れば指が余る。だがこれなら、身体に隠し持っても外からそれとはわからない。つまりはあの、いかれた殺し屋のために作られた凶器というわけだ。犠牲者の油断を突いて、一撃必殺。用が済めば手入れすればいいので、頑丈すぎる必要はないだろう。

「似たようなものなら、あちらに旅した西欧の旅行者が土産に持ち帰ることもあるというし、珍しい特注品だったら持ち主に繋がる情報も見つけやすいかと思って、アラビアの産品を扱う商人とか、骨董商とか、あるいは細工物を作る職人とかに当たってみたの。サン・マルコ広場の回廊に、旅行者向けのその種の店がいくつもあったから」

「つまりはこちらの素性をわざわざ教え広めに行かれた」

「向こうが気づいてわたくしたちのところへ出向いてくれれば、探し回るよりよほど簡単に再会できると思ったのよ」

ディーンは短剣を音立てて机に戻すと、平然とそんなことをいうヴィクトリアを、険悪な視線で睨めつけた。

「失礼だが、お気は確かか」

「あら、ずいぶんね」

「あの殺し屋どもを、ここに招き入れようといわれる？」

「来るのはジルではなく、ジャックひとりだと思うの。あなたはステッキで二度打った。背中と右手を。右手は骨が折れたようだったわ。あの後わたくしに襲いかかったときも、よく動かないみたいだった。だからジルの凶器を取り戻すために、ここにやってくるのはジャック。拒むつもりはないわ。わたくしたちは旅人で異国人、この街を去ればたぶん二度と戻らない。ただその前に彼と話をしたいの」

「人殺しですぞ。それも、明らかに異常な、いうなれば殺人淫楽者だ、あれは。なぜ、そんなものに、興味を持たれるのです！」

一語一語に力をこめて吐き出すディーンのこめかみに、太く血管が浮き上がっている。まあ、あまり怒らせるとそれがぷっつり切れてしまいそう。笑いごとではないとは承知で、ヴィクトリアは危うく吹き出しそうになった。危ない危ない。ここでうっかり笑いを洩らしたりしたら、本当に彼の堪忍袋が張り裂けてしまう。

「そんなに怒らないで、ディーン。チャールズに逝かれてから、こんなふうに気持ちが動いたのは初めてなの。なにもかもが灰色で、心が火の消えた暖炉のようになって、目を開けたまま石になってしまいそうだったのに、やっと心臓が動き出した気分なんですもの」

ごめんなさい、と謝罪の気持ちを目にこめて彼を見つめると、ディーンは反応に窮したのか、パチパチとまばたきし、下を向いてひとつ空咳をする。

「だからといって、その、命にかかわる目に遭って初めてお気持ちが上向きになるというのも、いかがなものかと存じますが」

「でもあのままだったらわたくし、自殺しなくても勝手に息が絶えていたと思うわ」

ディーンはぎょっとしたように目を引き剥いた。

「とんでもないことをおっしゃる」

「けれどそうなの。彼の後を追って死んでしまいたいとしか思えなかったのに、殺されるかも知れないと感じた途端に、生きたいって気持ちが湧いてきた。死ぬわけにはいかない、わたくしにはまだやることがあるって」

「マイ・レディ……」

「その方がいいって、あなただって思ってくれるでしょう?」

「無論子爵閣下《ヒズ・ロードシップ》は、貴女様がご自分の亡き後も、幸せに生きていって下さることのみを願っておられました。後は頼んだよと、私にそう言い残されたのです」

「ええ、だからあなたは彼の代わりのつもりで、実の父か後見人のようにわたくしを気遣い、案じてくれる」

「力及ばぬおのれが、つくづく情けのう存じます」

「でもディーン、あなたはチャールズじゃない。だれも彼の代わりにはなれない。無論のこと、再婚したいなんて小指の先ほども思えない。わたくしはひとりで生きていかねばならないの」

「承知しております。及ばずながら、そのお助けをしたいと思っております」

「それは信じているわ。ディーン、そしてリェンさんも。けれどそのためには、いまのままではまだ駄目なの」

「駄目、とおっしゃいますのは？」

ディーンが問い返し、リェンも小さな声で尋ねた。

「なにが駄目ですか。奥様は、私たちになにを望まれますか？」

「それがまだはっきりしないの。ただわかっているのは、わたくしも、あなたたちも変わらなくてはならないだろう、ということ。なぜならいまのわたくしたちは、四輪馬車の車輪がひとつ欠けたようなものだから。チャールズという一番大切な部分をなくして、立ち往生した壊れた車。このままでは満足に走れない。

走り続けるために新しい車輪を見つける？　でも、繰り返すけれど再婚するつもりはないし、わたくしのようなあまり普通でない女を受け入れられる男性がそういるとは思えない。合わない車輪を無理に繋げば、かえって真っ直ぐに走れないわ。それならどうすればいいか。ならばいっそ車自体を作り直すとしたら？」

「は？――」

ディーンが呆れたように口を開けたが、リェンは両手を胸の前で合わせてうなずいた。

「奥様がおっしゃったとおり、子爵様の代わりはだれにもできないことです。奥様も、私たちもそう思います。ですから私たちは変わらなくてはならない。難しいことですが、わかります。ただそのためにどうすればいいかは、まだわかりません」

「わたくしにもまだそれはわからない。でもこれまでのような旅の暮らしは続けないわ。ロンドンで、チャールズが手に入れたあのテラスハウスに、暮らすことになると思うの」

「三年か五年の内には、ロンドンで暮らすようになるだろうとは、閣下もおっしゃられておりましたが」

「予定より少し早くなるわ。でも、ロンドンの社交界にかかわることは一切しない。わたくしは都会の片隅で暮らす隠者になるの。シーモア子爵家の人たちも、それなら咎めないでくれると思う。そこでわたくしたちは、夫を失った哀れな未亡人と主に逝かれた使用人の壊れた一家ではなくて、わたくしを主に、まったく新しいファミリィを形作ることになる。もちろん、わたくしひとりではなにもできない。あなたたちの助けが要るわ。もっと人材も必要。でもそう、それが向かうべき当面の目標ということになるわね」

話しているうちに道が見えてきた、というように、ヴィクトリアは目を輝かせた。

「大変結構なお話ですが、マイ・レディ。そのような目標がおありでしたらなおのこと、ヴェネツィアにこれ以上滞在することはないのではございませんか？　閣下と計画されていらしたお屋敷の改築には、それなりの時間がかかるかと存じますが、それを待つにしてもこの街にいる理由がございません。春になるまでは気候の温暖な、南イタリアかシチリアにでも行かれてはいかがでしょう」

ヴィクトリアは表情を改めた。

「ディーン、わたくしがあなたのことばを軽んじているとか、話をはぐらかしている、とは思って欲しくないの。あのふたりに関わることが危険だというのも承知している。そして自分の浅知恵で他人の人生に口を挟むことの愚は、教訓としてこの胸に刻まれているわ」

いまも首にかけている翡翠の珠に触れながら続けた。

「だからいますぐヴェネツィアを離れたくないというのは、わたくしのわがままよ。でも、ひとつだけ教えてくれない？　あなたがチャールズとふたりきりで旅をしている間、あなたの忠言を彼が拒み通したことはなかった？　そしてそんなとき、あなたはどうしました？」

彼はすぐには答えなかった。彼女から視線を外した。その目の中に明滅する迷いと葛藤が透けて見えた。これは賭けだ、とヴィクトリアは思う。彼が否、そんなことはなかったと答えたなら、それですべては終わる。なぜならチャールズは生前、彼とのいくつかのエピソードを聞かせてくれていたからだ。

「先代のディーンは古風な従者で、私がどれほど突飛なことを言い出しても眉ひとつ動かさず、平然と『承知いたしました』といって受けた。そしてたとえどれだけ苦労しても、そんな気配はかけらも見せず、私の希望をいかにもやすやすと叶えてみせることに誇りを持っていた。しかしいまのディーンはそうじゃない。常に自分の意見、自分の考えを持っている。そして私がこうしたいといっても、それが彼の見解と相反するなら、『賛成いたしかねます。なぜなら』と、理路整然と反撃してくるんだ。しかも彼がそうして口にするのは決まって的確な正論でね、こちらはぐうの音も出ない、というやつだよ」

そんなときはどうなさったの？　と尋ねると、彼は答えた。

「考え直したこともある。だが首を振って、いいから私の決めたようにしろ、と命令したこともあった。そのまま何時間も睨み合って、ようやく彼が根負けして折れてくれたときは、こっちは当然という顔をしていたが、内心ほっとしたものだよ。あのときひとつ間違ったら、ディーンは私を置いて出て行ってそれきり、となってしまったかも知れないからね」

「ご自分が妥協しよう、とは思われなかったの？」

「それはそうだ。意見はいくらでも聞く。だがその結果私が考えを変えるとしても、それは私自身の決断でなくてはならない。単なるわがままだとしても、私が望み決めたことなら、最終的に従うのが従者の務めだ。さもなければ、主人とは名ばかりの案山子《かかし》人形になってしまう。その代わり、すべての責任は私にある。私のわがままを押し通したことで、なにが起きてもその結果は受け入れなくてはならない。そのことで使用人の身に危険が及んだなら、彼を助けるためには自分の命を賭ける。それができて初めて主だ」

そのことばに圧倒されて無言になったヴィクトリアに、彼は微笑んだ。

「君には、良い主人になれる素質があると思う。歳が若いこと、女であることは確かに不利な条件で、世間からの風当たりは緩くはないだろうが、ディーンならただそのことで君を侮りはしないはずだ。その代わり妹を世話する心配性の兄のような気持ちになって、うるさく口を挟んでくることはあり得るが、それを上手くいなすのも主人の力量だよ」

（チャールズ、あなたったらすっかり先が見えていたようね……）

またくすっと笑いたくなったが、幸いディーンは気づかなかったらしい。

「マイ・レディ、貴女様はおそらく私が、貴女様に充分な敬意を払っていないと、そうお考えなのでしょうな」

苦汁を飲んだ顔から絞り出すような声で答えたディーンに、一瞬身がすくんだ。やはり彼は腹を立てている。チャールズと同じように自分にも仕えろなどとは、僭越の極みだと考えているのだろう。ならば率直に、心をこめて頼むしかない。感情的にならずに、できるだけ平静に。

「とんでもないわ。敬意を払われてしかるべき主としての水準に、わたくしがいまはまだ達していないのだということは承知していてよ。子供のように視野は狭いし、無知だし、止められても聞かずに無茶はするし、さぞかし腹立たしいことでしょう。でも、わたくしにはあなたが必要なの。これからもあなたの助けが欲しい。少しでもいまよりましな主になれるように、わたくしを助けて欲しいの」

ディーンは答えない。表情も動かさない。これくらいでは彼の気持ちは変わらないか。だが、ここで引き下がるわけにはいかなかった。

「わたくしのわがままで、あなたに迷惑をかけるのは本意ではないの。でも、どうしてかこれだけは譲れない気持ちがあって」

「いいえ。私は貴女様に、すでに一点借りがございます」

そういいながらディーンの顔は相変わらず、眉間に縦皺を刻んだ不機嫌そのものだ。

「あのとき貴女様が飛び出してこられなければ、私は間違いなくジャックに撃たれておりました。私の銃口は足下のジルに向けていましたから、構え直しても間に合わない。そしてあの近距離です。外れたとは思えません」

「まあ、あれはわたくしの無分別よ。あなたが撃たれると思ったら、勝手に身体が動いて飛び出してしまったの。でも、そのせいで彼らを逃がすしかなくなってしまったのでしょう？」

「私が撃たれれば、どのみち彼らは逃げています。無傷ではなかったにせよ。貴女様の予想外の動きがジャックを戸惑わせ、引き金を引かせなかったのです。双方無傷のまま退けたのは、あの場合最善の結果でした。しかし私は無傷で済んだのに、貴女様にはそうしてお顔に傷を負わせてしまいました。誠に面目次第もございません」

ディーンが捕らえていたジルを放すと、ジルは真っ直ぐジャックの方に逃れるのではなく、近くにいたヴィクトリアを突き飛ばし、掴みかかってきた。鉤爪のような指を避けようと振った顔が敷石に当たって、右頬の皮膚が擦り剥けた。三日経って赤いかさぶたができている。みっともなくはあるが、大した傷ではない。

「敷石に顔を擦りつけることになったのは、自分でやったようなものですもの、これくらいだったら玄関のところで、止めるあなたを置き去りにして逃げ出したわたくしの、受けるべきペナルティじゃないかしら」

だから、貸し借りなんてなにも、と続けようとした。だがディーンは、大きくかぶりを振る。

「なにがあろうと、主が召使いのために命を賭けるなど、本来あり得ぬことです！」

「そ、そう？」

「そうですとも。教えられたところで、やれるものではない。しかし貴女様は当たり前のようにそれがおできになる。子爵閣下と同じように。閣下が貴女様という方を生涯の伴侶に選ばれたわけが、いまになってようやくわかりました。お赦し下さい」

深々と頭を垂れて、またようやく上がってこちらを見た彼の、目の縁が赤らんでいる。ヴィクトリアはそれ以上じっとしていられなくなって、椅子を立ち、彼に歩み寄った。腰の前でひとつに組み合わせている彼の手を両手で取り、ぎゅっと握りしめた。

「赦して欲しいのはわたくしこそだわ、ディーン。正直にいいます。チャールズが元気なときから、わたくし、あなたに少し嫉妬していました。わたくしが入りこめない絆を結んでいる、あなたたちふたりが妬ましかった。あの人が亡くなって消えてしまったのに、あなたの心には変わらずあの人が生きているように思えて、それもあなたとチャールズの絆の証に思えて、葬儀にも出られない、墓参りも許されないといわれてからどん底に落ちていた、自分の弱さが疎《うと》ましくてならなかった。なのにどうすればそこから立ち上がれるかもわからなくて、ずるずるとこんなに時間が経ってしまったの」

「マイ・レディ、むしろ私には、貴女様の中にこそ閣下が生きているように思われます。ですから、さきほどおっしゃられたように、私どもが新しい一家を作り上げるなら、その主は亡き閣下と貴女様のおふたりなのです」

「まあ、ディーン。本当にそう思ってもらえるなら、どんなに嬉しいことか」

「だれが偽りなど申しますものか。私どもの心に閣下は生きておられます」

「あなたのいうとおりだわ。わたくし、もう彼の死を嘆くのは止めます」

両手を握られ、小柄なヴィクトリアに下から覗きこむように見つめられて、ディーンの削げた頬に珍しく血の色が昇っている。だが彼は照れ隠しのように、もう一度その顔に苦り切った渋面を浮かべてみせると、

「そして貴女様は閣下と同じように、言い出されたご自分のわがままを押し通し、私にどうにかせよとおっしゃるのですな？」

「ええ、ディーン」

「いつまでです」

「え？」

「いつまでここにおられれば、お気が済みますか」

「そうねえ。取り敢えずは一週間で」

「一週間。ただし延長はなしです」

ヴィクトリアはにっこり笑って、ちょっと肩をすくめてみせる。

「わかったわ。それじゃそういうことで」

ディーンは深々とため息をついた。本当にわかったかどうか怪しいものだと。そして自分はこのシーモア子爵よりよほど扱いにくい主に、これから先支障なく仕えていくことができるのだろうかと、それを内心危ぶむ思いだったのだろう。しかし――

「マイ・レディ、お顔に生気が満ちておられます」

「そう？」

「さきほどおっしゃったとおり、閣下が亡くなられて以来の貴女様は、日々萎《しお》れていく花のようでした。どうすればそれをお助けできるか、わからぬままに私も心を痛めておりました。それがいまはそうして、生き生きと瞳を輝かせておられる。そのお顔を拝見すれば、お咎めする気などなくなります」

「有り難う、ディーン。わかってくれて嬉しいわ」

しかし彼は、

「いいえっ」

そういいながらかぶりを振る。

「わかりません。どうしてもわからないのです。なぜ貴女様が、報酬目当てに人を殺すような輩に興味を持たれるのか。顔を合わせてどうなさりたいというのか」

「どうって……」

ヴィクトリアは、ちょっと困ったように首を傾げて見せた。

「ただ、話をしてみたいの」

「話してどうなさる」

「そんなこと、わからない。でもディーン、なぜか知らないけれど、ジャックと呼ばれた彼の目が忘れられないの。変でしょう。変よね。自分でも変だと思う。けれどあのとき目を見合わせて、初めて会った気がしないと思った。昔知っていた、それとも夢の中で出会った、だれかと再会したような気分。懐かしくて、嬉しくて、せつなくて、それ以上に思い出せないのがもどかしい。ただの錯覚かも知れない。それでも、いまここでヴェネツィアを去ったら、わたくしは魂の半分をもぎ取られて落としていったような気持ちになってしまうでしょう」

「恋、でしょうか」

小首を傾げて、半ば独り言のようにつぶやいたリエンに、ヴィクトリアもディーンもほとんど同時に、弾かれたように顔を向ける。

「恋……」

「恋ですってッ？」

ディーンは唖然と、咄嗟にことばが出ないようだったが、ヴィクトリアの狼狽《ろうばい》振りはそれ以上で、両手を赤らんだ頬に当て、悲鳴のような声を上げる。

「リェンさんったらなんてことを。わたくし、そんなに浮気性ではなくってよ！」

「いや、マイ・レディ。閣下はご自分が逝かれた後、貴女様に孤閨《こけい》を守れなどとはおっしゃいませんでした」

「で、でもッ」

「はい。それでもお相手は選ぶべきかと存じますが」

だがふたりを見るリェンの口元からは、東洋の仏像のそれにあるような、ほのかな笑みが浮かんで消えない。

「でも、きっと奥様の魂が呼ばれました。互いに呼び合ったのだとしましたら、生まれる前に奥様とその人、翼を連ねる一羽の鳥だったかも知れない。そういうことはあるものだと、私の国ではいいます」


ところが、その夜の騒ぎはまだ終わったわけではなかった。普通の訪問が許されるには遅すぎる時刻になっていたのだが、この家の持ち主であるあの伯爵夫人が現れて、いささか強引に階段を上がってきたのだ。ディーンが応対に出ていたらまた違ったことになっていたろうが、彼は上階にいたからだ。

「ごめんなさいね、勝手をして。でも下の使用人では話が通じないし、これは少しでも早くお渡しした方がいいと思ったものだから。手紙なの、ロンドンからの。初めダニエリのレセプションに届いて、それから私のところへ回されてきたのよ。ここの住所を、知らせてなかったんではないの？」

差し出された封筒をディーンが受け取って、差出人を改める。

「閣下が事務一切を依頼している、弁護士事務所からのようですな。こちらの住所は書き送ったはずですが、行き違いになったのやも知れません」

「そう。ディーン、開けて読んでもらえる？　急ぎのものだったら困りますから、失礼しますわね、マダム。リエンさん、飲み物をお持ちして。シェリーでよろしいでしょうか」

「あらごめんなさい。もちろんこんな時間に押しかけてきてしまったのも、そのためにだったんですもの、ご遠慮なくなさって。私はすぐ失礼いたしますわよ」

そういいながら、彼女は勧められたソファに大きな尻をずっしりと据えて、立ち上がる様子もない。どうやら自分が運んできた手紙の内容が、知りたくてたまらないようだ。この街の情報通をもって任ずる伯爵夫人としては、シーモア子爵未亡人のプライヴァシーにも興味を持たずにはいられないのだろう。文面に目を走らせたディーンが、眉間に縦皺を刻んでヴィクトリアを見る。口に出してもいいかという確認だったが、彼女がひとつうなずいたのを見届けてから、

「どうも、ロンドンに購入した不動産、あのテラスハウスについて、ロード・シーモアの代理人から問い合わせが来たようです。その価格と、所有者の名義について」

「相続の絡みでということかしら」

「そのようですな。その点については閣下もご承知で、貴女様の名義での登記は済んでいるはずですが、それも閣下の遺産ではないかと異議申し立てがされているようで、しかしこうしたことはいちいち指示せずとも、ロンドンで処理できるはずですが」

するとヴィクトリアが口を開くより前に、伯爵夫人が椅子から身を乗り出して、

「あらまあ。でもいざ夫が亡くなると、思わぬ揉めごとが引き起こされるものですわ。特に夫の相続人、血の繋がらぬ子供などから、なんだかんだって横やりが入りますの。私もそうでしたけれど、歳の離れた後妻というのは、とかく遺族から妙な疑いをかけられますものねえ」

「そんなことがおありでしたの？」

「ありましたとも。もうずいぶん昔の話だけれど、いまのような静かな暮らしができるようになるまで、二年や三年はかかったものよ」

伯爵夫人のことばに、いちいちうなずいてみせたヴィクトリアは、

「それでは、わたくしもロンドンに戻らなければならないかしら」

困惑の表情で首を傾げる。だが夫人は逆に、

「あらあらそんな」

と手を振って、

「貴女がわざわざ出向くことはありませんわよ。こんな頼り甲斐のある執事がいるんですもの、彼に任せておく方が安心だわ。この季節、列車も船も決して快適とはいえないと思うし、いまの貴女がそんな嬉しくもない理由で長旅をしたら、身も心も疲れ果てて病気になってしまう。ねえ、そうなさいな」

とても熱心に引き留めにかかる。

「それは、そうですわね。イギリスへの航路も、冬は荒れると聞きますし」

ヴィクトリアが同意すると、ますます身を乗り出して、

「そうですとも。やっといくらか元気になったのに、ここで無理はいけないわ。でも執事の彼が出かけてしまったら、貴女だけでこの家に住むのはさびしいのではなくて？　後はチャイナひとりじゃ、こんな小さな家でも不用心だわ。通いの夫婦は若くもないし、なんだか気が利かない田舎者だもの。いざというとき護衛に使える、屈強な従僕のひとりくらい、いてもいいでしょう。それからやっぱり女性の使用人もね、気の利いたレディズメイドはそう簡単に見つからないとしても、お客様にお茶を出すのがチャイナの男というのはどうかしら。外聞もいいとはいえなくてよ。パーラーメイドも兼ねられる見目のいい若い子と、それからよく働くハウスメイドも。ええ、それはちゃんと見つけてあげますから」

それからやっと気がついたのか、夫人は小さな目を見張って大声を上げた。

「まあヴィクトリア、あなた、その顔の傷はどうなさったの？」

「転びましたの、階段を踏み外して」

「めまいでも？」

「いいえ。ただ急いでいたので。わたくし、そそっかしいんですの」

「ご覧なさい、そんな危ないこと。ひとりでいるのはよくないわ。倒れてそのまま、朝までだれも気づいてくれないなんてことになったらどうするの？　やっぱりそばに付き添ってくれるメイドが要るわよ！」

4

その数日後だ。伯爵夫人が自分の横に顔色の悪い娘を立たせ、熱弁を振るっている。

「この子なの。名前はスザンナ。うちで去年からレディズメイドとして働いてもらっているんだけど、幸い人手には余裕があるから、あなたがこちらにいる間お貸しするわ。若いから行き届かないところもあるけど、性格は素直で正直ないい子よ。安心して使ってやってちょうだい」

先日話したとおりの、パーラーメイドも兼ねられる見目のいい若い子だというのだが、当のスザンナは、恐ろしい目に遭わされようとしているとでもいいたげに、青ざめて両手を胸の前に握りしめ、両足はスカートの中で小刻みに震えている。

「よろしくね、スザンナ」

ヴィクトリアが声をかけても、満足に返事もできない。

「まあ、この子ったらすっかり緊張して固くなって。ねえ、うぶでしょう？」

ホホホとわざとらしく笑いかけながら、すばやく広げた扇子の陰からスザンナをジロリと睨む。それだけで怯えた娘は、ヒッと声を立てそうになった。夫人の口にしたことは嘘ばかり。去年から彼女の家で働いていた、というのだけは辛うじて本当だが、洗い場も兼任する一番下っ端のハウスメイドだった。

もっとも雇われるときに持参した推薦状には、上流階級の勤め先と立派な経験の数々が並べ立ててあった。実際はレディズメイドどころか、安旅籠の雑役女中しかしたことがない。同じ旅籠の女中兼女給をしながら、女手ひとつでスザンナを育ててくれた母親が二年前に逝くと、その後釜に入ったものの、若い身空でこれでは先が知れている。せめてもう少しだけでもましな暮らしを望んで、代書屋の男に身体を与え、書いてもらった贋の書類だった。

せいぜい真面目に毎日働いて、嘘が露見する前にいくらかでも信用が得られればと思っていたが、鍋磨きのメイドが主の目に留まることなどまずないし、仕事は旅籠のそれとさしたる違いはない。ただ時に手が足りないからと、階上の部屋々の掃除を命ぜられれば、そこはスザンナが生まれて一度も触れたことのない、絹やレエス、香水の香りが立ちこめる別天地で、ふたつの世界の落差に目が眩みそうになる。それまではとにかく真面目に、床で拾った少額のコイン一枚さえメイド頭に差し出していたのに、ふと魔が差した。化粧台の上にこれ見よがしに置かれていた細い金と真珠の指輪を、摘まんでエプロンのポケットに落とした。

ささやかな盗みは見張られていたようにすぐにばれ、メイド頭に叱責されて、今度そんな真似をしたら即座に馘首だといわれたが、それで済んだのかと安堵したのは甘かった。数日後今度は女主人にじきじきに呼び出され、推薦状の嘘を指摘されて、もはや言い訳のことばも思いつかず泣き出すしかなかった。ところが、旅籠の亭主のように罵声を浴びせかけるかと思った伯爵夫人は、意外にも優しい声で、このまま身ひとつで立ち去るか、自分の命じる他の家で働くか選べという。出て行けといわれても、行く場所などあろうはずもない。

「他で働けって、そこであたしはなにをするんですか、身体を売るんですか」

と尋ねて、「馬鹿なことをおいいでない」と失笑された。

「行く先はやんごとない未亡人の家です。アメリカ生まれで、いまは私の持っている家を貸してあげている。おまえはその未亡人に、レディズメイドとして仕えることになります。せいぜい殊勝に身を慎んで、多少のへまは仕方がないけれど、うちでしたような盗みを働く真似は厳に禁じます。何日かしたら私がお客になって訪ねていくから、そのときにやるべきことを伝えます。なにかって、そんなことはおまえがいま気にすることではない。承知するかしないか、それだけです。どうしますか？」

スザンナはなんと答えればいいのかわからず、自分にレディズメイドなんて務まるはずがない、とようやくそれだけいう。

「ほんの二、三日、ごまかしなさいっていうんですよ。それくらいどうにかなるでしょう」

どうにか？　いいや、きっと無理だと思えば、また涙が溢れてくる。ぐずぐず洟を啜りながらうつむいていると、伯爵夫人は閉口したように顔の前で扇をひらつかせて、

「それじゃもう少し話してあげる。これは人助けなのよ。その未亡人は、財産目当てにイギリスの老貴族と結婚して、たった三年で夫を死なせたの。遺族は当然怪しんだけれど、どんな方法で夫の命を縮めたかわからないから、お上に訴え出て罰を与えることもできない。

しかしこのままでは済ませられない。死んだ哀れな父親のためにも、せめてなにか仕返しをしたい。まさか殺すことはできないけれど、女がひどい恥を掻いて、人前に出られなくなるような目に遭わせてやりたい、というのが遺族の願い。そのために、ちょっとした助力をするというのが私の役目で、それをおまえに手伝ってもらいたいのよ」

「じゃ、その人、悪い人なんですか?――」

「そうそう。そりゃ大変な悪女なのよ。でも見た目は虫も殺さないような、生まれながらに銀の匙《さじ》をくわえていたみたいなお上品な顔をしているわ。パリで娼婦をやっていたとは、だれも信じないでしょうよ。それに口も上手いから、なにかいわれても適当に聞き流して、丸めこまれないように注意しなくては駄目よ。だけど怖がる必要はないわ。悪女といったところで、刃物を振り回すわけでもなし、危ないことはなにもないの。いい? わかった?」

繰り返し念を押されて、スザンナはおずおずとうなずいていた。夫人のことばを丸ごと信じたわけではない。だが拒むことはできない。いまここで仕事を辞めさせられたら、また場末の旅籠に舞い戻るしか道はなく、働き続けて、ボロ雑巾のようになって、惨めに死んでいった母の姿を思い出せば、そんな暮らしだけは御免だと、それればかり思ってしまう。

「そう。やってくれるのね。いい子だこと。おまえに危険が及ぶことはないって、それは約束しておきます。それに露見したところで罪になるほどのことでもない、ちょっとした悪戯《いたずら》のようなものなんだから。もちろん上手くやったら、おまえにも素敵なご褒美《ほうび》を上げましょう。そして、望むならまた私のところで、メイド働きをさせてあげますからね」

本当だろうか、と思う。本当のはずがない、とも思う。美味しいこと、耳に甘く響くことばは信じない。それはこれまで二十年の人生で、スザンナの骨身に染みている教訓だ。だからなにをさせられるにしてもいちいち考えこまず、命じられた仕事だと割り切ってしまえばいい。元娼婦なのに娼婦には見えないというなら、メイドなど壁際に置いた箒程度にしか感じない、上品ぶった奥様風なのだろう。それならそれで気が楽だ。

そうして顔を合わせた未亡人、レディ・ヴィクトリアはまるで少女のように小柄な、微笑みも愛らしい女性だったが、見かけで決めては駄目だと、スザンナはおのれを戒めた。人間の外面《そとづら》がどれだけ当てにならないか、というのも、これまで幾度となく思い知らされている。この伯爵夫人にしてからが、レディの前では親切心の化身のような顔をしておいて、その実腹に黒い企みをひそませているのだから。

だがそれはともかくとして、新しい勤め先の仕事はこれまでと較べれば地獄から天国に上げられたように楽だった。通いの夫婦者はのらくらしてろくに働かないが、チャイナの料理人は常に穏やかで意地悪もいわず、他にふたり、やはり最近雇われたという使用人がいて、ノッポの従僕は額と頬にある大きな赤痣《あかあざ》が気味悪かったが、黙々と働くばかりでスザンナとはろくに口を利く機会もない。もうひとりのメイドはこれもひょろりと背が高く、大きすぎるキャップにいつも顔を半分隠しているのもどことなく怪しげだ。だが彼女は、

「汚れ仕事は全部引き受けます。スザンナさんは奥様の相手をして下さい」

というのだから、こんな有り難い話はなかった。

そしてレディ・ヴィクトリアはスザンナとふたりきりになっても、昼のほとんどの時間、静かに本を読んでいるか書き物をしているばかりで、髪結いも服の脱ぎ着も手助けは要らず自分で済ましてしまう。おかげでスザンナはまったくやることがない。楽すぎて暇で困るというのは初めての経験で、だんだん落ち着かない気分になってくる。とうとう恐る恐る、

「ご用事はないですか」

と聞くと、微笑みながらおっしゃる。

「そうね。わたくしがいま一番欲しいのは話し相手だから、お話をしましょうか。じゃあ、ここに来て」

ソファの横を示されて、並んで座れというのかとびっくりしてしまう。

「遠慮しないで。ほら、早く座って。あなたから、なにか話してくれないかしら？」

「は、はい。でも、あの、なにを……」

こんな、息がかかるほど近くに寄るのも初めてだ。やっぱり彼女は、スザンナがまともな侍女などでないことに気づいているのではないか。そう思うと顔が冷たく強張って、心臓がどきどきいって、脇に汗が浮いてくる。どうしよう、どうしよう。

「そうねえ。いま街で流行っているものは？　なにか面白いことは起きてなくて？」

「あ、え、でも。あたしも、そんな街のこととか、奥様にお話できるようなことは、なにも」

しどろもどろにことばをつぐむ間にも、頭が混乱してどうしていいのかわからない。

「それとも、あなた自身のことは？　ご家族はいらっしゃるの？　おうちはどこ？　ずっとヴェネツィアに暮らしているの？」

それはいよいよ話しづらい。家はありません。家族もいません。たったひとりの母親は一日中旅籠の床の上を這いずり回って、客から蹴飛ばされたり、汚れものを投げつけられたり、ぶたれて犯されたり、最後は風邪をこじらせて呆気なく死にました。そんなことはとても聞かせられなかった。

「あのう、すみません。あたしの身の上話なんて、全然面白くも楽しくもないです。お耳汚しなだけですから」

うつむいて、もごもごとそういうスザンナを、レディ・ヴィクトリアは少しの間なにもいわずにじっと眺めていたが、

「だったらチェンバロでも弾こうかしら。いらっしゃい、スザンナ。聴き手になって」

「あ、はい」

「といっても、弾き方をちゃんと習ったこともないの。ただの自己流。子供の頃聞いて、耳で覚えている歌がいくつかあって」

客間に上がると、ぎこちなくぽつぽつと音を拾いながら、それでもレディ・ヴィクトリアはアメリカの民謡だという旋律を弾き、小さな声で歌ってくれる。どれも難しいものではない。単純で繰り返しの多いメロディは、幾度か聴けば覚えてしまいそうだ。陽気で弾むようなリズムのものが多かったが、響きの似た歌をいくつか続けて、最後に歌われたそれは、歌詞は英語で、無論スザンナには意味などわからないけれど、どこか哀愁を帯びて胸に染みるようだった。

「これは、父が好きだった歌なの」

奥様はチェンバロの鍵盤に指を滑らせながら、低く節をハミングする。

「アメリカではよく知られた、フォスターって人が作った歌よ。タイトルは Old Black Joe ——人の名前というか、綽名《あだな》みたいなものかしら。ジョーという名の黒人なのね。歳取って人生の黄昏を迎え、綿花畑に立って暮れていく空を眺めながら、これまでの自分の人生を追想している。陽気な若者の時代は疾うに過ぎ、友達もみんな逝ってしまった。地上を離れて、よりよきところへ旅立った。その友たちが彼方から、優しく自分を呼ぶ声が聞こえる。だから老い疲れた自分も、それに答えて彼らのところへ行こう。そんな歌」

「よりよきところって、天国のことですか？」

「たぶんそうね」

「でも、奥様のお父さんは黒人じゃ、ないですよね？」

そういってしまって、あっ、これってきっと失礼なことだ。怒られる、と身体を縮めた。けれどレディは怒らなかった。

「ええ。でもわたくしの乳母は黒人で、他の使用人も、子供の頃の遊び友達もみんな黒人だったから、顔が白い自分たちの方が変みたいな気がしたものよ。それに、母はわたくしが産まれたときに逝って、父はそれからずっとひとりだった。わたくしは父の歳が行ってから生まれたひとり娘だったから、父はわたくしが幼いときから、自分の老いを感じていて、綿花畑を眺めながら、この歌のジョーに自分を重ねていたのかも知れない。家にいた頃はちっとも気がつかなかったけれど、いまになってそう思うの」

「お父さん、亡くなったんですか？」

「ええ。母も、父も。いまわたくしに身内はひとりもいないの」

ふっとひとつため息をついて、レディはチェンバロの蓋を落とす。頭を垂れ、うつむいたその肩はとても薄くて、そのまま崩れてしまいそうに見える。死ぬ前の母親も、こんなふうだったと思うと、なんだか胸が苦しい。

「あたしもです、奥様」

「そう。あなたもご両親を？」

「父親のことはわからないけど、母さんは二年前に死にました」

「ご病気？」

「はい。朝起きられないといったら、夜には口も利けなくなって、それきり翌日の朝には、もう死んでました。でもなんか呆気なくて、悲しいより信じられなくて、しばらく冷たくなっていく母さんを眺めたまま、ベッドの横に座ってたけど、涙も出ないんです。悲しいのかどうかも、よくわからなくて。薄情な娘だって、人からはいわれましたけど」

そしてその母のことを、今日までろくに思い出さないまま来た。だから本当に、自分は薄情者なのだろう。

「スザンナ」

「はい」

「あなたを、抱きしめてもいい？」

え？　と思った。よく意味がわからなかった。しかしレディはチェンバロの前の椅子にかけたまま、身体を巡らせて両手を伸ばし、スザンナの背に腕を回して抱擁する。娘が母親に抱きつくように、栗色の癖っ毛に包まれた頭を胸に押し当てている。その姿勢のまま、子守歌を歌いかけるように、レディ・ヴィクトリアはスザンナの胸にささやいた。

「あなたは薄情なんかじゃない。人は悲しすぎると、重すぎる雪をかぶった木の枝のように心が折れてしまうから、そうならないためにかえってなにも感じられなくなるの。あなたがそう思いたいなら、それは神様のお恵みだといってもいい。人になにかいわれても、自分を責めては駄目よ。お母様もきっとわかっておいでだわ」

「――そう、でしょうか」

「ええ、きっと。それでも泣きたかったら、泣いていいのよ」

細くて華奢なガラス細工のような、レディの身体。でもそれは驚くほど熱い。身も凍える冬の夜、母と抱き合って、互いの身体の温もりをよすがに眠った記憶がほんのりと還ってくる。ささやく声が母のそれのように思え、スザンナも少し身をかがめながら、レディの背にそろっと腕を回した。マンマ、と声には出さないまま呼んだ。生きてる間はなにひとつ、いいことがなかったけど、その『よりよきところ』でもう床を這いずり回らなくていいなら、きっと幸せだね、マンマ。そしてそうしていると、急に目の中がむずがゆくなってくる。母のために泣けなかった涙が、いまにもまぶたの下から溢れてきそうだ。

しかし、

「悲しいわね。遺された者は、いつまでも。わたくしの夫もそうして逝ったわ」

思わず知らず、ギクリとスザンナの身体が強張った。出かけた涙が止まってしまった。

「聞いてくれる？　スザンナ」

「は、はい」

「わたくしが夫の財産目当てで結婚した、というのは絶対違う。それだけはなにに誓ってもいい。でもいくらそんなことはしていないといっても、かけられた疑いは消えないでしょう。たぶんこの先もずっと。そして結婚する以前から、わたくしがあの人を愛していたのは本当。ロンドンに夫人とお子さんたちがいるのは百も承知で、彼を自分ひとりのものにしたいと望んだのも本当。だからどれほどあの人の家族から憎まれても、それを不当だとはいえないの」

翌日、伯爵夫人が午後の訪問に現れた。家のすぐ脇の船着き場にゴンドラを寄せて、侍女も連れていない。首の周りの輪を重ねたような贅肉に、今日は首飾りの金鎖が食いこんでいる。数日ぶりに目にする、その肥えたるんだ顔に身震いするような嫌悪感を覚えて、スザンナは頬を引き攣らせていた。

着てきたコートを預かるとき、

「どう、スザンナ。レディ・ヴィクトリアにちゃんとお仕えできている?」

聞こえよがしにそんなセリフを口にしながら、こちらを見て意味ありげな視線を送ってくる。両手でスカートの左右を摘まんで、せいぜいうやうやしく膝を折り、頭を垂れてみせたが、

「なんですか。返事はきちんと口に出してするものですよ。不作法な」

叱責と同時に、畳んだ扇で鼻先を打たれた。痛みに声を呑み、涙目になってしまう。悔しい。腹立たしい。情けない。もうこの女のいうことなんか聞きたくない。ハウスメイドがお茶の盆を手に入ってくる。ちらっと一瞬こちらを見たが、なにもいわない。広い客間の向こうで話しているレディと伯爵夫人は、壁際に立っているスザンナの方になど視線も向けない。

(レディ・ヴィクトリアは伯爵夫人なんかよりずっと、ずっといい人だ)

スザンナは思う。

(でもいま伯爵夫人に逆らったら、きっと夫人はあたしが盗癖のある、おまけに推薦状を偽造したインチキの侍女だとばらしてしまうだろう。そうなったらもうここにはいられない。レディにしたってどこまであたしを庇ってくれるかわからない)

(そうさ。いくらいい人だって、やっぱりお偉い方ではあるんだもの)

スザンナ自身意外だったが、あれこれ考えを巡らせていると、女主人としては変わっていすぎるレディ・ヴィクトリアのことが、だんだんと不安に思えてくる。伯爵夫人は大嫌いだし、最初から信用できないが、信用できないという点だけは間違いなくはっきりしている。その点あのレディは信じたい気持ちが湧く分、裏切られるのが怖い。助けてくれるだろうと当てにして、あっさり袖にされたら崖から落ちるだけだ。目に見えている嫌な沼と先の見えない奈落。だったら見えているものの方が、覚悟できる分いくらかましではないだろうか——

夫人がレディ・ヴィクトリアに向かって、心のこもらないお世辞まぶしのおしゃべりを続けている間、スザンナはずっとそんなことを考えていたので、思いがけず時間が経っていたのにも、気がつかなかった。

「スザンナ、お帰りよ。下までお見送りしてくれる?」

そう声をかけられてあわてて壁から背を離す。伯爵夫人が中庭への階段を降りながら、

「居眠りでもしていたの?　よほど居心地が良いようね」

せせら笑ったが答えなかった。不愉快で口を利く気にもなれなかったのだ。しかし街路への扉の前まで来ると、夫人は表情を改めた。

「椅子の上に手袋を忘れてきたわ。取ってきて。私はゴンドラに乗っているから」

無論それはスザンナを、ゴンドラまで来させるための口実だった。狭い船室に入ると、手袋と引き換えに、指ほどの太さの硝子瓶を手の中に押しこまれた。

「毎晩寝台横の小テーブルに、レモン水の水差しが置かれるでしょう。そこにこの瓶の中身を入れなさい。残さず全部よ。色は透明だし、特別な味もないから気がつかれる恐れはないわ」

「なんなんですか」

「だから、前にいったとおりただの悪戯よ。心配するほどのものじゃないから」

本当だろうか。これだけの手間暇をかけて、ただの悪戯だなんて。でも、それを水差しに入れるのはあたし。もしも見つかったら、捕まるのもあたしだ。想像しただけで身体が震える。口の中がからからになって、息が荒くなってくる。すると夫人の目がぎろりと光った。

「スザンナ、馬鹿なことを考えてるんじゃないでしょうね」

「馬鹿なことって、なにか、わからない、です……」

「私の命令に従わずに、それを捨ててしまうとか、なにもせずに逃げ出そうとか、考えているのじゃない？」

畳んだ扇で顎をぐいと持ち上げられ、正面から顔を見つめられた。ぶるぶる震えて、泣きそうになっている顔を。

「いちいち馬鹿のように泣くのはお止めというのよ。気がつかれてしまう！」

怒鳴りつけられて、ヒッと喉が鳴った。

「いいかい、スザンナ。あの家にいる私の手の者はおまえだけじゃない。死の天使って呼ばれてる殺し屋を頼んであるんだよ。おまえが命令どおり動くかどうか見張って、おかしなことをしたらおまえの喉を切り裂くように命じてある。だからおまえは私に逆らうわけにはいかない。今夜のうちに必ずレモン水にその瓶を空けて、明日の朝なにが起きたかその目で見届けて、それから私のところに知らせに来ること。いいね。わかったね。わかったら、わかったとおいい。本当に愚図だね、おまえは。いま、顔はぶたないでやるけど」

肩を摑まれ袖をめくられて、二の腕の皮膚を思い切り、痣になるほどつねり上げられた。
「痛いかい？　喉を裂かれて死ぬのはもっと痛いよ。だったら二度と痛い思いをしないで済むように、私のいったことを肝に刻むんだよ！」

そして、その夜だった。邸内が寝静まる真夜中過ぎ、スザンナは屋根裏に置かれた自分の寝台から足音を殺して忍び出た。隣のメイドはとっくに眠りこんだらしく、膨らんだ毛布は動く様子もない。渡された薬瓶は手の中にある。しかしスザンナはこのときまだ、自分がどうするつもりか心を決めていなかった。揺れ続けて止まらない天秤ばかりのように、ひとつ考えが決まりそうになれば必ず反対側が動き出す。そして結局のところ、考えるほどに思いは元の方へ、どれだけ憎たらしく大嫌いでも、ここは伯爵夫人の命令のとおりにするしかない、というところへ戻っていくのだった。

だって仕方がないではないか。スザンナは吹けば飛ぶようなこの身ひとつの女で、身分も財産も守ってくれる味方もいない。その上盗みをしたという弱みを握られている。レディ・ヴィクトリアは外国人で、なにもなければその内ヴェネツィアを去って行く。約束をしてもらったわけでもないのに、彼女が自分を助けてくれると当てにするのは愚かだ。

（それに、殺すわけじゃないっていった。つまりこれは毒なんかじゃない。ほんとは毒で、あたしが犯人として捕まったら、だれに命令されたか全部しゃべってしまうもの。そうしたら伯爵夫人だって困るだろう。それくらいわかりきってるんだから。ああ、でも、そのときのためにも殺し屋がいる？　うまく行っても行かなくても、あたしの口を塞ぐために？）

スザンナは必死で自分に言い聞かせる。

(大丈夫さ。これでも運は強いんだ、あたし。いままでもどうにか生きてきたんだから)

(あの伯爵夫人だって悪魔じゃないし、あたしなんか殺したってなんの得にもなりゃしないのに、そこまでひどいことはしないよ)

(ただの脅しかも知れないし)

(そうだよ。死の天使なんて、子供欺しの噂話じゃないか)

(大丈夫。きっとなんとかなる——)

まじないか祈りのことばのように、大丈夫、大丈夫と胸の内で繰り返しながら、足音を忍ばせて二階の廊下を歩き、寝室のドアをそおっと開く。暖炉の火はすでに消えていたが、あまり広くない室内にはまだぬくもりが残っている。まさか明かりをつけるわけにはいかないが、真っ暗でも寝台回りの様子はしっかり覚えこんでいた。朝はお目覚めの時刻に寝室のカーテンと天蓋の垂れ布を開いて「おはようございます」と声をかけ、夜は「お休みなさいませ」といって垂れ布を引き明かりを消す。それがレディズメイドの仕事だから。

垂れ布の中はもうひとつの部屋のような広さで、大きな寝台の左右に小机や衣裳櫃、小振りの本棚まで備えられている。手前の丸い小テーブルには、燭台と並べて置いたナプキンをかぶせた盆。数時間前にあのメイドが厨房から運んできたのを、スザンナが受け取ってここに置いたのだ。そして用の無いことを確かめて、挨拶して蝋燭を消した。その場で瓶の中身を入れることも考えたが、レディがまだ寝ていないと思うとそれも恐ろしかった。だからといって、いまからすることが容易いわけでもない。

寝具の中からは安らかな寝息が聞こえていたが、そちらは見ないようにする。心が揺れて、手元が狂いかねないから。しかしナプキンをめくって、栓を抜いた硝子瓶を水差しの上で傾けると、どうしようもなく手が震えた。瓶の口が当たってカチッと音を立て、息が止まりそうになる。それでもどうにかやりおおせ、垂れ布をすり抜けて出た。だがその瞬間、人影が目に入ってスザンナはその場に凍りついた。小さなオイルランプを手にして、扉を背に立っている者。口が開いて、そこから意志とは関わりなく、かすれた悲鳴がほとばしりそうになる。

だが、

「静かに」

ささやくような叱声と同時に、伸びてきた手がスザンナの口を押さえた。それは、あのメイドだった。左手に提げたランプから放たれる黄色い光が、斜め下からその顔を照らし出している。しかしこれまでと違って見えるのは、いつもかぶっていた大きすぎるモブキャップを脱いでいるからだ。隠れていた黒髪は耳の上で短く切られ、白く小さな、練り粉で作ったような無表情な顔も、少女というより少年のように見える。そしてガラス玉のように青い、強い光を孕んだふたつの眼。その眼の冷ややかさがスザンナを戦慄させる。

この痩せた男の子のようなメイドが、伯爵夫人から遣わされたもうひとり、見張り役の殺し屋なのか。逃げよう、せめて後ろに下がってこの手を振り切ろうと思うのに、両脚は棒のように強張り、力の抜けた膝がわなわなと震えるばかりで、ただの一歩も動かせない。気がつくとオイルランプは足下の床に移り、手の中から伯爵夫人に渡された瓶が抜き取られていた。

「やったのか」

口を押さえられたまま尋ねられ、必死に首を縦に振る。命じられたことはやり遂げたのだから、この後なにがあろうとスザンナに責められるいわれはない。

「なるほど、空だな」

目の前に持ち上げられた瓶が軽く振られ、栓を抜かれた。メイドは逆さにした瓶の口に指先を当て、その濡れたところに舌先を触れさせると、「毒だ」低くいう。

「知っていたのか」

口にかかっていた手が緩んだので、かすれた声で聞き返した。

「毒って、でも、死ぬほどじゃないんでしょう？」

「死ぬ。これだけあれば、十人は確実にあの世に送れる」

「う、そ」

ひやっと胸が冷たくなる。その一方で、やっぱりとも思っている。だが、否定した。

「あたし、知らないよ、そんなの。マダムはただの悪戯だっていってたもの」

「信じたのか」

「だって、あたし……」

「脅されたか。命令されて仕方なく、か。おまえはこの家のレディになついていたから、やらないのではないかと思ったがな」

嘲るようにいわれて、カッと顔が熱くなった。

「あ、あんただって、伯爵夫人に命令されたんでしょ？　あたしのこと、ちゃんとやるかどうか見張って、そして最後にはあたしも殺す気で――」

「大きな声を出すなッ」

また口を塞がれた。指先が頬に食いこんで痛い。青い双眼が正面から迫ってきて、押し殺した声がささやいた。

「よく考えろ。俺に依頼したならおまえは要らない。なんで二度手間をかける」

スザンナはことばを呑みこんだ。そういわれてみれば、そうだ。

「依頼主は未亡人の死んだ夫の遺族だ。そしてあの女が素人のくせに殺しを請け負った、目的は金に決まっている。おまえを使ったのは安上がりだったからだ。俺は、高いからな」

(じゃ、あんた本物の殺し屋? でも、伯爵夫人は金持ちなのに……)

声は出せなかったが、スザンナの目に浮かんだ疑問をメイドは文字を読むように読み取って、その後半にだけ答えを与える。

「あの女が今日身につけていた金細工は、すべて安物の鍍金《メッキ》だった。派手な暮らしぶりは以前のままでも、借りられる金は借り、掛け売りも利かなくなって、手元の装身具を売り食いするしかなくなったとしたら、内証はかなり苦しいだろう」

(そんなのって——)

口を塞がれたまま、スザンナは小さくかぶりを振った。なんてことだろう。自分には目が眩むように思えた伯爵夫人の富は、見せかけだけの砂の城だった。それじゃたとえ指示されたとおりのことをやりおおせたとしても、褒美などもらえるはずがない。メイド務めを続けさせてもらっても、給金だってまともに支払われるか危ういものだ。欺されたんだ。身体から力が抜け、腹立たしさと悔しさと情けなさがこみ上げてくる。

「それでもこの街には、あの女のために手を汚す悪党はまだ何人もいるだろう。おまえはよけいなことを知りすぎている。命が惜しいなら今夜の内に逃げることだ。身支度してどこかで隠れて朝を待って、駅から始発列車に乗るがいい」

ヴェネツィアの外になど、生まれてこの方一度も出たことがない。いや、それよりも。

「あたし、お金ない」

失笑されたらしかった。

「俺の寝台に丸めた外套の隠しに、革財布が入っている。持って行っていい」

「くれるの？」

「ああ。大した金額じゃないが、当座の汽車賃には足りるはずだ」

見返りもなしに、ただ金を恵んでくれる者がどこにいる。これもなにかの罠ではないか、とは思ったけれど、いまここで自分を欺したところでなんの得もあるまい。そしてとにかく、殺されないためには逃げるしかない。それだけは理解した。

「できるだけ、物音足音を立てるな」

すっと離れられて、礼をいうべきかどうか迷ったが、その代わりに出てきたことばは、

「あのさ、あんたって、女？　男？」

無言のまま、さっさと行けというように顔を一振りされて、「わかったよ」と口の中でつぶやいた。なにも知らないで眠っているのだろうレディの顔が、一瞬心に浮かぶ。背に回された腕の熱さと、花のような髪の香りを思い出す。甘美な魔法のような一瞬。だがその面影もいまは、スザンナには別の世界の人だった。

5

扉に向かって小走りに歩き出したスザンナは、その途中で首を巡らせて、閉ざされたままの寝台の垂れ布に目をやった。なにかいうかと見えたが、口は開かずに出て行った。階段を上がる足音を聞きながら、寝台の垂れ布の中に滑りこむ。小テーブルの上の水差しを取り上げて、外に出ると大運河に向かう窓を細く開いた。町並みの上に広がる空はいまだ未明の闇に包まれているが、水上を行くゴンドラの姿はない。

水差しに顔を近づけて、レモン水に混じる明らかな異物の臭いを確かめてから、そっと音を立てぬように中身を運河に捨てる。空でも念のため、ここに置いておかぬ方がいいだろう。窓を閉めてそのまま部屋を出ようとした背に、シュッという音がした。マッチを擦る音だ。振り返ると火を点した燭台を手に、垂れ布の中からレディ・ヴィクトリアが歩み出てこようとしていた。髪は解いて肩に垂らしているが、寝間着は着ていない。昼の服、それも動きやすそうなスカート丈が短めのドレスに、靴も履いている。

「嬉しいわ、来てくれて。でもスザンナを逃がすならせめて朝になってから、そして駅まで送っていって、列車に乗るまで手を貸してあげるべきではなくて？」

「いきなりメイドの心配ですか、レディ」

腹立たしげな答えが口を突いて出た。

「俺がここにいる、ハウスメイドとして数日前からお宅に入っていたことに、驚きはないというわけですか？」

だがためらいもない足取りで近づいてきながら、レディは楽しげに目を輝かせる。

「だから嬉しいわっていったでしょう？　それにあなたの姿はちゃんと見ていましたもの。服装を変えてモブキャップで顔を隠していても、身体つきまでは変えられない。いつ話しかけてくれるか、ずっと待っていたのよ」

「では、俺の目的もわかっているはずだ」

「死の天使アズラエルが落としていったあの短剣を、取りに来たのね」

「部屋の掃除のときに探したが、居間、寝室、客間、どこにも見つからなかった」

「身につけていたわ。だって見つけたらあなたは行ってしまうでしょう？　ちゃんとここに来て貰えるように、あちこちであの短剣を見せて、知っている人がいないか訊いて回ったのに」

「なにが目的です、レディ。俺を捕らえようとでも？」

「いいえ、そんなこと。ただ、もう一度あなたに会いたかったから」

「ですから、それはなんのためだと訊いている」

眉間に縦皺が寄るのがわかる。唇が苛立ちを噛み潰すように開いて、また閉じる。スザンナと話している間にはまったく揺るがなかった仮面のような頬に、血の色が薄く昇ってきている。

「それはもういったわ。あなたに会いたかったからだって。あなたと話したかった。あなたのことを知りたかった。信じてくださる？」

目が見開かれた。口が「馬鹿な」と動いたが、声にはならない。本気で呆れている。あるいは嘲弄されているのかと、真意を掴めぬまま当惑している。

「俺が、イギリスのシーモア子爵家に雇われてあなたを殺しに来た、とは思わないと？」

「思わないわ。だっていまあなたがスザンナに話していたとおり、わたくしを亡き者にしろという依頼を受けたのは伯爵夫人でしょう？　ええ、もちろん気がついていてよ。だって、夫人がロンドンの弁護士からだといって持ってきた、それがそもそも大して出来の良くない贋手紙だったの。うちの執事をわたくしから引き離して、新しい使用人として自分のメイドを入れて、その子に毒を盛らせる。それなら余分な経費はほとんどかからない。約束された報酬はそっくりそのまま伯爵夫人のもの。なかなかの倹約家ね。

それにチャールズ・シーモアの長男で跡継ぎのトマス・シーモアは、わたくしを大層嫌っていることは確かだけれど、いたって真面目でとても道徳的な、誇り高き堅物なの。いくら自分の利益になるとしても、大英帝国の選良のひとりとして、法に反する手段は執らない。加えて怪しげな人間を使って、非合法な犯罪行為を犯させたりしたら、弱みを握られてあとあとろくなことにはならないと、気がつく程度には賢明さを備えている。

次男のジェームズとはこの前に会ったけれど、彼もそういう陰謀家のタイプではない。自分の暮らしが一番大切で、子爵家の名誉といったことにはおよそ関心が無いのね。だからこの一件の依頼主は、会ったことはないけれどたぶん嫁いだ彼らのお姉様がた。わたくしがロンドンに来る前、異国の地で始末を付ける方が安全だろう。間違っても子爵家に累が及ばぬように、でもそのための費用は惜しまぬ、とまではいえない。

なぜって既婚女性の個人財産は夫の権利に帰属する、というのがイギリスの法律だもの。夫の知らない宝石のたぐいを質に入れて資金を作るとしても、安く済むに越したことはない。女性らしい慎重さと経済観念といいたいところだけれど、間に人を通せば通すほど出費は嵩《かさ》んで、あなたのような専門家に依頼するわけにはいかなくなった。だから、この先わたくしの周囲でなにが起きるにしても、それは死の天使アズラエルが受けた仕事ではない。あなたたちとわたくしがあのとき出会ったのはただの偶然。わたくしは安心してそう思うことにしたの」

「当然だ」

低く答える声。

「俺の仕事なら貴女はとっくに死んでいる」

「死の天使、アズラエル。それはジャックとジル、ふたりでひとつの名前？　あなたがジャックなの？」

「あまり訊かぬ方がいい。聞けば、貴女を生かしておけなくなる」

「だったらなぜあのときは、わたくしを助けてくれたの？」

「助けたわけではない」

「それは嘘ね。あのときジルは、素手でわたくしの目をえぐろうとした。ディーンに打たれた右手は利かなくても、左手ひとつでわたくしを殺せたでしょう。あなたが止めなければ」

「仕事でない殺しは、しない」

「あなたはそう。でもジルは違う。わたくしという新しい獲物が現れたのを見て、むしろ大喜びしていたわ。違う？」

レディ・ヴィクトリアは大股に距離を詰めてくる。蝋燭の明るさに目を射られ、すり足に下がりながら、「違わない」と答えた。訊かれたことに答える必要など、ありはしないのに。

「ジルは殺しを楽しむ。血に酔う。自分と俺を危険に晒しても。貴女に見られたところで、さっさと逃げれば良かっただけのことなのに」

「ジルはあなたのきょうだいなの？」

「ああ。ジルが貴女を手にかけたら、貴女の召使いがジルを殺したろう。俺とあの男が正面から闘えば勝敗は五分。無用の流血は避ける方が利益が大きい。だから止めたのだ。貴女を助けるためではない」

「でも、結果は同じよ」

「それより前に、わけのわからぬことをしたのは貴女だ。なぜというならこちらこそ訊きたい。貴女はなぜ召使いの前に飛び出して、彼が撃たれるのを止めようとした」

「なぜですって？　どうしてそんなことを訊くの？」

彼女は面食らったように訊き返した。

「ディーンは大切な人よ。わたくしの無分別で彼を危険な目に遭わせて、殺されるかも知れないのにどうしてじっとしていられて？」

「では、あの男は貴女の愛人か」

するとレディは目を見開き、叫ぶような声を上げた。

「なんですって？　なんて馬鹿なことをッ」

その顔が朱を注いだように赤らんでいる。恥じているのではない。怒っているのだ。

「わたくしが男性として愛したのは、師であり夫となったチャールズ・シーモアただひとりです。ディーンはチャールズの従者で、いまはわたくしの執事。でも彼もまたかけがえのないたったひとり、たとえ血は繋がっていなくとも、わたくしの家族です。そして家族を守るのは家長の責務。それのどこがわけがわかりませんか」

「家族を守るのは、家長の責務」

鸚鵡返しに繰り返していた。

「そうなのか」

「わたくしはそう信じています」

「血の繋がらない、金で雇った召使いでも、貴女の家族か」

「ええ、わたくしにとっては」

「わからない。血の繋がりというのは、特別なものではないのか」

自分はそう教えられた。鞭と怒号で叩きこまれた、といってもいい。血は絶対。親は子の絶対。主は召使いの絶対。それが真理だと。

「貴女は親を亡くして、血の繋がった家族がいないから召使いを家族と呼ぶのか？」

「家族の代用品として？　いいえ、それは違うわ。だれも、だれかの代わりにはなれない」

今度は彼女は怒らなかった。むしろ微笑んで、少し寂しげにかぶりを振った。

「人はそれぞれみんなが特別のひとりで、ディーンはチャールズではない。そしてわたくしたちに血の繋がりはないけれど、愛と信頼という血に勝る絆がある。むしろそれこそが尊い、特別なものだとわたくしには思える」

「俺とジルにも父親がいた。血の繋がった実の父親だ」

口が動く。いうつもりのなかったことばが、勝手にこぼれ出す。

「だがあの男が、俺たちを守っていたとは思えない。俺たちはあいつの握る鎖の先に繋がれて、始終鞭で追われ打たれ怒号を浴びせられて、芸を仕込まれる獣の仔だった。命令に従っていたのはただ恐ろしかったからだ。逆らえば死ぬほどの目に遭わされるとわかっていたからだ。それでも、ジルがいたから俺は生きていた。ジルだけが、俺の」

俺のなにと続ければいいのか、わからなくなってことばが途切れる。半身。心の通ずるもの。以前は確かにそうだった。父親の鞭の下で生き延びるために、互いをかばい合っていた。しかしいまでもそうだといえるだろうか。

レディは着ている服を探り、腰のところに隠しポケットがあるのだろう、そこから三日月の形をした短剣を取り出す。刃には鞘の代わりに、革の端切れを巻き付けてあった。

「ジルが持っていたこの短剣、柄の細工が本当に美しいわ。孔雀の尾羽のような、これは生きる人間の数だけ目の文様が浮かんでいるという、アズラエルの翼を表しているのかしら」

その短剣は父親の持ち物だった。ジルが欲しいというから最後に奪ってきたのだ。だが、

「ジルは、短剣はもう要らない、取り戻さなくていいといった。あれがなくても殺しはできる、凶器は選ばないと。だが俺は、貴女の手元に殺しの証拠があるのはまずいからとジルに言い聞かせ、伯爵夫人が働かせようとしたメイドに怪我をさせて、代わりにここへ入りこんだ」

「では、あなたの本当の目的は、この短剣ではないということ?」

そうだ、と答えることには抵抗があった。無言のまま、ひとつうなずいた。

「では、どうしてここに？」

「わからない」

答えをごまかすつもりではなく、本当にわからない。

「ただ、貴女がどんな暮らしをしているのか、どんな人間なのか、知りたかった。召使いなど、擦り切れれば捨てて取り替える雑巾のようにしか思っていないはずの上流階級の人間が、なぜあんなことができたのか、不思議でならなくて」

「わたくしに、関心を持ってくれたと思っていいのかしら？」

「さあな」

答えながら、胸の中でじりじりとくすぶる焦りがある。こんなことを話すべきではない。赤の他人に心を許し、理由もなく真情を吐露するなどあっていいはずがない。ジルも行くなといった。短剣なんてどうでもいい。どうしてあんな女のことを気にするんだと、歯を剥いた。

気になどしていないと答えた。ただ目の前で見たあの女の振る舞いが不可解で、それが指に刺さった小さな棘《とげ》のようにいつまでも不快なだけだ。それを解消するために、納得が行く答えが欲しい。納得が行けば、頭から消してしまえる。

「嬉しいわ。どんな種類の関心でも、無関心よりずっと」

楽しげに返されて、カッと顔が熱くなる。怒りだった。十も歳上ではないだろう、自分より背も低い少女のような女の手のひらで、転がされている気がした。

「間違えないでもらいたい。これは好意なんかじゃない。この先貴女が俺たちの邪魔をするつもりなら、命はもらう」

軽く膝を折って身を沈めざま、右手で持っていた空の水差しを足下に転がす。レディの視線がそちらに向いた刹那、跳ねるように身体を起こしながらその手にしていた短剣を奪い取る。刃に巻いた革を振り払って、切っ先を彼女の喉に向けた。あと一歩踏みこんで右手を一振りすれば、細い喉に走る血管は断ち切れる。しかしレディは逃げるそぶりもない。刃の前に急所を晒しながら、褐色の双眼は凜として小揺るぎもせずにこちらを見つめている。

「脅しだと思うのか」

「思わないわ」

「だったら――死にたいのか」

「いいえ。わたくしの望んだのは、あなたともう一度会うこと、あなたを知ること、そしてふたりで話をして、あなたにもわたくしを知ってもらうこと。その結果あなたがわたくしを生かしておけないと思うなら、それはそれで仕方がない。でも決して死は望まないから、最後までわたくしはあなたを見て、わたくしのことばであなたに語りかけるわ。わたくしの信じていることを」

「召使いが家族で、自分の命を賭けても守るというそのたわごとを？」

「ええ。わたくしの執事、ディーンも驚いていたけれど、それが口先だけでないことは証明できたでしょう？　わたくしにとって彼らを守ることと、自分を守ることは同じなの」

レディ・ヴィクトリアの目には、おのれのことばを確信する者の真摯《しんし》な光が満ちている。そのことだけは疑えない。だが――

「止めろ。貴女のことばは毒だ」

差しつけていた短剣を下ろして、ようやくそれだけ答えた。

「主人と使用人が互いに信じ合い、互いを守る家族だと？　そんな絵空事を信じろというのか。その空手形で、俺からなにを手に入れようというんだ」

一度ことばを切って、「そら」と頭の上を顎で示した。梁と化粧板の天井のさらに上、三階の客間で、足音を忍ばせて歩いている足音が聞こえる。

「わかるだろう、だれが立てている音か」

「スザンナが？」

「他には居るまい。逃げ出しがてらの駄賃に、なにか金目の物があれば持って行こうと物色しているのだろう」

「まあ。でもあの部屋にろくなものはなかったわ。金鍍金の燭台とか大理石の花瓶とか、見かけは派手でも重いばかりで、大したお金にはならないのじゃないかしら」

レディのおっとりしたつぶやきに、苛立ちが増した。怒りに顔が火照った。

「お人好しもいい加減にしたらどうだ、レディ・ヴィクトリア。いくらきれいな夢物語を描いてみせたところで、だれもそんなもの信じやしない。あれだけ目をかけて楽をさせてやったスザンナも、結局は伯爵夫人に命じられたとおりあんたに毒を盛って、逃げ出すとなればああして、ことのついでにこそ泥の真似を働くんだ。愛と信頼？　笑わせるなよ。主は可能な限り安い給金で使用人をこき使い、使用人は隙あれば主の懐からちょろまかす。片や権力、片やごまかし。それが現実だよ。失望しただろうが！」

叫んで身をひるがえそうとした。だができなかった。燭台を壁付けの小卓に置いたレディは、すばやく両手を伸ばしてジャックの左手を取り、握りしめていた。

「わかっています。スザンナとは時間が足らなかった。たぶん、わたくしの努力も。でも、だからといって失望なんかしない。あなたにも否定はして欲しくない。わたくしが望んでいるのは、あなたもわたくしの家族になって欲しいということなのよ」

「俺を?」

「ええ」

「あんた、正気か」

そういわずにはいられない。

「まさか信じていないんじゃないだろうな。俺は人殺しだ。金をもらって人の命を奪うのが生業《なりわい》の。そんな人間になにをさせる気なんだ。殺して欲しいやつがいるのか?」

「いいえ。どんな悪人であっても、殺すことが正しいとは思わない。でもそれは、殺される人を憐れむからではないの。顔も名前も知らない他人の死に、心底胸を痛めたり怒ったりできるほどわたくしは倫理的な人間ではない。わたくしが思うのはあなたのこと。人を傷つければあなたが傷つく。人を殺す凶器はあなた自身を殺す。だからそんな仕事は止めにして、わたくしと来て欲しい。もうこれ以上あなたが罪を犯さないで済むように。あなたがわたくしを守ってくれ、わたくしがあなたを守れるように」

摑まれた手を振り切ろうとした。しかしそのことばを疑いながら、それ以上の強さで信じたいと願っている自分を感じた。だからかえって強くかぶりを振った。

「そんなこと、できるわけがない」

「ジルがいるから?　あなたたち、ふたり一緒でいいのよ?」

即座に「無理だ」とかぶりを振った。

「貴女のことばを知ったなら、あいつは貴女を殺す」

ジルは子供のときから、他人に一切気を許さない。自分のものをだれとも分け合わない。心高ぶればジャックのことばさえ耳に入らなくなり、肉食の獣のように歯を剥いてだれかれかまわず襲いかかる。どんなに厚遇されたところで、見知らぬ者の輪の中に身を落ち着けられるはずがなかった。

「そうね。きっとわたくしはジルにとって、だれにも増して許し難い敵になるのでしょうね」

うなずきながらも、彼女はジャックの手を握って放そうとはしない。

「承知でいっているのか」

「ええ。わたくしはあなたに、血を分けたきょうだいより、自分を選んでくれといっているの。ひどい女よね。他人の話ならわたくしだって、ジルに同情するでしょう」

レディ・ヴィクトリアは「でも」と囁くように続けた。

「これは賭けだったの。あなたが来てくれ、わたくしと話をしてくれるか、わたくしのことばに耳を貸してくれるか。もともと勝ち目は薄いと思っていたわ。そしてあなたは何日も、わたくしに近づいてこようとはしなかった。あなたが来たのは、ジルを招き入れるためかも知れない。ジルがわたくしの喉を掻き切りに、寝室へ忍んで来るかも知れないと思えば、さすがに落ち着かなくて、毎晩よく眠れなかった。でもあなたは来てくれた。わたくしとことばを交わしてくれた。そしていまもそこに、わたくしの手の届くところにいてくれる。だからいまは、かえって少し怖い。嬉しすぎて」

レディの頬が美しく紅潮し、見つめる目は蝋燭の炎を映して明るく輝いている。そのことばを疑うつもりは、すでになかった。胸の奥で不意に声がした。

(嬉しい)

(請われて、求められて、嬉しい)

(貴女に——)

ジャックは狼狽し、強い口調で言い返していた。

「貴女はまだ、賭けに勝ったわけじゃない」

「わかっています。でも、命のためでも捨てられないものがある」

「この俺と、貴女の命を天秤にかけているんだと？　だとしたら、貴女は正気じゃない」

「仕方ないわ、恋ですもの」

「恋——」

あまりに唐突なそのことばに、耳を疑う。なにを言い出すんだ、この女は。しかし彼女は目を見開いて、大きくゆっくりとうなずいてみせる。

「ええ、愛ではなく恋。こんな感情をわたくしは、これまで知らなかった」

「貴女は死んだ夫を愛していたといった」

「そう。死んだ夫はわたくしを導く師で、支えてくれる腕で、守り包んでくれる胸だった。早くに亡くした顔も覚えない母と、死に目に遭うこともできなかった父の代わりに、心のすべてを注いで愛してくれた人。彼を愛して、彼に愛されて、わたくしはいつも心満たされ、幼子のように幸せだった。

でも、彼は逝ってしまった。彼の愛の思い出はいまもこの胸に燃えているけれど、思い出は思い出、記憶は記憶。それだけでは生きられない。生きている意味も無い。わたくしはほとんど死にかけていた。あなたと出会うまで。

いまも夫が生きていたなら、あなたに惹かれることはなかったでしょう。むしろ恐れて目を背けたわ。でもわたくしはあなたと遭ってしまった。あなたは彼とはまったく違う。あなたを前にしてわたくしの胸に湧いてくるのは、彼への愛とは全然別のものなの。

それはきっとわたくしと出会う前の若いチャールズが、不毛の沙漠や極地の海に魅せられて、無謀な旅を企てたときと似ているのだわ。あなたはわたくしを不安にする。北からの凍えた風のように刺し貫く。わたくしを揺さぶり、突き動かし、炎のように駆り立てる。けれど、そのために命を落とすとしても、わたくしはあなたを求めずにはいられない。あなたが欲しい」

レディ・ヴィクトリアの目の輝きがジャックを貫く。その声が熱く額を打つ。北からの風は貴女の瞳だ。炎は貴女の舌だ。食い入るように見つめる褐色の双眼が自分を呪縛し、波濤のように押し寄せてくる声が全身を包み引きさらう。

貴女は渦巻く海の難所カリュプディスの島に棲んで、金羊毛を求めるアルゴー船の英雄たちや、航海者オデュッセウスを魅了し、餌食にしようとしたセイレーンのようだ。女の顔に鳥の身体と翼を持ち、空を翔け、妙なる歌声で船乗りたちを酔わせる、女怪セイレーンだ。その思いが唇を動かし、いつか声になっていたのか。

「セイレーン?」

それを聞き取って彼女は微笑んだ。

「料理人のリェンさんが教えてくれたわ。わたくしがこんなにもあなたに惹かれるのは、魂が呼び合っているから。生まれる前のわたくしたちは、互いに翼を連ねて飛ぶ鳥だったのだろうと。チャイナにはそういう伝説があるというのだけれど、あなたとわたくしならきっとただの鳥ではない。ふたりともがセイレーン。ね、素敵ではない？」

「そんな世迷い言を信じるなら、やっぱり貴女は正気じゃない」

答えながら、ついクスッと笑いを洩らしてしまった。それから、笑ったということに自分で驚き、思わず口元に手をやった。だが、そんなことに驚いたのがなんとも滑稽に思え、喉の奥から湧いてくるくすくす笑いが止まらない。

人前で笑うなんて、いったいどれほど振りだろう。いや、もしかしたら生まれて初めてかも知れない。笑いが他の動物にはない、人間だけの特質だという説を聞いた覚えがある。ならば自分はこれまで人間ではなかった。たったいま、卵の殻を割って孵《かえ》ったように、人間になれたということか。そんなことを考えてしまうのも、セイレーンの魔力に狂いかけているからか。

「どうやら俺も、正気ではなくなりかけているらしい」

「そうね。恋は月の女神《ルナ》の領域ですものね」

レディ・ヴィクトリアはほんのりと微笑んで、もう一度ジャックの手を取り指を絡める。

「でも嬉しい。やっと見られた」

「なにが」

「あなたの、笑顔。とてもきれい」

だが、そのとき――

銃声がふたりの耳を貫いた。一発、少し間を置いてもう一発。

6

「どこからかしら。外だわ。でも、そんなに遠くはない」

ヴィクトリアはつぶやいたが、ふと見るとジャックの目が大きく見開かれている。

「俺の、銃だ」

「銃声に覚えがあるの？　ここへは持ってこなかったわね？」

「ああ、置いてきた」

走り出したのはふたり、ほとんど同時だった。だが一足早く廊下に飛び出したヴィクトリアは、立っている長身の影に向かって命じる。

「外よ。ディーン、確かめて！」

顔に赤痣のある従僕は、いうまでもなくロンドンに向かって旅立ったはずの執事ディーンだ。

伯爵夫人の持参した贋手紙は、彼をヴェネツィアから遠ざけるのが目的だと推測できたから、その裏を掻いてひそかに戻ってきて、別人として再びこの家の使用人になった。家内の動きを大人に洩らしているだろう、使用人夫婦の目を欺くために。

長い脚で階段を飛ぶように駆け下り、外へ飛び出したディーンの後を追って、ヴィクトリアも続こうとした。だが、ジャックが乱暴にその腕を掴んで引き留めた。

「行くな。あんたはここにいろ」

「なぜ？　そんなわけにはいかないわ」

「危険だからだ。もしもさっきまでの俺たちをジルが見ていたなら、ジルはきっとあんたを殺そうとする」

「大運河から小舟を寄せ、外壁の凹凸をよじ登って？」

まさかというつもりで訊き返したのに、ジャックはあっさりと首を縦に振る。

「それくらいあいつなら軽い」

「でもそれなら、なぜ窓越しにわたくしを撃たなかったの？」

「人目があったのかも知れない。水上か、対岸にでも」

「だったらさっきの銃声はなに？　ジルはなにを撃ったというの？」

ヴィクトリアの問いかけに、走り出そうとしたジャックの足が止まった。視線が一瞬頭上を向く。だが、

「説明している暇はない。あんたは来るな、頼むから！」

言い捨てるとメイド服のスカートを思い切りからげ、真っ暗な階段を駆け下りていく。まだ夜は明けていない。自分があの勢いで走ったら、段を踏み外して転げ落ちるだろう。ヴィクトリアは淑女にあらざる舌打ちひとつで胸の苛立ちをなだめ、ジャックが置いていったオイルランプを取り上げると、慎重な足取りが許す限りの速さで階段を下った。

降りきって中庭に出たとき、ランプの落とす光の輪が、足下の敷石に記された新しい傷跡を照らし出した。その場にしゃがんで手で触れてみる。なにか重いものを、力任せに引きずった跡。昨晩までこんなものはなかった。振り返ると階段の一番下の段にも、同じような擦り傷が見える。それは開いたままの外扉を越えて、さらに外の路地に筋を描いたように続いている。

だれが、といって思い浮かぶのはスザンナだけだ。屋根裏の寝台の下には、使用人が着替えや私物をしまっておく入れ物が備えられていた。掛け金のかかる蓋に粗末な革の取っ手が付いた、トランク型の箱だ。彼女はそのトランクに三階の客間から持ち出したものを詰めこんで、かなり重くなったのを、階段では音を立てないよう用心して持ち上げて降りたが、降りきってからは引きずっていったのだろう。

スザンナの血色の悪い顔と、おどおどと落ち着きのない目を思い出す。上目遣いに主の表情をうかがって、視線が合いそうになると、怯えた子鼠のようにあわてて下を向く。あれでは、後ろめたいことがありますと、自ら大声で告白しているようなものだ。それでも伯爵夫人に脅されて、嫌な役を押しつけられてきたのかと思えば、哀れさしか覚えない。後もう少しでも気持ちの通じ合う時間があれば、事態は変わっていたろう。いや、先ほどにしてもジャックとスザンナの会話は聞いていたのだから、彼女を怯えさせることになっても「朝になるまで待ちなさい」と引き留めることはできた。

(胸の中できれいごとをいうのはよしなさい、ヴィクトリア。貴女は早くジャックとふたりきりで話したくて、危険があるかも知れないと思いながらスザンナを止めなかったのよ。大切にできるのは心の通った相手だけの利己主義者。それが貴女——)

自分を責める自分の声を聞きながら、ヴィクトリアは唇を固く噛みしめ、ランプを手にして路地を小走りに、その跡を目でたどっていく。二度曲がって、いくらか広い通りに出る。昼は様々な店舗が通り沿いに飾り窓を開き、人々が賑やかに行き交うヴェネツィアでも特に繁華な一角だ。いまはどの店も、固く板戸を閉じて眠りに沈んでいたが、その通りの敷石にもやはりトランクを引きずったらしい筋が刻まれている。右へ、サン・マルコ広場の方へ。

大運河を航行する乗合船が運航しない時刻、この界隈から北の鉄道駅までは決して近いとはいえない。距離的に一番短いのは、一度広場《ピアッツァ》に出てから北に向かってリアルト橋を渡る経路で、その先はさらに錯綜した路地が続くが、この街で生まれ育ったスザンナなら、迷う気遣いはないのだろう。最初の数日、ひとりでひたすら歩き回ったヴィクトリアも、おおよその街の地図は頭に入れられたつもりだが、だからここでスザンナが右に行くのは不思議はないとして、さっきの銃声が聞こえたのも、確かではないがサン・マルコの方からだった気がする。

死の天使アズラエルを名乗るふたりが、この街のどこに潜伏する場所を持っているのかは知らない。だがそこに置いてきたというジャックの拳銃が、間違いなくいま聞こえた銃声の源なら、それを撃ったのはジル以外ではない。無論、ジルがスザンナを襲う理由などないはずだ。けれどさっきのジャックの様子は？　なにか思い当たることがあったというように階上に目を向けて、そのまま走り出したのだ。不吉すぎる予想と焦燥に、ヴィクトリアは我を忘れそうになる。そしてそんな思いにとどめを刺すかのように、その耳を三度目の銃声が貫いた。それは今度こそ、間違いようもなくサン・マルコ広場の方からだ。

（ああ、神様！）

オイルランプを持ったままでは走れない。路傍に祀られた聖母のほこらにそれを残し、ひとつ十字を切ってから、あたりの暗さが許す限りの速さで駆け出した。灯火から離れて初めてわかったが、わずかに夜は白みつつある。この朝もラグーナから立ち上る海霧が、迷宮めいた街並みに闇の帷《とばり》に変わる白いヴェールをかけ巡らせていて、しかしサン・モイゼ教会の脇を抜ければ、行く手に黒々と四角い額縁が見えてくる。

サン・マルコ広場を三方から囲む回廊の、列柱の間から、街で最も広く開けた空間が望まれるのだ。その奥には舞台の背景画のように、黄金のモザイクに荘厳されたサン・マルコ寺院の正面が望まれるはずなのだが、いま見えるのは未明の暗さを孕んだ灰色の霧の幕だけだ。

だが、回廊の円柱に片手を添えて立ったヴィクトリアは、行く手の敷石の上に放り出された、四角い物体に目を奪われた。革の持ち手がついて、少しひしゃげた不格好な鞄のようなもの。その先に開いた手があり、腕があり、こちらを向いた顔があった。驚いたように大きく目を開け、口も少し開いて、だが額の中央に開いた銃創からしぶきとなって散った血が、一面に赤い斑点を散らしていた。彼女は死んで仰向けに、顔だけを横に向けてそこに横たわっていた。

「スザンナ……そんな、なぜ？……」

ふらふらと広場に踏み出そうとしたヴィクトリアを、物陰から腕を伸ばして引き留めた者がある。

「行ってはいけません、マイ・レディ」

「ああ、ディーン！　でもッ」

「あの娘は死んでいます。もう、間に合いません」

「そんなことといったって、あのままにはしておけない。わたくしが見殺しにしたようなものなのに！」

「撃ったのはジルです。なぜかおわかりになりますか？　あの娘はジャックの外套を着て、顔が隠れる大きすぎるキャップもかぶっていました」

「それでは、ジルはジャックを撃つつもりでスザンナを？」

「おそらく」

では、さっきジャックが気づいたのはそのことだったのか。財布を持って行けといわれて、ついでとばかり一緒にあった外套とキャップももらっていくことにした。どちらも新品ではない。売って金になるほどのものでもない。だからこれくらい許されるだろうと、大した罪悪感もなしに勝手に決めた。そんなささやかな軽はずみの結果、あの娘は命を失ったのか。

「それで、ジルは」

「二発目の銃声は、狙いを見誤ったと気づいたジルが、追っ手をおびき寄せるために撃ったのでしょう。私は考え無しに広場に出て、死体に近づいてこの始末です」

苦笑するような声と同時に、ヴィクトリアは鉄臭い臭いを嗅いだ。そしてようやく、かたわらの男が左の二の腕から血を流しているのに気づいた。

「ディーン、あなた、撃たれて」

「面目次第もございません。かすり傷です」

しかし彼の背は、いくらか傾いて背後の柱についている。傷は決して浅くはあるまい。そう思いながらも、ヴィクトリアは訊かずにはいられなかった。

「ジャックは見ていない？」

だが彼はそれには答えず、

「とにかくいまはお戻り下さい。このまま進まれるのは危険すぎます」

「あなたこそ歩けるなら家まで戻って、リェンさんに手当てしてもらってちょうだい」

「私ならご心配は要りません」

「それは嘘ね。それだけ血を流して、まっすぐ立っていることもできないのに？」

「自分の身体は自分が一番わかっております」

ヴィクトリアはディーンの目を正面から見つめ、握った拳を彼の鼻先に突きつけた。

「わたくしだってチャールズのように、あなたを殴ることはできてよ。歩けないなら助けを呼んでこられるまで、ここにじっとしていること。わたくしを主だと思うなら、筋の通った命令には従いなさい」

「おことばを返しますが、私はチャールズ様にしたように、貴女様を殴ることはできません。ですが、殴られてもご命令に従わぬことはできます」

ふたりは束の間口をつぐみ、目を合わせる。どちらも譲るつもりはない、とその目が語っている。だがヴィクトリアは、かぶりを振りながら続けた。

「あなたがわたくしのために、そういってくれているのはわかっています。でもあのふたり、ジルとジャックはきょうだいなの。そしていま彼らが殺し合おうとしているとしたら、その責はだれよりもわたくしにある。だから行かなくてはならないの」

「ふたりを助けるために、命を賭けるおつもりですか」

「死ぬつもりはないわ。ただこれ以上失われなくていい命を、助けられればと思うから。なによりも、それが正しいことだと信じるから」

後は唇を引き結んで、真っ直ぐに目を見返すヴィクトリアに、吐息と共に折れたのはディーンだった。

「ジルは目視しておりません。私を撃った弾は北側の回廊から放たれたようです。そして、その後をジャックらしい人影が、同じ北回廊を東へ、サン・マルコ寺院の方へ走るのを見ましたが、その後銃声はありません。この位置から見える範囲で、動く人影もありません」

「わかったわ。いろいろごめんなさい」

「無事にお戻りを。さもなければ許しません、マイ・レディ」

そういうディーンに笑顔ひとつを残して、ヴィクトリアは回廊を走り出す。霧の幕を通して辛うじて見分けられるようになったサン・マルコ寺院の正面に、動く者の姿はない。北側の回廊も同じく無人で、板戸を閉じた商店が列柱の向こうに並んでいるだけだ。ならば、ふたりが対峙《たいじ》しているとしたらそれは、寺院の南側に建つドゥカーレ宮殿の前か、そこから海に向かって開かれた小広場《ピアツェッタ》の方だろう。だとしたら北から回るより、南回廊を行く方が近い。いざというときは、回廊を支える列柱の陰に入ることもできる。

かつてこの街が海の共和国として栄えた時代に、小広場は数々の祭礼の舞台となった晴れの場だ。正装した統領《ドージェ》を乗せた黄金《ブチントーロ》のガレー船は、その船着き場から出発して水上をパレードした。しかし海を背景とした小広場にそびえる、守護聖人の聖テオドロスと聖マルコの像を載せた二本の円柱の間は、死刑執行が行われたために市民からは忌み嫌われていたともいう。

広場の南東角に建つ赤煉瓦の鐘楼を左に見て、直角に折れる回廊を通って小広場の西辺に出たとき、ヴィクトリアは霧の中に二本の柱とふたりの人影を認めた。耳を澄ませても話し声は聞こえない。こちらに背を向けている、背の高い影はジャック。黒いメイド服のスカートが脚の周りではためき、短く切った髪の端がうなじで揺れている。その前に立つのはジル。短軀に魔女のようなフードのついたマントを着て、仮面はなく、両手で銃らしいものを摑み前に向けている。

「裏切り者！」

ジルのしゃがれ声が沈黙を破った。少しずつ薄れていく霧の中、怒りに引き攣れたジルの顔が見えてくる。向かい合って立つふたりの間には十メートルの距離もない。だがジャックは手を身体の左右に挙げ、ゆったりと、なんの構えも見せずに立っている。

「いつまで黙っているつもりだ。なんとかいってみろ、ジャック！」

「もう、止めよう」

ジャックが静かに応じた。

「俺たちの父親はもういない。いつまでもあいつに縛られる必要はない」

「そうだ。いない。でもいないのは、俺が殺したからだ」

「俺たちが、だ。ジル」

「違う。殺したのは俺だ。俺が殺してやったんだ。いつだって、手を汚したのは俺だ。おまえの代わりに、おまえのために」

「わかっている」

「なのにおまえは俺を置いて、あの女のところへ行くんだ」

「まだ、決めたわけじゃない」

「嘘つき！」

ジルの声が高くなる。

「俺は全部見ていた。聞いていたんだ。おまえはあの女と顔を見合わせて、あの女のいうことを聞いていた。楽しそうに笑っていた。たとえいま行かなくても、おまえの心はあの女のものだ。俺にそれがわからないと思うのか。おまえは俺を裏切った！　俺を捨てていくんだ、畜生！」

「俺を殺すのか、ジル」

「殺す。でもその前にあの女を、うんと酷たらしい目に遭わせてやる。声が出せないように喉を掻き切って、生きたまま腹を割いて、はらわたを掻き出して、乳を削いで、少しずつ切り刻んでやる。ゆっくり、ゆっくりと息の根が止まるまで、あいつは地獄を見るんだ。きっと楽しいだろう。ああ、素敵だ。なんて素敵なんだろう！」

ジルは目を輝かせ、歯を剥いてけたけたと調子外れの笑い声を上げた。

「それがおまえの望みか」

「ああ、決めたんだ。後悔しても遅いぞ、ジャック」

「後悔はしない。だがジル、おまえは父親そっくりだ」

ジルの顔から笑いが消えた。

「違う――」

「違わない。ただ、おまえには俺とおまえという奴隷がいない。それだけだ」

「違う。俺は、あんな化けものじゃない」

「いいや、化けものさ。俺も、おまえもな」

「だったらなぜ、あんな女のことばに耳を貸すんだ。ジャック」

「化けものではなくなれるものなら、なりたいと夢を見たからだ」

「夢だ」

「夢でもだ」

「畜生、おまえなんか！」

ジルがわめいた。その手にした拳銃が続けざまに二度火を噴き、銃声と共にジャックの身体が大きく後ろ向きに跳ねる。回る。こちらに顔を向けたまま崩れ落ちる。走り寄ったジルが、倒れたジャックの頭に銃を向ける。しかしそのときヴィクトリアは、

「Ｎｏ！」

声を上げながら回廊の円柱の陰から歩み出ていた。血走ったジルの目がヴィクトリアに向かい、歪んだ唇から真っ白な歯が剥き出しになる。飢えた野獣のような笑い顔だった。

「なんだ。わざわざ殺されに来たというわけか？」

「わたくしを殺しても、ジャックはあなたのもとには戻らないわ」

「それでもあいつの息があるうちに、おまえを切り刻むだけの時間はあるさ」

子供のような身体が突然大きく伸びた、と見えたのは錯覚だろうか。その右手に鋼色の光がある。銃を左手に移したジルは、片刃の短剣を抜き放ち、高く振りかぶって、こちらへ飛びかかろうとしている。ヴィクトリアは動けない。心でなにを思おうと、恐怖は身体を硬直させ、その場に凍りつかせてしまう。

だが、ジルの刃はヴィクトリアに届かない。背後から伸びた左腕がその首に巻きつき、右手が短剣を握った右手首を摑んで容赦なくねじり上げる。苦痛におめき、あらがいながら短剣を落とすジル。その身体を羽交い締めにしているのは立ち上がったジャックだ。ジルは組みつかれた手足を引き剥がそうともがき、ジャックはその身体を押さえつけ、左手の銃をもぎ取ろうとする。荒い息を吐きながら、無言のまま格闘を続けるふたりを前に、ヴィクトリアにはどうすることもできない。ただ倒れたときこちらを見たジャックに、意識があることはわかった。だからとどめを刺そうとするジルの前に出て、その注意を逸らせたのだ。

体格は勝るジャックだが、いまは無傷ではない。互角という以上に、敏捷なジルの方が有利に見える。ジルの左手からもぎ取ろうとした銃が、指をすり抜けて音立てて落ちた。ジャックが手を伸ばす。体勢が崩れかけた腕をかいくぐり、突き放して、ジルがさっき落とした短剣に飛びつく。拳銃はジャックの手に入ったが、弾倉は六連発。いままで五度銃声を聞いている。フル装填されていたとしても、残るはただ一発。

そして自由になったジルが狙うのは再びヴィクトリアだ。顔が歪むほど裂けた口から獣じみた快哉を発しながら、凶器を振りかざして跳躍する。しかしジャックは一瞬の迷いも見せず、最後の弾をジルの背に向けて撃った。カッと見開かれたジルの双眼が、真正面からヴィクトリアに突き刺さる。だがそのまま声もなく、石畳の上に前のめりに沈む。同時にジャックも膝を折り、頭から倒れかかるのを、飛び出したヴィクトリアの腕が辛うじて支えた。

「しっかりして。お願い、死なないで！」

思わず必死の声を上げると、低く苦笑めいた答えが返ってきた。

「死なない。大丈夫だ。こいつが、弾を止めてくれた」

そういいながら胸元から取り出したのは、あの七宝細工の柄を持つ三日月型の短剣だ。

「でも、胸に血が」

「完全にはな。だが浅手だ」

そういいながら服の前を開く。綿のシュミーズと、その上につけた、古風でやけに頑丈そうなコルセットが見える。

「あなた、そんなものをつけていたの？　苦しくはなくて？」

「慣れている。男の身なりをするときは、胸を隠す必要があるから。だが鉄を入れたコルセットは、弾よけにもなるな」

「ジャック……」

緩めた下着の下から現れた真珠色のまろいふくらみを目にして、ようやくヴィクトリアは驚きの声を上げた。

「ジャック、あなた、女性だったの？」

「気づかなかったのか」

くすっ、と笑いを洩らした。そのまま倒れたジルの方へ歩き出すのを、ヴィクトリアはあわてて追いかける。

「ここにいてはいけないわ。戻りましょう？　傷の手当てをしなければ」

「ジルを、あのままにはしておけない」

「だったらそれもわたくしが」

「それは駄目だ」

きっぱりとかぶりを振った。そこに妥協の余地はない、といいたげに。

「では、あなたは行ってしまうの？　もう会えないの？」

ヴィクトリアが『ジャック』という名でだけ知っていた、闇よりも濃い黒髪にサファイア色の瞳をした彼女は、じっとヴィクトリアを見つめた。

「会いたいと、思ってくれるのか。いまでも」

「当然よ。訊いてはいけないの？　あなたはどこへ飛んで行ってしまうのかと」

「それは訊かない方がいい。だが貴女が望んでくれるなら、必ずまた会えるだろう」

「ではせめて、再会の約束のしるしに、その短剣を預からせて」

「本気なんだな」

「ええ。だってあなたは、わたくしのセイレーンですもの」

「――わかった。信じてくれていい」

信じたい。けれど、この場限りのなぐさめではないか、という思いが消せない。

「ヴェネツィアを離れて、レディ・ヴィクトリア、貴女は？」

尋ねられて、しかし改めて迷う余地はない。その結論はすでに出ている。

「わたくしはロンドンに。ええそう、ロンドンに住むわ」

「それには障りがあるのではないか？」

「かも知れない。でも、夫がそのために用意した住まいですもの。諦めることなんてできない。テラスハウスの改築が済むまで、半年くらいはかかると思うけれど」

「住所は」

「チェルシー。アンカー・ウォーク六番地」

「ならば今日から一年後、その住所を訪ねていく。それまで、メイドひとり分の席を空けていて欲しい」

「メイドになってくれるの？」

「この自分でも、メイドになられる。貴女と共にいられる」

「わたくしのレディズメイドね。待っています。約束よ」

「約束する、きっと」

そう言い残してジャックは消えた。小さなジルの身体を両腕で抱えて。ヴィクトリアの手にはあの、三日月型の短剣が残された。

7

サン・ミケーレ島の共同墓地に小さな墓を買い、スザンナの弔いを済ませると、ヴィクトリアとディーン、リエンの三人もヴェネツィアを発った。ミラノに着いたとき、通称伯爵夫人の破産が明らかになって、屋敷に債権者が押し寄せたが、当の夫人は姿を消したらしいというニュースが流れてきた。

老いた夫の死によって莫大な遺産を我がものにした未亡人の、派手やかな生活振りはヴェネツィアの外にも聞こえていたから、この知らせはさまざまな尾鰭をまとって面白おかしく広められた。ヴィクトリアは北へ向かう列車を待つミラノ中央駅の雑踏の中に、擦り切れた喪服姿の伯爵夫人らしい横顔を見たように思ったが、それはただの見間違いだったかも知れない。以後、彼女の消息は絶えた。

レディ・ヴィクトリア・アメリ・カレーム・シーモアが、ロンドン西郊のチェルシーに住まいを構え、文筆家としての生活を送り出したのは一八七六年の末のこと。使用人は次第に増えていき、そのほとんどが入れ替わることなく定着した。

一八八七年現在、アンカー・ウォーク六番地のテラスハウスには、レディと六人の使用人が暮らしている。

執事のミスタ・ディーン、

料理人のリエン、

キッチンメイドのベッツィ、

従僕のモーリス、

ハウスメイドのローズ、

そしてレディズメイドのミス・シレーヌ。

それぞれの事情と過去を持ちながら、主であるレディを守ることにおいてひとつに結ばれた、血の繋がった家族よりも親密な六人である。

ペンによって生きる者として、そのペンにかけてわたくしは誓う
人は、知らなくても信じ合うことができる。

信頼し、背中を預けることができる。

愛し合うことができる。

永遠に、ではないだろう。

始まりがあったように、終わりもまた訪れるだろう。

人は変わる。人は老いる。そして死ぬ。しかしだからといって、わたくしとわたくしの家族たちが築き上げた、この日々の価値が貶められることはない。


彼らを愛している。彼らに恋している。この命のある限り。

彼らと出会うことのできた人生、それを与えてくれた亡き夫、チャールズ・エドウィン・シーモアに、満腔の感謝と愛を。

そしてこれからも、わたくしの愛する者たちが幸せに生きていけるよう、わたくしのすべてを捧げて彼らを守ります。


ヴィクトリア・アメリ・カレーム・シーモア

エピローグ　ローズは思いを新たにする

あたしは、奥様の手書きの文字でびっしりと埋まった紙の束を、使用人ホールのテーブルの上で重ね合わせ、できるだけきれいに皺を伸ばして揃え直していました。立てて持って、下の端をトントンとテーブルに当てて、それから緩んでしまった金具で束ね直します。読んでいる間も気をつけていたから、そんなに見苦しく曲がったり折れたりはしていません。ただそうすることで、少しでも頭の中を整理する時間を作りたかったのです。

奥様の昔話はどれもとても面白くて、耳でうかがうのも夢中になってしまいましたけれど、字で書かれているものを読むのはやはり少し違います。お話として与えていただくというよりも、頭の中で自分の声で読み上げて、それぞれの場面を自分が思い浮かべ、創り出していく、とでもいうのでしょうか。初めは子爵様に逝かれた奥様の悲しみに引きこまれて、泣きたいような気分で読むのが辛くてならなかったのに、後になるとお話がどこへ向かうのかわからなくて、なんだか頭がクラクラするようでした。

（そして……）

（このとおりのことが、ヴェネツィアであったのかどうかはわからない、けれど――）

あたしの頭に浮かんでいた顔がだれのものかは、いちいちいわなくてもあきらかだったでしょう。でもそのとき突然、

「読み終えたのですか」

すぐ目の前で声がして、はっと顔を上げたらその顔がそこにあって、あたしは椅子からほとんどバネ仕掛けの人形みたいに飛び跳ね、立ち上がってしまいました。それはミス・シレーヌだったのです。艶やかな黒髪を編んで王冠のような形に頭の周りに巻き付け、ミッドナイト・ブルーのシンプルなドレスに身を包んだ奥様のレディズメイド。

「急がせはしないけれど、もしも終わっていたら戻して欲しいと、マイ・レディがいっておられます」

「あっ、は、はい。読み終わりました!」

あたしの寝室は屋根裏の、ベッツィと同室です。空き部屋はあるのだからそちらに移ってもかまわないといわれていますが、眠る前のおしゃべりはあたしたちの大事な息抜きの時間でもあります。ただこの原稿を見られるのはやはりまずいだろう、と思ったから、ベッツィが外へ働きに行っている午後の間に読み終えて、お返しするつもりでいました。

それにしてもまだ頭の中が、大雨の後の川のように、激しく波立ちざわめいています。ミス・シレーヌがただのレディズメイドでないことは、あたしにもとっくにわかっていました。男装して紳士と見まがう姿になることも、ロンドンの真ん中でピストルを撃って馭者の帽子を撃ち飛ばし馬車を止めたことも知っています。だから、この原稿に書かれていたことが、本当にあったことだといわれても疑うつもりはないのですが——

「ローズ」

「はっ、はいッ」

「私が怖いですか?」

思いがけない問いでした。そんなこと、考えてもいませんでした。あたしのさっきからの態度は、そう思われてしまってても不思議なかったかも知れませんが。

「怖くないです」

「本当に？」

きらり、と光った宝石のような目には、なんでも見抜かれてしまいそうです。けれど、

「原稿の最後に、奥様が書いておられますよね。知らなくても信じられる、信頼できるって。あたしもそう思います。ミス・シレーヌはあたしがこの家に来た最初のときに、教えてくれました。人間は自分の意志でレディになるんだって。だからあたしだってレディになれる、なろうと思っていいんだって。

そんなの初めて聞いたけど、だから驚いたけど、でも、ああ、ほんとだって思いました。これは聖書に書かれた神様のことばと同じくらい、本当のことだって思える、信じられる。そんなことを教えてくれたミス・シレーヌだもの。それだけであたしには信じられる人です。

本当をいうと、話をするときは少し緊張しますけど、それはあたしの方が、まだ全然レディになれてないからです。努力が足りない、自分ではちゃんとやってるつもりでも、いつか甘えて怠けてるかも知れないと思うと、ひやっとします。こんなことじゃ駄目だって、自分で自分の頬をびんたしたくなります。だから、ミス・シレーヌは少し怖くてもいいんですけど、それはあたしのせいなんです。ええと、つまり、そういうことです」

なんだか、自分でもなにをいっているのかわからなくなってきてしまいました。

「ありがとう、ローズ」

そんな。お礼をいわれるようなこと、なにもいってないのに。

「あなたがいてくれて、良かったと思います。マイ・レディもそうお考えです。あなたはきっとこれから、マイ・レディを支える大切な人材になることでしょう」

ミス・シレーヌが、つまらないお世辞なんかいう人じゃないのはわかっています。第一あたしなんかに、お世辞をいったって仕方がありません。だから、そんなふうにいってもらえたのは、ほんとにそんなふうに思ってもらえたからで、すごく嬉しくて、背中に羽根が生えたみたいな気分。新しく生まれ変わったみたいな気持ち。

そんなふうにあたしがぼうっとなっている間に、ミス・シレーヌはさらさらと美しい衣擦《きぬず》れの音を残して、奥様の原稿を手に使用人ホールを出て行ってしまいます。ひとり残されて、でもあたしはふっと思います。マイ・レディを支える大切な人材だなんて、あたしはただのハウスメイドなのに。それは、ミス・シレーヌが出かけているときは、臨時にレディズメイドの代理をすることはあるけど、臨時は飽くまでも臨時だもの。

少し心配になりました。

「ミス・シレーヌ」

あたしは空っぽの空間に向かって小声でつぶやいた。

「どこにも行ったら嫌ですよ。ずっと奥様の側に居てくださいね。あたしじゃ臨時しか務まらないんですからね」

〈了〉

あとがき

本書は、講談社タイガから刊行された左記の五冊に連なる『レディ・ヴィクトリア』シリーズの続巻だが、内容的には前日談ということになる。物語としては完全に独立しているので、本書からお読みいただいてもまったく問題はない。

アンカー・ウォークの魔女たち　二〇一六
新米メイドローズの秘密　二〇一六
ロンドン日本人村事件　二〇一七
謎のミネルヴァ・クラブ　二〇一八
ローズの秘密のノートから　二〇二〇

執筆の契機はヴィクトリア朝時代の社会と、使用人に関する資料本や、『おだまり、ローズ』を始めとする回想記などを読んで興味が惹かれたことだが、一部のライトノベルやマンガに登場する「ミニスカートにフリルのエプロンを着けた可愛い女の子のメイドさん」ではない、もっとリアルなメイドたちが活躍する物語を書いてみたいと思ったものの、いざ自分で書くとなると、ヴィクトリア朝はエンタメとして消費するには辛すぎて、現実ではあり得ない理想の主と理想の使用人の関係が生まれてきてしまった。

過去の異国を舞台にした小説は、ディテールの書きこみが肝になる。枚数的に縛りをかけられた分、書きたいように書いたとはいえないシリーズだったので、今回はその枷を外させてもらい、思い切り書きこむことにした。その分いささかマニアックな内容となった、という気もするが、物語の筋書きのみならず、細部描写を楽しんでくださる読者に手にしていただけたらと願っている。

講談社での開始時から、物語の一応の終着点は構想し、伏線も引いていたのだが、その構想は結実しないままに五巻のラストを迎えてしまった。そのために『ローズの秘密のノートから』の最後は傷を敢えて晒すような、乱暴な終わり方をしているが、その部分と今回の第三章を繋げて読めば、作者の構想がどのあたりにあるかは予想していただけるだろう。長らくお待たせすることとなって、まことに恐縮だが、遠からずその伏線を回収した大団円に辿りつきたいと考えております。

また既刊五冊についても大幅に手入れの上で、装丁も揃え、アトリエサードから再刊する企画が出ている。不勉強な上での間違い、構想の発展から出た齟齬《そご》、またページの制限で書き込めなかった部分など手当をしたい。中編三本の連作となった第五巻については、その中編を長編化する可能性あり。なお講談社タイガ版は電書として販売が続けられるので、待ちきれない方はそちらをよろしく・笑。

篠田真由美

篠田 真由美（しのだ まゆみ）
東京都生まれ。早稲田大学第二文学部卒業。1991年、ミステリ作家としてのデビュー作『琥珀の城の殺人』が第二回鮎川哲也賞の最終候補となる。著書に、『建築探偵桜井京介の事件簿』『龍の黙示録』『黎明の書』『レディ・ヴィクトリア』『イヴルズ・ゲート』シリーズなどがある。

TH Literature Series

レディ・ヴィクトリア完全版 1
セイレーンは翼を連ねて飛ぶ

著　者　篠田 真由美

発行日　2023年1月9日

発行人　鈴木孝
発　行　有限会社アトリエサード
東京都豊島区南大塚1-33-1 〒170-0005
TEL.03-6304-1638 FAX.03-3946-3778
http://www.a-third.com/ th@a-third.com
振替口座／00160-8-728019
発　売　株式会社書苑新社
印　刷　モリモト印刷株式会社
定　価　本体2500円＋税
ISBN 978-4-88375-485-4 C0093 ¥2500E

www.a-third.com

出版物一覧

アトリエサードHP

AMAZON（書苑新社発売の本）